ディナの秘密《ひみつ》の首かざり

リーネ・コーバベル／木村由利子［訳］

ハリネズミの本箱

早川書房

ディナの秘密《ひみつ》の首かざり

SKAMMERTEGNET
by
Lene Kaaberbøl

Translated by
Yuriko Kimura
First published 2003 in Japan by
Hayakawa Publishing, Inc.
This book is published in Japan by
arrangement with
ICBS ApS
through Motovun Co. Ltd., Tokyo.

さし絵：横田美晴

もくじ

登場人物《とうじょうじんぶつ》

ディナ……主人公。〝恥《はじ》あらわし〟の力を持つ少女
ダビン……ディナの兄
メリ……ディナの妹
メルッシーナ……ディナたちの母。恥あらわし
ローサ……ドゥンアーク出身のディナの友だち
ニコ……前ドゥンアーク領主《りょうしゅ》の息子《むすこ》
ドラカン……現在《げんざい》のドゥンアーク領主。ディナたちを憎《にく》んでいる
カラン……ケンシー一族の男。剣使《けんつか》い
ケツ黒《グロ》……本名《ほんみょう》アリン。ケンシー一族の少年でダビンの友だち
タビス……ラクラン一族の族長《ぞくちょう》の孫《まご》息子
バルドラク……ドラカンのいとこ。ドラカーナの町を治《おさ》めている
後家《ごけ》さん……ドゥンアークの薬屋の未亡人《みぼうじん》
隊長《たいちょう》（マーチン）……元ドゥンアークの衛兵《えいへい》隊長

ディナ

1　子売りの男

ヒースが生《お》いしげる斜面《しゃめん》のまんなかに、石づくりの平《ひら》べったい家が三軒《けん》ある。荷車《にぐるま》一台通るのがやっとの細道《ほそみち》が、家と家のあいだをくねっている。でもヒースや空やネズの茂《しげ》みや草をはむ羊が大好《だいす》き、という人でないかぎり、この道には足を止めてみたくなるものなんてない。

とはいうものの、家に囲《かこ》まれた小さな広場に、いま物売りの車が一台止めてあり、石壁《いしかべ》のむこうには羊のほかに、ラバが二頭と馬が四頭はなされていた。それにくわえてこのあたしたち、つまり母さんとあたしとカラン・ケンシーもやってきたのだ。羊たちはほとんどが群《む》れあって、うさんくさそうにあたしたちを見つめている。とまどう気持ちは、わかるような気がした。ハーラル農場に一度にこれだけたくさん客が集まるのを、見たことがないにちがいない。

おひさまが、丘《おか》の尾根《おね》の真上に、真っ赤に大きくかかっている。夏といっていいぐらいの一日で、空気にはぬくもりが残《のこ》っていた。物売りの車の横で男が三人、ビール樽《だる》をテーブルがわりに、カード遊びをしていた。樽の上にはほかにも平パンの山とビールのジョッキが三つ、それにてかてか黒光りするサラミソーセージがところせましと置《お》いてある。一見《いっけん》すると、村の酒場《さかば》の庭での楽しいゆうべ、という感じだ。でも近づいてよくよく見ると、物売りの片足《かたあし》が、荷車《にぐるま》の車輪《しゃりん》に鎖《くさり》でつながれているのがわかる。

物売りはソーセージをひと切れ厚《あつ》く切った。そして残《のこ》りを、見張《みは》り役らしいほかのふたりのほうに押《お》しやった。

「食《く》えよ。真剣《しんけん》に一戦《いっせん》まじえるのは、腹《はら》がへるもんだ」物売りは言った。

「四マークとついでに上等《じょうとう》のナイフまで取られちまってはなあ、腹がへるどころか、ふところもお寒いぜ」片方の見張りが文句《もんく》を言ったものの、本気で気を悪くしたふうではなく、ソーセージを受けとった。

ちょうどそのとき、物売りのラバの片方が、耳のつぶれるような鳴き声を上《あ》げた。見張りたちは目を上げ、あたしたちを見た。ふたりともあわてて立ちあがり、片方が、恥《は》ずかしいところを見られでもしたように、樽からカードをはらい落とした。でも、あたしにはふたりの気持ちがわかる。ビールをおごってくれる相手に、きびしくいかめしく接《せっ》するなんて、どだいむりなことだ。それにこの、ちびで人あたりのいい物売りが、うったえられている罪《つみ》とがをほんとうにおかしたなんて、ちょっと想像《そうぞう》できない。もう何度も、行商《ぎょうしょう》に来たときに会っているけど、いつもおもしろくて楽しい話をいっぱい聞かせてくれるので、みんな大よろこびしていた。物売りの眉毛《まゆげ》は黒くてもしゃもしゃで、森ナメクジにそっくりだ。そしてしゃべるひと言《こと》ひと言に合わせて、片《かた》方《ほう》のナメクジがひょいと持ちあがる。笑《わら》い声はくつくつとのどからこみあがり、目じりのしわは、目をうずめてしまうくらいどっさりとある。

やっぱりおかしい。この人が、お客に売るビールの目盛《めも》りをごまかす以上《いじょう》の悪事《あくじ》をおかしたなんて、とても信《しん》じられない。男の子たちは、物売りが言うように、ただ逃《に》げだしただけなんだ。

「恥《はじ》あらわしさま」片方の見張《みは》りが言って、母さんのほうにおじぎをした。あたしに向かっては、どうしていいのかとまどっているふうだった。だって、十一才の女の子に、どんなふうに敬意《けいい》を示《しめ》せというわけ？　でもこの人は結局《けっきょく》、無難《ぶなん》な道を選《えら》んで、あたしにもすこし浅《あさ》めにおじぎをした。なんといってもあたしは、恥あらわしの娘《むすめ》なんだから。「ようこそ」

三人めのカラン・ケンシーは、おじぎではなく、軽い会釈《えしゃく》をもらった。男の人たちが、仲間どうしではない人に敬意をあらわすときにする、きっぱりしたあいさつ。「ケンシーか。あんたは低地地方に行く隊商《たいしょう》の用心棒《ようじんぼう》になったと思っていたが？」

カランは、おなじようにしっかりとうなずきかえした。「こんばんは、ラクラン。実《じつ》は、いまはちがうんだ」

「らしいな。ケンシー一族は、村の恥《はじ》あらわしに、じゅうぶんな礼《れい》をつくしているようだ」

カランの、剣使《けんつか》いらしく幅広《はばひろ》で筋肉《きんにく》りゅうりゅうとした肩《かた》に、見張《みは》りの目が向かった。たいていの人とおなじで、母さんを見ないようにしている。事情《じじょう》がわかってなくても、恥《はじ》あらわしのしるしが目に入れば、用心するというものだ。しるしは母さんの胸《むね》に下《さ》がっている。目玉のように白と黒のエナメルをかけた、丸いスズ板《いた》だ。あたしもほとんどおなじのを下げている。ただし、あたしはまだ弟子《でし》にすぎないので、黒目の部分が青になっている。恥あらわしのしるしを見た人は、目をそらす――でないと、痛《いた》い目にあう。

物売りも立ちあがった。「お世話《せわ》さんで」笑《わら》いながら、言った。「けっこうごゆっくりだったね。なかなかおもしろく遊ばせてもらいました。けどできたら、夜までにラクラン郷《ごう》に着いてたかったんだがね」

物売りは、まるきりおどおどしていなかったから、やっぱり無実《むじつ》なんだとあたしは思った。これほどおちつきはらって恥あらわしの到着《とうちゃく》を待てる罪人《つみびと》は、あんまりいない。物売りは、まず母さんに、それからあたしに、短く会釈《えしゃく》すると、「お世話さんで」とくりかえした。「けどご婦人《ふじん》がおふたりも、理由もなしに馬でご足労《そくろう》いただいたなんて、なんともお気《き》の毒《どく》なことで」

母さんは顔を上《あ》げ、物売りにちらと目をやった。

「理由のないことをねがいましょう」大声ではなかったし、きつい口調《くちょう》でもなかった。なのに小《こ》男《おとこ》の顔から、すっと笑《え》みが消えた。そして思わず口をおさえた。それ以上《いじょう》口からことばが出るのを、止めようとでもしたのだろうか。でもすぐに、もとの調子を取りもどした。

「長旅《ながたび》のおつかれなおしに、パンとビールをひと口いかがです？」

母さんはていねいに答えた。

「いいえ、けっこう。わたしは仕事で来ました。そちらを先にかたづけましょう」

母さんは、うちの黒馬《くろうま》ファルクからさっそうと下《お》りた。ファルクは長旅のあとなので、鞍《くら》をはずしてくれとねだるように鼻づらをすりよせたが、母さんはカランに手綱《たづな》をあずけた。あたしも借《か》りものの、たくましい高地ポニーから飛《と》びおりた。ざんねんながら、それほどさっそうとはいかなかった。まだまだ練習《れんしゅう》がいるみたい。カランは鞍帯《くらおび》を解《と》いて、馬が息をつけるようにしてやったが、野にいるほかの馬たちのところにはなしてやる気はないようだった。きっと、母さんが「仕事をかたづける」のに、たいして手間を取らないとふんでいるのだ。

「物売り、あなたのお名前は？」母さんはたずねた。その声はいまもおだやかで、おどしや怒《いか》りの色はなかった。

「ハニバル・ラクラン・カストールでございます」物売りは言うと、儀式《ぎしき》ばったおじぎをした。

母さんはマントのフードをはねあげて、物売りを見た。

「わたくしの名は、メルッシーナ・トネーレ。恥《はじ》あらわしの目をもってあなたを観察《かんさつ》し、恥あらわしの声をもって話しかけるのが、役目です。**ハニバル・ラクラン・カストール、わたくしの目を見なさい！**」

物売りはとつぜん、自分がいつもふるっているロバ用の長いむちを食《く》らったように、びくっとひきつった。のどもとのすじが、やにわにくっきりとうきだし、リュートの弦《げん》のようにぴんとはった。物売りは、見るからにしぶしぶと顔を上《あ》げ、母さんと目を合わせた。しばらくのあいだ、ふたりはものも言わずに見あっていた。物売りの額《ひたい》に、汗《あせ》が玉をつくる。でも母さんの顔は、石のお面《めん》のように無表情《むひょうじょう》だ。足がよろめいた、と思ったとたん、物売りはひざをついていた。それでも母さんは、目をはなそうとしない。物売りはきつく手をにぎった。爪《つめ》がてのひらに食《く》いこみ、指のあいだから、ぽたりと血がしたたった。たったほどだった。でもどんなにあがいても、目をそらすことはできなかった。

「ゆるしてください。お慈悲《じひ》を。帰らせてください」ようやく、むせぶような声をしぼりだした。

「あなたのしたことを話しなさい。このかたたちを証人《しょうにん》に、話すのです。話せば帰らせてあげましょう」母さんは言った。

「恥《はじ》あらわしさま。あたしのしたのは、ちょっとした取引《とりひき》で……」

「話しなさい。そのちょっとした取引とやらが、どんなものなのか、ハニバル・ラクラン・カストールよ、つつみかくさず話すのです」母さんの声に、すこしだけ感情《かんじょう》がこもってきた。相手へのさげすみにあふれたその声に、小柄《こがら》な物売りは見るからにちぢかんだように見えた。「男の子をふたり」と物売りは、ようやく聞こえるぐらいのささやき声で言った。「ふたり、やといました。人として、ただ親切心《ごころ》からおこなったことで……ふたりともみなしごで、村には引き取り手がなかったもんで……よくめんどうを見てやったし、きちんと食《く》わしてやったし、こざっぱりした身なりをさせるよう、気をつけていました。ふたりとも、それまでなかったくらい、いい暮《く》らしをさせてやったんです」

しめくくりのことばは声高《こわだか》でけんか腰《ごし》だった。最後《さいご》の抵抗《ていこう》だろう。でも母さんは心を動かされたようすがなかった。

「それから先、どうなりましたか。どれほど親切にしてやりましたか」

「きびしい冬が来たんでさ。サギスロックで雪に閉《と》じこめられて、種麦《たねむぎ》をそっくりむだにしちまいました。銀貨《ぎんか》六十マーク分の種麦が、芽《め》が出てむれちまって、まるっきりぱあでさ。おまけに男の子たちが……いや、ひとりはおとなしい、すなおな子で、まあ、体力がないのをのぞけば問題ないんですがね。もうひとりがこまりもので、目をかけてやったその日から、やっかいの種なんです。いつだったか売りものの針《はり》を七本くすねて、勝手に売っぱらいやがって。もうけで菓子《かし》とりんご酒《しゅ》を買ったんでさ。一発ぶんなぐってやりました。あたりまえでしょうが。けど、こりもしねえ。悪くなる一方なんですよ。いっつもさからうばっかし。ロバの綱《つな》をほどいとけとたのむと、自分でほどけと毒《どく》づく始末《しまつ》。薪《たきぎ》を集めてこいと言いつけたとすると……何時間ももどってこねえ。火がとっくにぼうぼう燃《も》えて、スープはできあがり、ってころになるまで、ちらりともすがたを見せねえってぐあいでさ。どうすりゃいいんです？　遅《おそ》かれ早かれずらかったにちがいねえ。そうなりゃ、あのろくでなしにつぎこんだ食《く》いものや衣服《いふく》のはらいは、むだになっちまう。しかもやつは相棒《あいぼう》も連《つ》れて行くにちがいねえんだ。なんせあのふたりは、仲よしこよしでいましたからね」

流れるような物売りのことばが、そこで止まった。

「だから？」母さんの声がうながした。「だからどうしたのです？」

「だから……新しい仕事をめっけてやったんで」

「どこで？」

「本物の紳士《しんし》、ドゥンアークのドラゴン公《こう》そのかたのいとこでいらっしゃるかたで。悪くないめぐりあわせじゃありませんか。なんせ貴族《きぞく》さまにお仕《つか》えするんだ。うまく立ちまわりゃあ、騎士《きし》に取りたてていただくのも夢《ゆめ》じゃない。ドラゴン公は氏育《うじそだ》ちにはそれほど重きを置《お》かれない——まことの心で真摯《しんし》にお仕《つか》えするのが肝心《かんじん》、ってうわさでさ」

「で、値段《ねだん》は？　いくら受けとったのか話しなさい」

物売りは、うめくように言った。「こっちもつぎこんだんだから、元は取らせてもらわなくちゃね。なんの悪いこともないでしょうが」

「**いくらなのです、物売り？**」むち打つような問いかけに、抵抗《ていこう》もできず、物売りの口が開いた。

「おとなしいほうに銀貨《ぎんか》十五マーク。ろくでなしに二十三マーク。年のわりにでかくて頑丈《がんじょう》だったんでね」

物売りのビールを飲み、食べ物をもらった見張《みは》りたちは、それを後悔《こうかい》しはじめたようだった。片方《かたほう》が、悪い後味《あとあじ》をなくそうとでもいうように、つばを吐《は》いた。でも母さんの尋問《じんもん》は、終わったわけではなかった。

「そこで、これはもうかる取引《とりひき》だとわかったわけですね？　証人《しょうにん》に聞こえるようにのべなさい。あと何人を、あと何人の子どもをドラカンに売りつけたのですか？」

ここではじめて物売りの、言いわけと言いぬけがつきたようだった。しわだらけの顔は真っ青になり、目は消し炭《ずみ》のように光をなくした。恥《はじ》あらわしに無情《むじょう》な鏡《かがみ》を突《つ》きつけられ、目のまえに己《おのれ》のすがたを見たのだった。物売りの声はひび割《わ》れた。

「十九人」恥《はじ》にまみれ、がさつく声。「はじめのふたりもこみで……」

「はぐれもの。みなしご。よそもの、頭のへんなもの。血のめぐりの悪いもの、体の不自由なもの。村人がやっかいばらいしたいと考える人間たちばかり。ハニバル・ラクラン・カストール、おまえは本気で、ドラカンが騎士《きし》に取りたてるためにそのものたちを買いとったと、思っているのですか？」

涙《なみだ》が目じりのカラスの足あとのあいだを伝《つた》いおちた。「おゆるしください、恥《はじ》あらわしさま。どうか、どうかおねがい申《もう》します。悔《く》やんでおります。聖女《せいじょ》マグダさまにかけて、心からくやんでおります……」

「証人《しょうにん》のかたがた、このものの自白《じはく》のことばをお聞きになりましたね。わたしはつとめをはたしたでしょうか」

「恥あらわしどの、しかと聞きました。あなたはつとめをはたされた」母さんの足もとに泣《な》きふす男をさげすみの目で見つめながら、見張《みは》りのひとりはゆっくりとおごそかに答えた。

母さんは目を閉《と》じた。


「そのクズをどうするつもりだ」カランは物売りに目も向けずに言った。

「これでもラクランの一族なんだ」見張りのひとりは言った。「じいさんがそうだった、ってだけだが、それでも……ラクランの人間に裁《さば》かせなければな。今夜はここで泊《と》まって、明朝《みょうちょう》ラクラン郷《ごう》まで連《つ》れて行こう」

「人間を、しかも子どもを売るとは……」カランはさもいやそうに、声をつまらせた。「しばり首にしてやればいい！」

「そうなるかもな」見張《みは》りはそっけなく答えた。「ヘレナ・ラクランはやわな女じゃない。それに、人の母親でも、祖母《そぼ》でもあるから」

カランは馬の腹帯《はらおび》をしめ、見るからにぐったりと石囲《いしがこ》いにすわりこんでいる母さんに、手をさしのべた。

「トネーレどの、出発しましょうか。晴れているから満月《まんげつ》が道づれになってくれるでしょう。それにあれと一夜《いちや》をともにすごす気にはなれん」言うとカランは、物売りのほうにあごをしゃくって見せた。

母さんは顔を上げたが、相手の目を見るのは礼儀《れいぎ》ただしく避《さ》けた。「はい。行きましょう、カラン」

さしだされた手は取ったものの、助けられて馬に乗るのはプライドがゆるさなかった。母さんはひとりで馬の背《せ》に乗った。でも緊張《きんちょう》とつかれにふるえているようすが、だれの目にも見てとれた。今夜はここに泊《と》まるほうが楽《らく》にきまっている。でもあたしは唇《くちびる》をかみしめ、最初《さいしょ》の尾根《おね》をこえて、見張りたちとまだすすり泣《な》いている罪人《つみびと》が見えなくなるまで、口をきくのを遠慮《えんりょ》した。

「つらかった?」あたしはおずおずとたずねた。母さんは馬に乗れるような状態《じょうたい》には思えなかったからだ。

カランもおなじ思いだったらしい。こうたずねたからだ。「馬に乗っていられますか、トネーレどの。なんならこのあたりに野営《やえい》をして……」

母さんは首をふった。「だいじょうぶです。ただ……カラン、物売りの魂《たましい》と記憶《きおく》をさぐりながら、あのものの心を絵に見ました。ただの数字ではすませられない。十九人。子どもが十九人です。全員の顔も見ました。ひとり残《のこ》らず。そして……子どもを買ったのはあの男。子どもを買いとり、動物を買うようにお金を支払《しはら》った。いったいなにに使うためでしょうか」

カランにもあたしにも、答えられなかった。でもヒースの茂《しげ》る丘《おか》を下《くだ》り、やみがひしひしとせまりくるなかで、カランがもう一度つぶやくのを、あたしは聞いた。

「つるしてやればいいんだ」


でもそうはならなかった。それから二、三日あと、羊のようなおどおど顔のラクランの男が馬で来て、あのちびの物売りが、鎖《くさり》をつないであった荷車《にぐるま》の車輪《しゃりん》をこわして逃《に》げたことを知らせた。賭《か》けで勝ちとったナイフを使ったのだ。気がついたときは逃げたあとで、ラクラン一族は物売りが高地から追放《ついほう》の身になったと宣言《せんげん》した。つまりこれ以後永遠《いごえいえん》に、ラクランの名前と一族にみとめられている権利《けんり》を取りあげられたのだ。物売りを見つけたものはだれでも、どんな形で殺《ころ》してもラクラン一族の怒《いか》りをおそれずにすむ。だけどあれから物売りを見かけたものは、だれひとりとしていない。

ダビン

2 剣《けん》

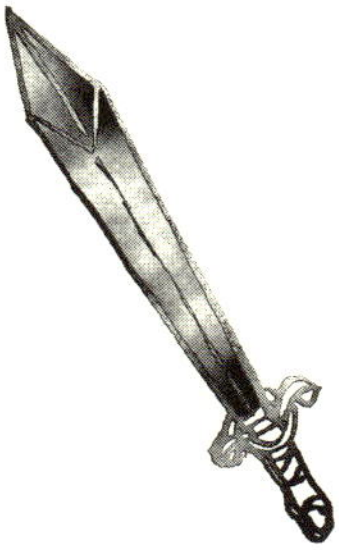

羊小屋の草葺《くさぶ》き屋根のかくし場から、ゆっくりと新しい剣を引きだした。まばゆくきらめく刃《は》、と呼《よ》ぶには、まだ早い。いまのところは黒に近い灰色《はいいろ》で、厚《あつ》くて重くて、刃もするどくない。平《ひら》たい鉄の棒《ぼう》、というほうが近いぐらいだ。けどカランが、みがきと研《と》ぎを手伝《てつだ》うと約束《やくそく》してくれた。だから心のなかでは、もう仕上がりが見えるんだ。細い刃がぎらぎらかがやく、するどい死の武器《ぶき》、男のための武器、ってやつだ。

　このためにいいシャツを二枚《まい》犠牲《ぎせい》にした。もうあと一枚しか残《のこ》っていない。去年の夏白樺村《しらかばむら》の粉屋《こなや》を手伝ってかせいだ銅貨《どうか》七マークも、残らずつぎこんだ。それだけの値打《ねう》ちはあると思う。母さんがシャツのことを感づかなければ、だが。とりあえずしばらくのあいだは……

「ダビン、残飯《ざんぱん》をヤギにやってくれないかしら?」

どうなってるんだろなあ、母さんは。ほんと、わからない。とにかくおれが、ほんのちょっとでもおもしろいことや楽しいことをしようと思ったり、母さんがいやがりそうなことをはじめようとしたりするたびに、五キロ先からでもかぎつける。そしてかわりのくっだらない仕事を押《お》しつけるんだ。ヤギにエサをやれだって？　ディナだってエサぐらいやれるだろ。メリでもやれるさ。五才の赤んぼだけど。わざわざおれを使うこと、ないじゃないか。もう十六になるんだぞ。いや、実際《じっさい》になるのはちょっと先にしてもさ。ひげだって生えかけてる、はず、だ。上唇《うわくちびる》のところをさわると、なにか感じる。まだごわごわ、とまではいかない。でもなにかは生えてるんだ。ヤギにエサぁ？　男の仕事じゃないぜ。もっと大事なことがいっぱいあるんだ。

むだなくすばやい動きで角《かど》を曲がりこみ、塀《へい》を飛《と》びこえた。息が上《あ》がりすぎないようにしながら、こんかぎりの速さで丘《おか》をかけのぼる。母さんの声なんか聞こえなかった。そうだよな。おれは出ていったあとだった、って母さんは思うはずだ。そうだろ？　いや、それはむりだ。なにせ母さんときたら、ひとにらみするだけで、残虐非道《ざんぎゃくひどう》の人殺《ひとごろ》しを泣《な》きださせ、罪《つみ》を白状《はくじょう》させるんだ。それでも、試してみるぐらいはいいだろ。高原を走りぬけ、空に向かっていくうちに、そしてヤギや残飯《ざんぱん》や恥《はじ》あらわしの目をした母さんから遠く遠くはなれていくうちに、なんだか体のなかが軽く解《と》きはなたれて、飛べるような気がしてきた。

「やっと来たな、ぼうず。もう来ないかと思った」

カランとキンニとケツ黒《グロ》が、カランのせまくるしい小屋のまえで、待っていてくれた。この小屋が、妙《みょう》ちきりんなんだ。カランは屋敷《やしき》みたいにのっぽで、オークの木みたいに幅《はば》がある。小屋の外で見たら、ぜったいになかにおさまりきれないと思うはず。でもおさまるんだ。カランと年取ったおふくろさんとふたりともが。

「そうそう。お母ちゃんがかあいいぼうやを、外に出したがらないから、ってさ」キンニが言った。

キンニにはときどきむかつく。いや、しょっちゅうかな。いつも母さんとおれのことをあてこするんだ。けどほかのみんなとおなじに、目をふせて、母さんを「恥《はじ》あらわしさま」と呼《よ》ぶのは知ってるんだぞ。もちろん母さんが目のまえにいるときだけだけど。キンニの父さんは商売人で、カランに月謝《げっしゃ》をはらって、息子《むすこ》に剣術《けんじゅつ》を教えてもらってる。

ケツ黒のほうが好《す》きだ。もちろん、本名《ほんみょう》はそんなのじゃない。アリンという。でもだれもその名前では呼ばない。ケツ黒はどかんと一発が好きだ。一度など硝石《しょうせき》と石油をひとびん手に入れて、ぼかーん！　薬草師《やくそうし》デビの外便所《そとべんじょ》があっというまに消え失《う》せた。アリンがこげたズボンのしりに大きな黒いよごれをつけて、死にものぐるいで逃《に》げていくのを見たデビは、大声でどなった。

「もどっといでぇ、このケツ黒のガキ！　いやってえ目にあわせてやるっ」それ以来《いらい》だれもがやつをケツ黒と呼んでいる。

ケツ黒はこの土地で親友にいちばん近いやつだ。おれがここで生まれてたら、きっと友だちどうしだったと思う。けどケツ黒にも、この土地のだれにとっても、おれはまだ〝低地地方から来た恥《はじ》あらわしんちのぼうず〟でしかない。だれもがほんとに親切で愛想《あいそ》がよくて、ていねいに接《せっ》してくれるけど、いつもいやおうなく、自分がよそものだと思い知らされる。高地の人間は、ゆりかごのときからの知りあいでない人間を完全《かんぜん》には信用《しんよう》しない。ここに来て時間がたてばたつほど、この土地の人間にしてみればうちはおなじ一族でないこと、いつまでたってもそうはなれない運命だってことが、わかる。たとえおれのほうを気に入ってくれてても、なにかあったときにケツ黒がたよるのは、キンニのほうだ。キンニはまたまたいとこだけど、おれは低地民だからだ。いまから十五年暮《く》らしたとしても、やっぱりおれは低地民なんだ。

ときどきすごく頭に来て、くそくらえ！　って、言いたくなることがある。こっちのやつらみんなにくそくらえ！　だ。白樺村《しらかばむら》に帰りたい。あそこでも恥あらわしの息子《むすこ》には変《か》わりなかったけど、すくなくともみんなおれを、生まれたときから知っていた。ときどき白樺村《しらかばむら》が恋《こい》しくて、泣《な》きたくなるぐらいだ。けどどうしようもない。だって二度と帰れないんだから。なつかしいわが家《や》、ニレの木荘《きそう》は、もう焼《や》けあとでしかなく、ドラカンの家来《けらい》はいまも、母さんと妹をさがしてる。わざわいの大元《おおもと》ともいえるニコのことも、さがしてる。

カランは、剣《けん》の練習《れんしゅう》ごとに新しい場所をさがしてくる。隊商《たいしょう》の護衛《ごえい》はいつどこであろうと戦《たたか》えないといけないからだという。ぬかるみ、山腹《さんぷく》、森、沼《ぬま》。盗賊《とうぞく》は好《す》き勝手なところで奇襲《きしゅう》をかけてくる。こっちがかたい平《たい》らな地面に着くまでおとなしく待ってなんかくれない、というのだ。

この日には、むかし川床《かわどこ》だったせまい枯《か》れ谷に連《つ》れてきた。底《そこ》は丸みをおびた石や岩だらけで、まっすぐに立っていられない。足もとをたしかめていないとすべりおちる。こんな岩から落っこちたらぶじではいられない。かといって敵《てき》に目をくばるのをわすれた日には、もっとあぶない。カランは容赦《ようしゃ》なく打ちかかってくるのだ。練習《れんしゅう》がある日は、たいてい青あざだらけになった。キンニはぶうぶう言ったけど、カランは意《い》にも介《かい》しなかった。

「いまの青あざか、それとも将来《しょうらい》ばっさりやられる運命か、どっちを選《えら》ぶ？　ここのところをきちんとおぼえとかんと、最初《さいしょ》の真剣《しんけん》勝負で腕《うで》を一本なくすかもしれんぞ」

おれは耳をかたむけ、口は閉《と》じておいた。低地民というだけで分《ぶ》が悪いんだ。こんなとこで弱《よわ》虫《むし》あつかいされたくなかった。

練習《れんしゅう》は暗くなるまでつづいた。しばらくはずっしりした棒《ぼう》を武器《ぶき》に使っていたが、最後にはカランも、剣《けん》を使わせてくれた。剣を打ちあうたびに、枯れ谷全体に気持ちのいい金属音《きんぞくおん》が、じゃんじゃんひびいた。鐘《かね》みたいな音だな、と思った。おれは汗《あせ》まみれになり、よろめき、また立ちなおった。母さんのことも母さんの目も、ばかヤギどもも、残飯《ざんぱん》も、ぜんぜん思い出さなかった。全身幸せでほこほこあたたかかった。しかもカランは肩《かた》をどやして、こう言ってくれたのだ。

「やるな、ぼうず。おまえには見どころがある」

最高《さいこう》なのは、カランの言うとおりだと、自分でもわかっているところだ。練習《れんしゅう》をはじめてからまだ日は浅《あさ》いけど、キンニとケツ黒よりうまくなっている。頭でわからなくても、腕《うで》と足がわかっているみたいだ。一撃《いちげき》を止めるには、剣《けん》をこうかまえる、とか、剣をこうふりまわせば、よろけずにすむ、とか。こんなときの自分の体は大好《だいす》きだ。ふらつかず、力強くてすばやく、かしこいこの体が。

とつぜん夕暮《ゆうぐ》れの空気を、声が切りさいた。

「ダビン！　母上《ははうえ》がさがしておられるぞ！」

そのとたん、おれの体はかしこくもなんともなくなり、不器用《ぶきよう》な手足のかたまりになった。キンニがこの機会《きかい》をとらえ、肩《かた》に打ちかかった。右腕の感覚《かんかく》が完全《かんぜん》になくなった。剣がにぶい音を立てて、岩に落ちた。

「おまえは死んだ」キンニは勝ちほこって宣言《せんげん》すると、自分の剣でおれの胸《むね》をつついた。うれしい気持ちもぬくもりも興奮《こうふん》も、死んだみたいだった。

「また母さんの使い走りか、ニコ」右腕をこすりながら、不機嫌《ふきげん》な声を出してやった。「もっとましなことをやったらどうなんだ」

ニコは枯《か》れ谷のふちに立って、おれを見おろしていた。青い目はぞっとするほど冷《つめ》たい。平民《へいみん》の身なりをしていても、めちゃくちゃ貴族《きぞく》っぽく見えた。

「だからいま、そのましなことをしてるんだ、ダビン。母上《ははうえ》がどんなかたかをわすれるな。あのかたの勇気《ゆうき》と強さがなければ、ぼくの体などとうにゴミ山に捨《す》てられ、カラスのエサになっていた。三人も殺《ころ》したとぬれぎぬを着せられ、この首もなくしていたはずだ。なにがなんでもご恩《おん》に報《むく》いたい。きみだって、なにをしているかつねに母上に知らせるぐらいの、恩は感じていいと思うね。心配しておられたよ」

キンニがくすくす笑《わら》った。「ダビンちゃあん」ニコには聞かれないよう、こっそりとささやきやがった。「恥《はじ》あらわしのお母ちゃんは、かわいいぼうやがとーっても心配だとさあ」

かっとなって、剣《けん》を拾いあげた。キンニの頭をぶんなぐってやりたかった。けどそれ以上《いじょう》に、ニコの横柄《おうへい》なアホづらめがけてふりおろしてやりたい気分だった。母さんに恩《おん》を感じろとこのおれに説教《せっきょう》たれるなんて、自分をなにさまだと思ってんだ。おれは剣術《けんじゅつ》を習いたいんだよ。どこかまちがってるか？　戦《たたか》いかたを教わることが、まちがってるというのか？　いつの日か、ニコやろうのせいでできてしまった、ドラカンはじめ敵《てき》の数々《かずかず》から母さんを守ってやるためなのに。

「行けよ、ダビン。どうせきょうの練習《れんしゅう》はだいたい終わりだ。狩《か》りにいっしょに行く気があるなら、あした会おう」カランが言った。

おれはうなずいた。狩《か》りのことはずうっと楽しみにしていた。カランに貸《か》してもらった弓《ゆみ》で、ねらった的《まと》にあてるのがすごくじょうずになってきていたのだ。でもニコが母さんにしゃべったら？　そして母さんに行くなと言われたら？

枯《か》れ谷のふちをよじのぼり、ニコがほっといてくればいいなと思いながら、さっさと歩きだした。そううまくはいかなかった。森をぬけ、新しい家を見おろす丘《おか》の上の、〝ダンス〟と呼《よ》ばれる、大きな円をえがいてならぶ巨石群《きょせきぐん》が見えるところに来るまで、ニコは待っていた。それから説教《せっきょう》をはじめた。

「ダビン、なぜひと言《こと》言って行かなかった？　ふいといなくなるから、母上《ははうえ》にはきみがどこにいるか、見当もつかなかったんだよ」

「本気で知りたけりゃ、おれの目を見ればいい。そしたらどうしたって話さなきゃいけなくなるだろ。おれの気持ちなんておかまいなしに」

ニコはおれの腕《うで》をつかんで、足を止めさせた。夕もやが空気をべっとり湿《しめ》らせ、ニコの黒っぽいあごひげに、細《こま》かいしずくが光っていた。

「よくもそれだけばかでいられるな。母上がそんなことをなさりたくないぐらい、わかっているはずだろう？」

どういうことだよ。わからないよ。けど、わからないってことを知られたくなかった。

「ばかなんていうな。とにかくおれは、行動してる。おまえはぼんやりすわって、敵《てき》がつかまえに来るのを待ってるだけじゃないか」おれはかみついた。

　ニコはこぶしをにぎりしめ、黒っぽい眉《まゆ》の下の目を、ぎらりと光らせた。おれになぐりかかればいい、けんかをする口実《こうじつ》ができる、と思ったのに、かかってはこなかった。そらそうだよな。ニコはことばで人を切りきざむほうが得意《とくい》なんだから。

「自分のことばかり考えていないで、すこしでも視界《しかい》を広げたら、母上《ははうえ》がきみを子どもあつかいなさっていないことがわかるはずだ。かけ値《ね》なしに上等《じょうとう》のシャツがあと二枚《まい》あるはずなのに、毎週毎週おなじよれよれのシャツを洗濯《せんたく》しているのはなぜなのか、母上はきみにただされたか？　それに、きみはだまされている。手に持っているそいつは、ただの鋳物《いもの》だ。どうしたってちゃんとした剣《けん》にはならない」

「そんなにきいた口をたたけるんなら、なんで味方になってくれない。あんたなら、カランよりよっぽどいい剣の師匠《ししょう》になれるはずだろ」ニコは領主《りょうしゅ》の若《わか》さまだったから、お父上《ちちうえ》の財布《さいふ》がゆるすかぎりの最高《さいこう》の師匠をつけられていたはずだ。

　ことばが返《かえ》ってくるまで、けっこうな間《ま》があいた。

「味方になると約束《やくそく》したら、母上になにもかも話すか？」ようやくニコは言った。

「母さんの知ったことじゃない。なにもかも話して、どうなるんだよ」

「なぜいけない？　自分のしていることが恥《は》ずかしいからか？」

「まさか！」でも母さんは、きっと気に入らない。「おれはなにひとつかくしごとをしちゃいけないってのか？　ニコ、手を貸《か》してくれてもいいだろう？　できるはずだ」

ニコは首をふった。「剣《けん》は嫌《きら》いだ。母上《ははうえ》もお好《す》きじゃないぞ」

「好きの嫌いの言える立場か？　あんたと関わらなかったら、ニレの木荘《きそう》はまだあったんだ。こぞというときに戦《たたか》う根性《こんじょう》があったら、いまごろ、いまごろ……」

それ以上《いじょう》ことばがつづかなくなった。ニコはこっちをにらみつけていて、その顔は死人みたいに真っ青だった。おれの言うとおりだからだ。去年の秋、ニコにはドラカンを殺すチャンスがあった。ニコの父親と、死んだ兄さんの妻《つま》と、その息子《むすこ》、つまりおさない甥《おい》を殺したドラカンを。なのにニコは剣の刃《は》を使わず、峰《みね》打《う》ちにしたのだ。それから幾日《いくにち》もたたないうちに、ドラカンは家来《けらい》を連《つ》れてやってきてわが家《や》を焼《や》きはらい、うちの家畜《かちく》をほとんど全滅《ぜんめつ》させた。

ニコはくるりときびすを返し、ひと言も言わずに歩《あゆ》み去った。ナイフを突《つ》きたてるほど確実《かくじつ》に、ニコを傷《きず》つけたのはたしかだった。頭に来てなぐってやったほうが、むこうにはかえって楽《らく》だったろう。きっとおれのほうだって。おれが悪いとわかっていたから、あの真っ青な顔にはまいった。

ただ、あいつの気持ちはどうしてもわからない。なんであの悪党《あくとう》の首をちょんぎってしまわなかったのか、ぜんぜんまったくわからない。おれがあいつだったら……万が一ドラカンがまた、母さんや妹たちに手を出したら……そう思うから、こんなに時間をかけてけいこをしているんだ。家族を守りたいから。ドラカンを殺《ころ》したいから。

家に入ったとき、母さんをはじめ家族の女たちは、食事をはじめていた。ディナは食卓《しょくたく》ごしに、怒《いか》り狂《くる》った目つきを投げかけた。去年の事件以来《じけんいらい》ディナは、母さんに心配をかける人間には、めんどりみたいに小《こ》うるさくなった。むりもない。ディナはあのドゥンアークの血なまぐさいできごとのまっただなかにいたのだ。ドラゴンに腕《うで》を食《く》いちぎられそうになったのだから。おれが剣《けん》術《じゅつ》を習おうと思ったのは、それもひとつの理由だ。今度どっかの怪物《かいぶつ》が妹に食いつこうとしたら、ドラゴン殺しをするのは、おれの番だ。ニコじゃなくて。

棚《たな》からひとつわんを取り、ディナのものすごい顔に気づかなかったふりをした。まだたった十一なのに、ディナは母さんとおなじ恥《はじ》あらわしの目をしている。まして腹《はら》を立てているあいつの目を見たりしたら、最悪《さいあく》だ。あの炎《ほのお》のようなまなざしに出会うと、馬車馬《ばしゃうま》にけられたみたいに、がつんと来る。

いまはうちで暮《く》らしている、ドゥンアーク出身のディナの友だち、ローサが、自分でつくった大きな木彫《きぼ》りのおたまで、スープをよそってくれた。ローサはナイフの使いかたを心得《こころえ》ている。実際《じっさい》去年の事件では、ドラカンの足を刺《さ》したんだから。ドラカンと戦《たたか》うはめにならなかったのは、ここでは五才のメリと……おれだけ。

「ダビンたら、なんでこんなに遅《おそ》いの？　どこ行ってたの、ダビン？」またとないむじゃきな声で、メリが聞いた。

「外」おれは不機嫌《ふきげん》に答えた。

母さんはなにも言わなかった。ディナもなにも言わなかった。圧倒的《あっとうてき》なしずけさが、がんがんと鼓膜《こまく》にぶつかる。おれはスープをふうふう吹《ふ》いて冷《さ》ましながら、用心ぶかくふたりを見ないようにした。

ディナ

3　坂道のキジ

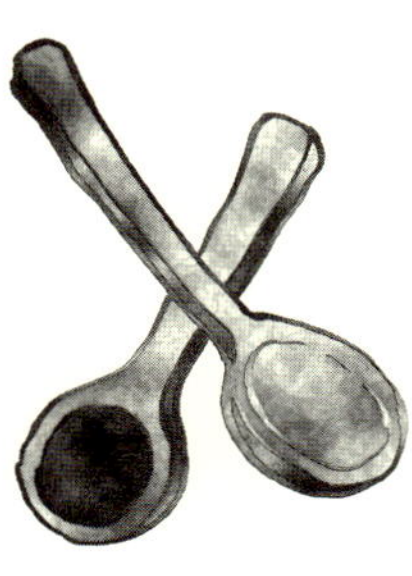

次の朝目がさめると、ダビンは消えていた。またか。それも、朝ごはんも食べずに。あたしもあまり食べられなかった。兄さんに腹《はら》が立って腹が立って、食べ物を飲みこむのがやっとだった。よくもあんな態度《たいど》が取れるものだ。それもよりによって、母さんが子売りの事件《じけん》で神経質《しんけいしつ》になってるこのときに。これ以上《いじょう》なやみごとを増《ふ》やさせたいの？

「ディナ、おかゆを食べてしまって」母さんはうわの空で言いながら、ダビンのおわんをべつにして、きれいなふきんをかけた。

「おなか、すいてない」あたしはぼそぼそ答えた。

「あらそう。おかゆに文句《もんく》があるとでも？」

あたしは首をふった。「おかゆがどうとかじゃない。ただ食べたくな……」

「なら、ぐずぐず言わずに食べてしまいなさい。ニワトリのエサにしてもいいわ。どっちでもかまやしないんだから！」

ローサがびっくりして顔を上《あ》げた。母さんはこんなささいなことで声を上げる人ではない。でもいまはどなっている。全部あたしが悪いみたいに。あんまりだ。涙《なみだ》がこみあげてきた。

あたしは荒《あら》っぽくいすを引き、外に出て、そっくり言われたとおりにした。ニワトリたちはけたたましく鳴きながら足もとにかけより、思いもかけないごちそうにありつこうと押《お》しあいへしあいした。朝早い太陽の光がニワトリにあたり、金色のきらめきをはなっていた。ここで飼《か》っているニワトリは、ニレの木荘《きそう》にいたのよりずっとりっぱで、銅《どう》のように赤くかがやくきれいな色あいをしている。とはいっても、高地のニワトリはそういう色なのだ。近所一帯《いったい》のニワトリも、どれもみんなおなじ色あいだった。

戸が開く音がした。ローサがなぐさめに来てくれたんだと思った。でもそれは、母さんだった。なにも言わずにうしろから体を抱《だ》きかかえ、髪《かみ》にほおをすりよせてくれた。あたしたちはしばらく動かず、ニワトリたちがおたがいをつついたりけったりして、おかゆの残骸《ざんがい》を取りあうのを見ていた。

「ふうん。ま、この子たちだけは、わたしの味つけが気に入っているみたいね」母さんは言った。今度は軽口《かるくち》だった。あたしを笑《わら》わせようとして、言ってるのだった。

あたしはいじわるく言った。「ダビンは大ばかだ。どうしてああも、ああも……」そこで、ことばがうかばなくなった。

「ばかではないわ」母さんは言うと、ためいきをついた。首すじに息がかかった。「一人前の男になろうと、悪戦苦闘《あくせんくとう》してるだけ。しばらくほっといてやるのがいいと思うの。あの子に……ゆっくり考えられる場所を用意してやらなくては、と思うのよ」

なにもしてやらなくてもいいのに、とあたしは思った。ねらいすましたけりをくれてやるならべつだけど。

「このごろ、あたしの顔を見ようともしないの」あたしはとつぜん泣《な》きだしてしまった。そんなつもりはなかったのに、おさえられなかった。自分の目を見てくれる人がこの世に四人しかいない身の上としては、そのうち一人を失《うしな》うのは、ほんとうにつらい。

「まあ、かわいそうに」母さんはささやきかけながら、体に回した腕《うで》に力をこめてくれた。「かわいそうに、ごめんね。ちっとも気がつかなかった。あの子がわたしの目を見てくれないのを気にするまいと、自分のことだけでせいいっぱいだったんだわ」

「なんでこんなことをするの。なんで兄さんは、あたしたちを無視《むし》するの?」しくしくしく。

母さんはすぐには答えなかった。しばらくして、こう言った。

「あの子になにが起こっているのか、はっきりとは言いきれないけど……これまでダビンは、まだ男の子で、男の子がどういうものか自分でもわかっていたと思う。でもいまは大人《おとな》の男になりたくて、でもそれがどういうものなのか、わかっていないのではないかしら。それは、わたしたちには教えてあげられないことでしょう？　でも、あの子にはいつかわかるはず。わかったときには、もどってきてくれるはず」

「ほんとう？」あたしの声はふるえていた。メリほども年のいかない、おさないしゃべりかたなのがわかった。だって、もしこのままだったら？　恥《はじ》あらわしの目を見られる大人《おとな》は、めったにいない。ニコはがんばってくれるけど、その結果《けっか》傷《きず》つく。やましく感じる思い出が、いっぱいあるのだ。びくともせずに見つめたのはドラカンひとりきりで、それは恥《は》じる心が獣《けもの》ほどもないからだった。

「もどってきますとも。ダビンがわたしたちの目も見られない男になるとしたら……それはわたしたちが育てかたをまちがったということよ。ちがう？」

母さんたら、また、あたしを笑《わら》わせようとして。でも、にこりともできなかった。ちょうどそのとき、うちの大型《おおがた》ウルフハウンドの野獣《ヤジュウ》が、「ウウルルル」と警告《けいこく》の声を発した。

母さんは手をはなした。

「顔を洗《あら》っておいで、いい子ちゃん。お客さまらしいわ」母さんは言った。

お客はラクラン一族の男だった。黒っぽい髪《かみ》のやせた紳士《しんし》で、うっとりするほど礼儀《れいぎ》ただしい。うっとりするのは、服装《ふくそう》もだった。シャツにはこった刺繍《ししゅう》がほどこしてあり、腰《こし》にはふつうの革《かわ》ベルトではなく、細い銀の鎖《くさり》を巻《ま》いていた。赤と黄のラクラン色のふちどりをした毛織《けお》りマントは、片方《かたほう》の肩《かた》にいなせにまとめてある。うちみたいにやぼったい田舎家《いなかや》で、やかましいニワトリに囲《かこ》まれていると、ひどく場ちがいに見えた。

「子売りが見つかったの？」ラクラン色を見たとたん、あたしの口からことばが飛《と》びだした。

男はあやうくあたしを見るところだったが、間一髪《かんいっぱつ》でふみとどまった。「まだです。あのものはいまも、野《の》ばなしのままです。おそらくは低地まで逃《に》げのびたかと。いや、申《もう》しわけないが、わたしの用むきはべつのこと。恥《はじ》あらわしさまにおさしつかえがなければ、新《あら》たな用件《ようけん》をおねがいいたしたいのですが」男はていねいに言った。

母さんの肩が急にはりつめるのがわかった。子売りの事件はずっと母さんの気うつの種《たね》だった。二週間近くというもの、夜眠《ねむ》れなくて、ホップなど薬草《やくそう》の煎《せん》じ汁《じる》を処方《しょほう》して飲んでいたぐらいだ。

「またぁ？」あたしはいやそうに言った。「ラクラン一族って、そんなに悪い人ばかりなんですか？」

「ディナ！」母さんの声はきびしく、せめたてるようで、さすがにあたしも言ったとたんに後悔《こうかい》した。高地民は一族の名誉《めいよ》を傷《きず》つけられると、すぐにかっとなるのだ。でもラクランの小粋《こいき》なマントを着たこの人は、にっこりしただけだった。

「わざわいはつづくと申《もう》します。しかし今回は、さいわい以前《いぜん》ほど深刻《しんこく》なものではありません。羊が行方《ゆくえ》不明というだけの話です」

それならおそろしいというほどでもない。母さんの肩《かた》から力がぬけた。それでもやっぱり、つかれた顔つきだった。

「母さん……あたしが行こうか？」こんなに青ざめてぴりぴりした母さんを見ているのは、たえられない。「羊が行方不明というだけなら……」母さんの弟子《でし》になって、まだ七カ月足らずだけど、それぐらいの小さな事件《じけん》なら、あたしの力でもまにあいそうだ。

ラクランの男は反対《はんたい》しようと口を開いたが、思いとどまった。でも恥《はじ》あらわしの十一才の娘《むすめ》にたのみたくなさそうなのは、明らかだった。

母さんは男のとまどい顔を見て、弱々しくほほえんだ。

「ふたりで行きましょう、ディナ。たいへんなときは、わたしがついてるから。ローサ、メリをマウディのところに連れ《つ》てってくれる？ふたりとも、あそこならよろこんでめんどうを見てくれるわ。それにマウディは、ローサがつくってくれた木彫《きぼ》りのおさじがそりゃあお気に入りでね。あと何本かつくってあげたら、あなたがこないだからほしがっている小犬を、ゆずってくれるかもしれないよ」

ローサはぱっと笑《え》みをうかべ、それからちょっと赤くなった。ほめられるのに慣《な》れてないのだ。ドゥンアーク一きたなくてまずしいどぶ板横町《いたよこちょう》では、数えきれないほどの人に私生児《しせいじ》だの娼婦《しょうふ》のガキだのと言われてきた。実《じつ》の兄さんまで、そうののしったのだ。

「連《つ》れて帰ったら、ヤジュウがなにかしないかなあ」ローサは言った。

「ヤジュウは気のやさしい大人《おとな》の犬よ。子どもにはがまんが肝心《かんじん》ってことぐらい、わかっているわ」

でもそう言ったとき、母さんはほんとうに子犬のことだけを考えてたのかなあ。あたしにはそうは思えなかった。


うちには馬は一頭しかいない。去年ドゥンアークでブリスをなくしたあと、マウディ・ケンシーがくれた黒い去勢馬《きょせいば》のファルクだけだ。そこで母さんは薬草師《やくそうし》デビに、ふさふさ毛の灰色《はいいろ》のポニーを貸《か》してもらえないかとききにいった。デビはいいと言ってくれた。

でもまだ問題がある。母さんはカランの護衛《ごえい》なしではめったにどこへも出かけないのに、そのカランが見つからない。「狩《か》りに出てる」カランの母さんには、それしかわからなかった。

「わたしがお守りしましょう。帰り道も、娘《むすめ》さんとおふたりのおともぐらい、よろこんでいたしますよ」ラクランの男はいった。

母さんは一瞬《いっしゅん》ためらった。それからうなずいた。

「ローサ、イバイン・ラクランさまとヘブラクの水車まで出かけたと、マウディに伝《つた》えておいてね。暗くなるまでに帰るわ」

こうしてようやくヘブラク水車に向かって出発することになった。隣人《りんじん》の羊を三頭ぬすんだらしい男に会うためだった。

ゆうべは雨だったが、いまは日が出ていて、あたたかくすごしやすかった。羊丘《ひつじおか》のふもとの木立《こだち》にさしかかると、イバインはぬれた枝《えだ》をそうっと持ちあげて、母さんとあたしが通りぬけるとき、マントにしぶきがかからないようにしてくれた。この人はほんとに礼儀《れいぎ》ただしく、たいていの知りあいよりずっと洗練《せんれん》された物腰《ものごし》をしていた。たとえばカランなら、ぬれた枝くらいあたしたちは頭を下《さ》げて軽々とよけられるとふむだろう。枝を持ちあげるひまがあれば、ひと足先に進んで丘《おか》のむこうに敵《てき》がひそんでいないかたしかめ、頂《ちょう》上《じょう》であたしたちが着くのを待つはずだ。

「あの人ってとっても……品《ひん》がいいというか、そんな感じだよね」母さんにささやいてみた。石炭《せきたん》をつけた指でさっとあごをなでたあとみたいな、こざっぱりした三角ひげをのぞくと、きれいに顔をそっている高地民を見たのなんて、はじめてだった。「話しかたもね」

母さんは笑《わら》った。「ディナったら。革服《かわふく》を着て、うう、とかああ、とかうなるだけ、なんて高地民ばかりじゃないことぐらい、いまではわかっているでしょうに」

「カランはそういう人だけどな」あたしは小さい声で言った。

「そんな人じゃありませんって」母さんは言いかえしたものの、笑《わら》ってしまった。カランは気が向けば、いかにも高地民らしくなるのだ。

「お嬢《じょう》さん」イバインが呼《よ》びかけた。いまでは十馬身《ばしん》ほどまえを進んでいた。「そのポニーはもうすこし足を速められますか？　暗くなるまでにお宅《たく》に送りとどけたいものですから」

「はい、できることはできます」あたしは返した。「ただ、その気があるかどうかはべつですけど」デビのポニーは自分のペースでなら、足を止めもせず、一日じゅうでも歩く。ただ急がせようとすると、意地《いじ》をはることがあるのだ。それでも足で胴体《どうたい》をしめつけると、耳をぴくつかせ、気を悪くしたようにしっぽをふったものの、おっくうそうなかけ足で、ゆたゆたとイバインの乗る大きな鹿毛馬《かげうま》に追いついた。

太陽が空高くに上《のぼ》るあいだ、おおむね東に向かって進んだ。雨も霧《きり》も刺《さ》すような風もないめずらしい日で、あたしはダビンのことも、朝のいやな気分もわすれかけていた。ポニーはおとぎ話に出てくるような馬じゃないけど、美しい春の日に遠乗《とおの》りするのは、すてきだった。ほんとうならきょうは洗濯日《せんたくび》だから、なおさら気分がいい。

ヘブラク水車に行くのははじめてだった。でも母さんは行ったことがあるらしく、イバインが岩だらけの尾根《おね》を東にこえようとすると、ファルクの手綱《たづな》を引いて足を止めさせた。

「ケマーの崖《がけ》の西に出たほうがいいのではありませんか？」母さんはたずねた。

「先日来《せんじつらい》の雨と雪どけ水で、いまケマーのわたり場は通れません。ご婦人《ふじん》がたのためにも危険《きけん》をおかしたくないのです。こちらの道は遠いが、安全です」

ほらまた、「ご婦人がたのため」だって。男だっておぼれることはあると思うけど。でも母さんはうなずいただけで、あとにしたがった。

あたりは美しい。山道は、細く鏡《かがみ》のようになめらかなケマー湖《こ》の岸にそってのびていた。両側には銀色のカバが生《お》いしげる、けわしいがけがそびえている。水面は波ひとつなく、灰色《はいいろ》の岩、うす緑の葉、黒白とりまぜたカバの木々が、暗い水面にそのままのすがたで映《うつ》っていた。バンが一羽泳《わ》いでいくと、水面のかげがゆらゆらと乱《みだ》れたが、しばらくするとおさまり、あたりをまたくっきりとあざやかに映しだした。上の風景《ふうけい》と水面に映る風景の見分けがつかないくらいだった。

水鏡《みずかがみ》を見つめていると、目の端《はし》にちらりとなにかが映った。大きな獣《けもの》。それとも人間？　顔を上《あ》げ、頭上のがけに目を走らせた。もうなにも見えない。でもなにかいた。それはたしかだ。あたしは手綱を引いた。

「あそこになにかいました。がけの上に」指さして、言ってみた。

「見ましたよ。ただのキジです」イバインは言った。

このときだ。なにもかもへんだと気づいたのは。上にいたのはなにか知らない。でも、ぜったいキジなんかじゃない。カランも連《つ》れずにこんなところまで遠乗《とおの》りするなんて、しかもいつもとちがう道を取り、案内《あんない》と護衛《ごえい》を赤の他人にまかせてるなんて、すごく危険《きけん》だ、という気が急にしだした。

「さあ行きましょう、ご婦人《ふじん》がた」イバインがはげますように言った。「日はもう高い。羊泥棒《どろぼう》が待ちうけております」

でもあたしは灰色《はいいろ》ポニーを歩かせなかった。ここはせまい山道だから、母さんとファルクが横をすりぬけようとしても、通れない。

「ディナ、行きましょう。進んで」

「帰ろうよ」あたしは小さな声で言った。「あれはキジじゃなかった」

一年まえなら母さんは、「なにを言ってるの」とかわして、馬を進めたろう。でもいまではふたりとも、用心はしすぎることがないと心得《こころえ》ている。母さんは無言《むごん》でファルクの向きを変《か》えさせ、もと来た道を猛然《もうぜん》と走りだした。ポニーにつづけとせっつく必要《ひつよう》はなかった。どちらに行けば家なのか、ようくわかっていた。

肩《かた》ごしにふりむいたとき、まさにイバインが、うしろに従順《じゅうじゅん》な〝ご婦人《ふじん》がた〟がついてきていないのに気づいたところだった。イバインは「止まれ！」とも「待て！」とも、ふつうなら言いそうなことばはなにも言わなかった。一瞬《いっしゅん》かっと腹《はら》を立てたようだった。それから指を二本口にそえ、するどく口笛を吹《ふ》き鳴らした。

崖《がけ》の茂《しげ》みがいっせいにさわぎだした。動く気配《けはい》に物音、さけび声。どれも断《だん》じてキジではなかった。

「走るのよ。死にもの狂《ぐる》いで！」母さんがさけんだ。

ファルクはけんめいにまえをひた走り、ポニーもこんかぎりあとにつづいた。でもポニーの足はたくましくても、イバインの鹿毛馬《かげうま》のよりずっと短かった。ひづめの音がまぢかにせまってくる。と思う間《ま》に馬が横にならび、体をぶつけてきた。ポニーはよろめき、あたしはあやうくふり落とされそうになった。イバインが手綱《たづな》を横取りした。そして二頭をせかし、鼻を崖側《がけがわ》に、おしりを落ちそうなほど水ぎわに向けさせた。

「止まれ、恥《はじ》あらわし！」イバインは母さんにどなった。「娘《むすめ》をおさえたぞ」

母さんがあんまり急に手綱を引いたので、ファルクはしりもちをつきそうになった。母さんは鞍《くら》の上で向きを変え、イバインと向きあった。その目は怒《いか》りに燃《も》えていた。

「**なんという人間なのです**」魂《たましい》をもつらぬく恥あらわしの声で、母さんは口を切ったが――

「くそっ、うてっ！」茂みでだれかが大声を上《あ》げ、とたんに長くて黒いものが空中に飛《と》びだした。ひゅーっと空気を切る音、それからどすっと、気分の悪くなるような音。母さんがファルクの首にたおれふした。黒く長いものは、母さんの肩《かた》に突《つ》きたっていた。

母さんを矢で射《い》たんだ。

母さんを矢で射たんだ。

はじめ頭にうかんだのは、これだけだった。ファルクはよろよろとまえに二、三歩進み、ふたたび足を止めた。茂《しげ》みから襲撃者《しゅうげきしゃ》がひとりすがたをあらわし、山道までの数メートルをすべりおりた。そいつは母さんの黒馬に近づいてきた。

あたしはイバインに向きなおった。母さんのまなざしが命中《めいちゅう》し、そのせいでイバインはぼうっとしている。あたしが最後《さいご》をしめてやる。

「**なんという人間なのです。丸腰《まるごし》の子づれの女を傷《きず》つけるとは**」声をしぼりだした。頭に来ているうえ、恐怖《きょうふ》で集中力《しゅうちゅうりょく》は半分だったが、それでも正しい声は出せたから、相手は目をはなすことができなくなった。イバインはよろよろとあとずさり、あたしが酸《さん》でも吐《は》きかけたように、顔をかばった。

ベルトから肉切りナイフをぬき、鹿毛馬《かげうま》の手綱《たづな》をすばやくふた太刀《たち》で断《た》ち切った。それから鼻づらを思いきりぶんなぐった。馬はおどろいてあとずさったはずみに、うしろ足を片方《かたほう》ふみはずし、あわてて道にもどろうとあがいた。イバインは手綱をつかんだが、もちろんどうにもならない。馬が足場を取りもどしかけたそのとき、ナイフでももを突いてやった。馬はもうどうにでもなれと思ったようだ。まえに飛《と》びだし、むちゃくちゃな足どりで山道を走り去った。イバインには止めるすべなどなかった。

それからすばやくポニーの向きを変《か》え、母さんに近づく男に向かって、ずんずんと進んでいった。男がふりかえった。口がおどろきで、あんぐりと黒いO《オー》の形になった。ポニーは男に体あたりをして、山道からはねとばした。次の一瞬《いっしゅん》、男は空中にういて、両腕《りょううで》を水車みたいにぐるぐる回し、なんとか体勢《たいせい》を立てなおそうと、むだな努力《どりょく》をしていた。落ちたところは見ていない。水音が聞こえただけだ。

「母さん……母さん……だいじょうぶ？　聞こえる？」

母さんは、どうにか鞍《くら》の上から落ちずにいた。

「走って」食《く》いしばった歯のあいだから、ことばが出た。「ファルクはついていくから」

黒馬の横をすりぬけて、ポニーをまえに出した。山道は馬二頭がならんで歩くには細すぎたので、ファルクが本能《ほんのう》と仲間にたよってついてくるだろうと信《しん》じるしかなかった。敵《てき》があとふたり山道に下《お》りてきたが、むこうには馬がなかった。灰色《はいいろ》ポニーでも、やつらには追いつけない。あたしは進み、ファルクはつづいた。

ディナ

4 柳《やなぎ》の館《やかた》

逃《に》げる。とにかく頭にはそれしかなかった。遠くへ、すばやく逃げるんだ。でもすぐに気がついた。母さんはそんなに遠くまで逃げられない。この道をずっとたどっていけば、やがて母さんの力がつきるころ、敵《てき》につかまってしまう。いまはこちらが引きはなしているが、敵はたぶんどこかに馬をつないでいるから、乗れば必死《ひっし》に追いかけてくるだろう。どこかにかくれ場所をさがさなくては。できれば夜の寒さと湿気《しっけ》を避《さ》けられるようなところがいい。

ここが白樺村《しらかばむら》だったら、でなければせめて、ようやく勝手がわかりはじめたケンシー郷《ごう》だったらよかったのに。でもいまはどっちに向かえばいいのかもわからない。それに馬はかくすのがむずかしい。大きすぎるうえ、おとなしくさせておくのも楽《らく》じゃない。馬たちのかくし場と、母さんとあたしのかくれ場をべつべつにするほうがいいのかも。でも馬と別《わか》れるなんて、思っただけ

でぞっとする。はぐれたりしたら、ぜったい母さんを家に連《つ》れて帰れない。

山道を小川が横ぎり、ざあざあと湖に向かって流れていた。ポニーにふみこませ、わたるのではなく流れにそって歩いていくことにした。それも上流に向かって。川底《かわぞこ》は岩だらけで歩きにくいけど、ポニーはこういうのが得意《とくい》だ。走らせても速くないけど、足もとはしっかりしている。

「母さん？」

「うん……とにかく進んで」母さんは低い声で言った。右手を腰《こし》のベルトにつっこみ、左手でファルクのたてがみをつかんでいる。落ちない用心だ。右肩《みぎかた》には矢が、ヤマアラシの針《はり》のようにぴんと突《つ》きたっている。

「矢を……ぬいたほうがいい？」おずおずとたずねた。だってぬくとしたらあたしの役目だし、そんな勇気《ゆうき》や力があるか、あやしいものだったから。

母さんは弱々しく首をふった。

「ううん。出血がよけいひどくなるから。あとでね」

あたしたちは小川を上《のぼ》っていった。両岸《りょうがん》はどんどん高くけわしくなり、頭の上は木の枝《えだ》が曲がってからみあい、まるでトンネルをくぐっているみたいだった。それからやにわに進めなくなった。木がたおれて川すじをふさいでいたのだ。人ひとりぐらいなら、といっても一メートル近い矢が刺《さ》さっていなければだけど、木の下をくぐることはできる。でも馬をくぐらせるのは、どうしたってむりだ。

たおれたカバの木をにらんでいると、恐怖《きょうふ》と、さらには絶望《ぜつぼう》から流れでた涙《なみだ》が、ほおを熱《あつ》くぬらした。絶体絶命《ぜったいぜつめい》だ。岸に上《あ》がろうにも、けわしすぎてむりだ。まえには進めない。あともどりすれば、イバイン一行《いっこう》と顔を合わせるしかない。

「ひっぱるのよ。川からひっぱりだすの」母さんが言った。

ひっぱるって？　あたしにはカバの木なんてぜったいに動かせない。でも……そうか。そういうことか。デビの灰色《はいいろ》ポニーは、そもそもは人が乗る馬ではない。かつては山のような材木《ざいもく》をひいていた、たくましいちびの働《はたら》き者なのだ。それに、カランに教わった〝高地で生きていく術《すべ》〟を、むだに聞いてたわけじゃない。「綱《つな》と刃物《はもの》と火打ち箱だ。綱と刃物と火打ち箱だぞ。外に出るときはぜったいにわすれるな」そうカランは言ったっけ。

ポニーの背《せ》からすべりおりると、綱を鞍《くら》からはずし、片端《かたはし》を木の先に巻《ま》きつけた。もうひとつの端はポニーの鞍に結《むす》んだ。ええっと。高地民はどんなかけ声をかけたっけ。

「ハラー、ハラー……」母さんがささやいた。あたしはうなずき、ごくんとつばを飲みこんだ。ポニーは初心者《しょしんしゃ》の命令《めいれい》を聞いてくれるかしら。

「ハラー、ハラー、ハラー」しっかりと大きな声で言いながら、念《ねん》のために何度か舌《した》を、ちょっ、ちょっ、と鳴らした。この子はただの、さえなくてもじゃもじゃ毛のポニーにしか見えないかもしれない。でも実際《じっさい》は宝《たから》だ。四本足の、またとない宝物だった。川底《かわぞこ》に足をふんばると、全身の力をこめてひっぱってくれたのだ。ゆっくり、じわじわとゆっくり、しかもがりがり、ざりざり、ばきばきとさわがしい音を立てながらだったけど、やがて木の先が岸からはずれた。そして幹《みき》の向きが川の流れと平行になった。

「いい子。いい子だね」言いながらもじゃもじゃの首をなでてやった。「よし。止まれ！」するとポニーは足を止め、自分が人間たちの命を救《すく》ったことにもとんと気づかず、その場でおちつきはらって立っていた。

ファルクにゆっくりと木の横を通らせてから、また足を止めさせた。それからふといい考えを思いついた。もう一度鞍《くら》の端《はし》に綱《つな》を結《むす》びつけ、ポニーに引かせて木をもとの、川をふさぐ形にもどしたのだ。

いい気分だった。まるで戸をばたんと閉《し》めきった感じ。万が一敵が、小川を上《のぼ》っていったと感づいたとしても、そして万が一ここまで追ってきたとしても、考えちがいだったと思ってくれるだろう。また万が万が一、ほんとうのことに気づくほど敵《てき》の頭がよかったとしても、もうどうにもできないだろう。だって連中《れんちゅう》のだれかが、朝から晩《ばん》まで材木《ざいもく》をひっぱることしか考えていないような、頑丈《がんじょう》な高地産荷役馬《にえきば》に乗っているなんて、まず考えられないから。

「頭、いいわね」母さんが、弱々しくかすれた声でささやいた。もうそんな声しか出ないようだ。

いけない。これでは時間のむだづかいだ。なんとかすぐにかくれ場所を見つけなくては。母さんを馬から下《お》ろして、横にならせてあげられる場所を。綱《つな》をもとどおりに巻《ま》きなおしてポニーに乗った。そしてそろって、小川のさらに上流に進んでいった。母さんがまだしばらく辛抱《しんぼう》できるように、ゆっくりと。

川岸がまた低くなりはじめていた。流れもゆるやかになっている。シカが通ったあとだろうか、細いふみわけ道が岸にそって走っている。あたしはポニーをはげまして岸を上《あ》がると、馬から下りてあともどりし、ファルクが上《のぼ》るあいだ母さんをささえた。そしてしばらくそのままふみわけ道をたどった。

そこで柳《やなぎ》が目に入ったのだ。

でっかい。葉っぱでできた緑の滝《たき》だ。むかしは岸のふちにまっすぐ立っていたのだろうが、嵐《あらし》かなにかで半分根《ね》こぎにされたようだ。以前《いぜん》根が地面からひきはがされたところに、ぽっかりと穴《あな》が口を開けている。それでもなお木は生きのびて、ほぼ横になったまま成長をつづけた。そして小川のなかに自分だけの小さな領地《りょうち》をつくりあげたのだった。

馬から下りると、もう一度ファルクとポニーに止まれと命じた。おそるおそる柳の幹《みき》を伝《つた》って下りてみる。緑と黄色の細葉《ほそば》のカーテンをかきわけていくようだった。カーテンのむこうに出ると、そこはしっかりとした砂地《すなじ》の小島だった。葉の厚《あつ》い茂《しげ》りで完全《かんぜん》に目かくしされた、かくれ小島だ。言いかえればあずまや。または生きた木の館《やかた》。申《もう》し分ないかくれ家《が》だ。

「すこしあともどりして、川に下《お》りられる場所をさがさないといけないな。でもそうしても損《そん》はないよ。馬だってなかに入ってしまうもの」と母さんに話した。

母さんはうなずいただけだった。ごくごくかすかなうなずき。いまでは死人のように青ざめ、水浴《みずあ》びをしすぎて体が冷《ひ》えた子どもみたいに、唇《くちびる》が紫《むらさき》になっていた。傷口《きずぐち》から流れる血がシャツをそめている。ただ心配したほど多くはなかった。母さんが矢をぬかなかったのは、たぶん正しかったのだ。心配するのは、ひとまず棚上《たなあ》げにしよう。柳《やなぎ》のかくれ家に下りて、人目に立たず安心できてから、介抱《かいほう》にかかればいい。それまでよけいなことは考えまい。

イバインたち敵《てき》がいる方向にもどっていくのは、おそろしかったし、まちがっているのではないかと思えてびくびくした。でもありがたいことに、それほど長くもどらなくてすんだ。もう一度馬たちを小川に下りさせ、あらためて上流に向かい、柳の場所にたどりついた。馬から下《お》り——あたしの長靴《ちょうか》はもうぐしょぬれだった——ポニーをひいて葉のカーテンをくぐった。ポニーは障害物《しょうがいぶつ》をくぐるときも、おちついていていやがらなかった。がっしりした枝《えだ》につなぐと、次にファルクをむかえに行った。

ファルクははじめ、警戒《けいかい》して頭をふりたて、さからった。馬がおどおどして動くたびに母さんが痛《いた》がっているのがわかり、もうすこしで、ちゃんとしてよ！　と馬をどなりつけたくなった。

でも、そんなことをしても、うまくいきっこない。ファルクはしずかに話しかけ、おだやかになでてやらないと、言うことを聞かせられない。それでもようやく小川に下《お》りてくれた。たぶんポニーのにおいをかぎつけて、こわい緑のかたまりのうしろに仲間が待っていてくれるとわかったのだろう。

手を貸《か》して母さんをファルクの背《せ》から下ろし、柳《やなぎ》の枯《か》れ枝《えだ》を急いでかきあつめた上にすわらせた。あとでもっとかわいた寝床《ねどこ》をつくらなくてはいけないけれど、いまは急ぐ仕事がいくつもあった。あたしはベルトからスズのコップをはずし、母さんに飲ませる水をくんだ。

「上にもどって、足あとを消してくるね。もしもふみわけ道をたどってきて、柳のまえで急にひづめのあとがなくなっているのを見られたら……それからどうしたか考えつくのは、むずかしくないと思うの」あたしは言った。

母さんは、冷《つめ》たくすきとおった水をすすった。そして言った。「行って。ここで待ってるから……」

安心させるつもりで気楽《きらく》そうに言ったみたいだけど、母さんの笑《わら》い顔は、目のまえで痛《いた》みにゆがんだ。もう一度、あたしは必死《ひっし》に涙《なみだ》をこらえた。

足あとを消すためにできるだけのことをしおえると、松《まつ》の枝を集めて寝床まがいのものをつくった。さて、もうこれ以上逃《に》げてはいられない。矢をなんとかしなくては。矢は肩《かた》を貫通《かんつう》してはおらず、先端《せんたん》が鎖骨《さこつ》の真下で止まっていた。さわると、かたいこぶになっていた。

「どうすればいい？　引きぬこうか？」あたしはたずねた。

母さんは首をふった。「引きぬくのはまずいわ。押《お》しださないといけない。つまり、体のまえまでつらぬかないとだめなの。でもおまえにそこまでの力はないよ」

「でも――まさかそのままにはできないでしょ。横になることもできないよ」

「ナイフを使って。矢柄《やがら》を切りおとすの」

あたしは言われたとおりにした。楽《らく》な仕事ではなかった。にくたらしい矢にあたしがふれるたびに、母さんがどんなに痛《いた》い思いをしているか、目に見えてわかるのだ。終わったとき、母さんの顔には涙《なみだ》がすじをつくって流れおちていた。こわかった。自分の母さんがそんなふうに泣《な》くすがたを見るのは、とてもこわい。そのあと母さんは横になったけど、あんまり顔が真っ青でしずかなので、もしや死にかけているのでは、と心配になった。

危険《きけん》ではあったけれど、小さな火をたいた。コップの水をあっためられるぐらいの火だ。小枝《こえだ》や枯《か》れ葉《は》は、そのへんにいっぱいあった。それにこのかくれ家《が》には、もうひとついいことがあった。柳《やなぎ》の皮に不自由しないことだ。柳の皮をせんじたお茶は、痛みや熱《ねっ》や炎症《えんしょう》をおさえる、いい薬なのだ。

お茶を飲みおえた母さんに手を貸《か》して横にさせ、母さんのとあたしのと、マント二枚《まい》でくるんだ。母さんはパンもすこし食べた。あたしはもうすこし大きめのを、鞍袋《くらぶくろ》に入れてあったチーズをそえて食べた。パンは口のなかでもそもそした。食べかたすらわからなくなったような気がした。だけど、あれだけのことがあったあとでも胃《い》に食べ物がおさまると、すこしおちついた。

午後になって人声が聞こえた。あたしは飛《と》びあがって、馬のわきにかけつけ、おとなしくさせた。母さんは眠《ねむ》っていた。起こしたくなかった。連中《れんちゅう》に見つかるか、見つからないか、一《いち》か八《ばち》かだ。ここから逃《に》げる道はない。じっとしているほか手だてがないのだ。

声は近づいてくる。岩だらけの川岸を、かぽかぽひづめがふむ音も聞こえる。ファルクの鼻がひくひくした。だからしずかにしているよう、鼻づらをおさえた。ポニーは頭を上《あ》げて、鼻から低く息を吐《は》いた。でもそれ以外《いがい》は常《つね》と変《か》わらずおちついていた。ひづめの音は止まることなく、やがて人声も遠くなった。また息ができるようになった。

柳《やなぎ》のかくれ場で、その日一日、つづいてひと晩《ばん》すごした。イバイン一味が近くにいるかもしれないうちは、ここをはなれる勇気《ゆうき》が出なかった。ちらちらまたたく太陽の光が消えると、小川は冷《ひ》えびえと陰気《いんき》な場所に変わり、あたしはふたりともすこしはあたたまれないかと、母さんによりそって横になり、そうっと両腕《りょううで》を回した。柳の皮茶を飲んでから、母さんはまえより楽《らく》な息づかいをしていたが、顔色はまだ、ぞっとするほど青かった。矢をこのままにしておけば、やがて炎症《えんしょう》が起きるにちがいなかった。

その夜はとても長かった。母さんのためにあと三度お茶をせんじた。一度は遠い声を聞きつけて飛《と》び起きたが、さいわい近づいては来なかった。

ようやく朝の太陽がもどってきて、葉のカーテンごしにさしこんだ。ちらちら踊《おど》る木《こ》もれ日《び》とかげを見つめながら、しばらくすわりこんでいた。でもこのままでいられないのはわかっていた。母さんをここに置《お》いて、助けを呼《よ》びに行かなければ。ふたりしてぼんやりと、味方が見つけてくれるのを待つわけにいかない。先に敵《てき》に見《み》つかるかもしれないから。それに母さんは、馬に乗れる状態《じょうたい》じゃない。といってポニーだけを連れ、ファルクを置いていくわけにもいかない。ひとりにされるとファルクは心細《こころぼそ》くなっておちつきがなくなり、いなきだすかもしれないからだ。ひとりの好《す》きな馬はいない。ましてファルクは、とりわけさびしがりだった。二頭とも連《つ》れていくほうがいい。ファルクに乗ってポニーをひいていこう。二頭をくらべれば、ファルクのほうがやっかいを起こさない馬だ。

「母さん？」

それまでずっと口をきいていないので、もしかして意識《いしき》がないのでは、と心配になった。でもあたしの声を聞くと、母さんは目を開けた。

「助けを呼んでこなくちゃ。柳茶《やなぎちゃ》を二杯《はい》つくっといたの。熱《あつ》いうちに一杯《ぱい》飲んどいて」

あたしが母さんで、母さんが子どもみたい。こういう言いかたって、ぎくしゃくしてしまう。でも母さんはすなおにうなずいた。

「気をつけてね、いい子ちゃん」母さんは言った。

しばらくそこにいて、母さんがひとりでお茶を飲めるのをたしかめた。それから二杯《はい》めのお茶の横にパンとチーズをならべ、ファルクとポニーに鞍《くら》をつけると、二頭をひいて葉のカーテンをくぐった。小川ですこしだけ水を飲ませた。おなかをふくらませないよう、すこしだけ。かなりの距離《きょり》を行かなければならないし、必要《ひつよう》になれば走らせられるようにしておきたかった。それからファルクにまたがり、ポニーをひきながら川のなかを進んでいった。

ダビン

5　この世にふたり

生まれてはじめてシカをしとめた。きれいな雄《おす》だ。うれしくて誇《ほこ》らしくて体じゅうがほこほこする。ケツ黒とカランもいっしょに帰ってきた。そうせざるをえなかったんだ。雄《お》ジカ一頭運ぶなんて、おれひとりじゃむりだしな。けど台所に入ったとたん、家にだれもいないとわかった。テーブルにはふきんをかぶせたわんがひとつ。母さんはおれの分の朝のおかゆを、取りわけといてくれたんだ。やましくてずきっと胸《むね》が痛《いた》み、よろこびと誇りにかげを落とした。

ディナがていねいな字で書いた手紙が置《お》いてあった。

「母さんとディナはイバイン・ラクランとかってやつと、ヘブラク水車に出かけたみたいだ」中身をたどってなんとか読みおわると、おれは言った。字を読むのは得意《とくい》じゃない。四才も年下のくせに、ディナのほうがずっとうまい。辛抱《しんぼう》ができるたちなのだ。「なんか羊がぬすまれたみた

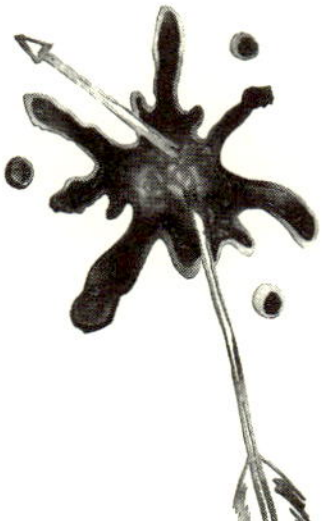

いだな」

「おれぬきでか？」カランが気を悪くしたように言った。本気で母さんの護衛《ごえい》に燃《も》えてるのだ。

「おれたちの居場所《いばしょ》がわかんなかったんだよ。けどラクランが家まで送りとどけるって」

カランがうなるような声を立てた。気に入らないんだ。そうだろう。でもさしあたりなにもできることはない。

「マウディんちまで、ローサとメリをむかえに行ったほうがいいかな。ま、帰りたいっていうならだけど」

だけど、ふたりとも帰る気がなかった。ローサはマウディのためにさじをけずってるし、メリは子犬と遊んでた。

「きょうシカをしとめたんだ」耳で味わってみたくて、ローサに話した。「雄《お》ジカだぞ」

「よかったね」ローサはうわの空で答えると、さじをけずりつづけた。しとめて帰ったのが雷鳥《らいちょう》だろうが野ウサギだろうが、おなじことを言っただろう。ローサには狩猟《しゅりょう》ってものがぜんぜんわかってない。

しばらく、ローサが仕事をしてるのをながめてた。亜麻色《あまいろ》のおさげが、めずらしくゆれもせずたれている。顔は集中《しゅうちゅう》しきってしかめっつらになっている。どうやらさじの持ち手を犬の形にけずってるようだ。鼻先がつんととがって耳がひらひら長い狩猟犬《けん》だ。

「ニコがいるかどうか、見てくる」ローサに言った。

「んんん……」ローサは細いすじをいっぱいきざんで、犬の毛に見せようとしていた。いまだにドゥンアークから持ってきた、古いさびだらけのナイフを使っている。いつか金ができたら、新しいのを買ってやろう。ほんとうにいいやつを。とはいっても、ドラカンの足を刺《さ》したナイフが、そんなに安物《やすもの》のわけないけどな。

ニコとマウヌス先生は、去年の秋にこの土地に着くと、母親のマウディ・ケンシーの農場のひと棟《むね》に入った。最初《さいしょ》はうちも、家の棟上《むねあ》げができるまで住んでたところだ。ケンシー一族はニコとマウヌス先生が家を建《た》てるなら手伝《てつだ》うつもりで用意をしていた。けどマウヌス先生ときたら、母親の家に同居《どうきょ》しているのが、「こんな年にもなって！」と不平《ふへい》たらたらなくせに、いっこうに引《ひ》っ越《こ》すきざしが見えなかった。どんなに文句《もんく》を言ってても、きっとお母さんの家が性《しょう》に合うんだろう。でなきゃいつの日か、またドゥンアークにもどることを夢《ゆめ》みているのかもしれない。

先生とニコはけんかの真っ最中《さいちゅう》だった。べつにめずらしいことじゃない。あれがあのふたりのふつうの話しあいかたなんだろう。ふたりは父と子みたいに気づかいあっているとディナは言うけど、ほんとかな。

「どうしていつまでも、おろかもののふりをする？」先生がわめいた。「わたしが正しいとわかっておるだろうに」

「まったくわかりませんね」ニコはずっとおだやかに、けどたっぷり熱《ねつ》をこめて言いかえした。

「けっこう。めでたいな。ならばいやしい羊飼《ひつじか》いを演《えん》じておればいい。ドラカンがそれをゆるしてくれるかぎりはな」

「羊飼《ひつじか》いのどこがいけないんです？」

「べつに。それが生まれついての身分であれば、満足《まんぞく》しても悪くはない。だが、おまえにはドゥンアークの城《しろ》と町に対《たい》する責任《せきにん》があるのだぞ」

「ぼくのことをかけらも気にしていない町なんて！　住民《じゅうみん》たちがドラカンを君主《くんしゅ》とあおぎたいのなら、そうさせればいい。ぼくをほっといてくれるなら、それでいいんだ」

おれは戸口でおろおろしていた。せきばらいをしようかな。あいさつするほうがいいかな。それともだまって立ち去ったほうが？　消えようと決心した瞬間《しゅんかん》、ふたりとも同時におれに気がついた。

「おお、ダビンか。元気かな？」先生が言った。

「はい。おかげさまで。きょうは矢でシカをしとめたんです」でもドラカンとドゥンアークの話の真っ最中《さいちゅう》じゃあ、せっかくの手柄《てがら》も子どもっぽいちっぽけなものにしか聞こえなかった。

「よかった、よかった……」マウヌス先生は、ローサとおなじようにうわの空でつぶやいた。まともな質問《しつもん》をしてくれたのは、ニコだった。

「一発命中かい？」

「心臓《しんぞう》のどまんなかさ」カランが狩猟《しゅりょう》ナイフを使うひまもなかった。たどりついたとき、シカはすでに死んでいた。

ニコはそれ以上《いじょう》なにも言わなかった。ただうなずいた。そのほうが、おおげさなほめことばよりずっとよかった。ニコにはわからないところがたくさんある。ときどきよけいな世話《せわ》を焼《や》きやがって、と思う。けど、ときにはその場にぴったりのことをしてくれる。そんなとき、こいつともっと親しかったらなあ、と思う。

「母上《ははうえ》はまだもどられないのか？」

おれは首をふった。「うん。まだ」

「ぼくがついていってあげられれば、よかったんだが……」

最後《さいご》まで言わずにことばを切った。でも切ったあとのことばは、見当がついた。なぜってニコが母さんの護衛《ごえい》に立つなんて、なんともばかげた考えだからだ。ドラカンが夜中に寝《ね》つけない理由があるとすれば、それは、ニコがまだ生きていて、いつかドゥンアークに帰ってくるかもしれない、ということだろう。ドラカンは報奨金《ほうしょうきん》を出している。ニコの首を持ってきた人間に金貨《きんか》百マークを出すというのだ。体がついていない首だけでもかまわない、と。百マークといったらひと財産《ざいさん》だ。ニコが護衛なんかしたら、やっかいごとを避《さ》けるどころか、呼《よ》びよせるばかりだ。

「なぜカランを連《つ》れて行かなかったのかね」マウヌス先生が聞いた。

「狩《か》りに出かけてたんです」おれは答えながら、ちくりと胸《むね》が痛《いた》むのを感じた。おれのせいではないはずなんだけど。べつに自分から狩りに行きたいと言いだしたわけではなく、カランがついてきていいと、言ってくれただけなんだから。

「ほんとうは、カランぬきではどこにも行ってはいけないんだがな。ドラカンが母上《ははうえ》のことをわすれるわけはないから」ニコが言った。

「イバイン・ラクランはできる男だといううわさだぞ」マウヌス先生は言った。「あの男なら守りはカランなみにかたいだろう。ことにラクランの土地ならばな」

「帰ってきたら知らせます」おれは言った。

午後いっぱい使って、母さんの薬草園《やくそうえん》にましな囲《かこ》いをつくるため、いっしょうけんめい働《はたら》いた。これでヤギも入ってこられないはずだ。薬草園は雨風があたらず、それでいてできるだけ日あたりのいい場所につくってある。それでもここでは薬草が、白樺村《しらかばむら》の畑ほど育ちがよくないのがわかる。

新しく生活をやりなおすには、たいへんな苦労《くろう》とつらい作業《さぎょう》が必要《ひつよう》だった。ほんとうはもっと家の手伝《てつだ》いをしないといけないことぐらいわかってる。でも剣《けん》の修行《しゅぎょう》もおれには大切なんだ。家と羊小屋を建《た》てて薬草園《やくそうえん》をつくるだけで毎日あくせくしてて、なにになる？　もしまたドラカンがなにもかも焼《や》きつくしたら？　そしてだれにも止められなかったら？

夕方になった。それでも母さんとディナは帰らなかった。おれはマウディの家まで行って、メリやローサといっしょに夕食をごちそうになった。

「母さん、いつ帰ってくるの？」メリが聞いた。ひざには子犬がのうのうと寝《ね》そべっている。

「暗くなるまえに帰るって約束《やくそく》したのに。いまもう暗いのに」

「ヘブラク水車で一泊《ぱく》するって決めたのかもしれないな」小さな心配虫が体のなかでむずむず動きだすのに気がつかないふりをしながら、答えてやった。母さんが外で泊《と》まると、メリはいつも聞きわけがなくなる。ドゥンアークでの一件《いっけん》のあとは、よけいひどくなった。だから母さんは、どんなことをしてでも、必要以上《ひつよういじょう》に外出を長引かせないようつとめている。

メリがあんまりぎゅっと抱《だ》きしめるので、子犬はきゅんきゅん鳴いて身をよじり、下に逃《に》げだそうとした。

「メリ、気をつけて。痛《いた》がってるじゃないか」

メリには聞こえてないようだった。日に焼《や》けたまんまるいほおに、涙《なみだ》が川をつくって流れていた。

「母さんがずっと帰ってこなかったら？」メリは言った。

できるだけの手を使ってメリをなだめ、お気に入りの話を寝《ね》るまえに三つもしてやった。そして言った。もちろん母さんは帰ってくるよ。帰ってくるとも。

次の日の正午ちょっとすぎに、ディナが丘《おか》をこえて帰ってきた。ファルクにまたがり、薬草師《やくそうし》デビんちのポニーをひいていた。顔はおびえとつかれで粉《こ》を吹《ふ》いたように真っ白。見るだけで心が痛《いた》むすがただった。

「母さんが矢で射《い》られた」くたびれきって無表情《むひょうじょう》にかすれた声で、ディナは言った。「急いで。いまにも死にそうなの」

母さんが命を取りとめるとわかるまで、九日かかった。枕《まくら》もとにすわってただ待つだけの九日間。そのあいだどんな感じがしたか、とてもことばにはできない。でもそこにすわって母さんの看病《かんびょう》をしているあいだに、この世にふたり殺《ころ》してやりたい人間がいると、心に思った。ドラカン。そしてあいつ、イバイン・ラクランだ。

ダビン

6　白い雌《め》ジカ

「イバイン・ラクランだって」おれは言った。

カランはこちらを見もしない。正確《せいかく》で手慣《てな》れた動きで、ぶんと斧《おの》をふりおろしただけだ。丸太《まるた》はきれいにふたつに割《わ》れて、いきおいよく両側《りょうがわ》に落ちた。カランはかがみ、新しい丸太を拾って台に置《お》いた。

「そいつがどうした」カランはたずねた。

「母さんを待ちぶせさせた。殺《ころ》そうとしたんだ」

午後の太陽がカランの斧の刃《は》にあたって、きらりと光った。がつっ。ふたつに割《わ》れた薪《まき》が、また地面に落ちる。カランの丸めた背中《せなか》を、じりじりしてにらんだ。ちょっとでいいから斧を置いて、目を見て話してくれてもいいじゃないか。大事な話をしたいんだ。生死にかかわる問題なん

だから。

「カラン、なにか手を打たなくちゃ」

がつっ。また斧《おの》の刃《は》がきらめく。

「ヘレナ・ラクランに使いを送った」

「それで？　イバインのおばあさんだろ。その人があいつを、罪《つみ》の重さにふさわしく罰《ばっ》してくれると思うのかい？　あんな……悪人、死ねばいいんだ」

カランはようやく背《せ》すじをのばして、こっちを見た。「イバイン・ラクランがなにをしたにせよ、どんな罰《ばっ》がふさわしいにせよ、そいつはラクラン一族の問題だ」カランの目は、赤茶色の眉《まゆ》の下でみかげ石みたいな灰色《はいいろ》をしていた。「わかったか、ぼうず」

つまり一族のおきては神聖《しんせい》だってことだ。おきてによればラクラン族の裁《さば》き人《びと》だけが、ラクランの人間に罰《ばっ》を申《もう》しわたせる。けどおれたちの家じゃ、母さんは寝《ね》ついたままだ。体は弱りきり、なにか飲むときもいちいちディナがコップを口もとにそえてやらないといけない。なにもかもイバイン・ラクランのせいだ。

おれはゆっくり首をふった。「いーや。ぜんっぜんわからないよ、カラン」

それからくるっと背を向けて、そのままずんずん歩いた。丘《おか》の上までずっと、首すじにカランの視線《しせん》を感じていた。けど尾根《おね》に足をかけたとたん、ふもとからまた、がつっ、とするどい音が聞こえた。唇《くちびる》をかみしめる。なんだよっ。どうでもいいってのかい。なんだよっ。頭がかっかした。勝手にくだらない薪割《まきわ》りをしてりゃいいや。おれがこの手で問題をかたづけてやる。

時間はすごく早かった。太陽はようよう顔を出したぐらいだ。巨石群《きょせきぐん》〝ダンス〟は、眠《ねむ》る黒い巨人の群《む》れみたいに見える。あかつきが冠《かんむり》をかぶせたみたいに、頭のてっぺんがかすかに金色にかがやいている。

家ではまだみんな眠っていた。母さんもメリもディナもローサも。台所をこっそり通りぬけたとき、ヤジュウだけが戸口に置《お》いた柳細工《やなぎざいく》のかごで起きあがり、のびをしてしっぽをふった。でももう一度ふせろと命じた。連《つ》れて行ければ心丈夫《こころじょうぶ》だけど、だれかが家に残《のこ》って母さんと女の子たちを守らなくちゃな。

前庭を横ぎる。青草にはびっしりと露《つゆ》が下《お》りていて、くるぶしがあっというまにびしょぬれになった。ここはニレの木荘《きそう》みたいに砂利《じゃり》を敷《し》いていない。母屋《おもや》と家畜《かちく》小屋のあいだの庭にあるのは、人の手の入らない土と青草だけだ。

ファルクが仕切りの上から首を出し、眠たそうにこくんとふった。まえの毛にわらの切れっぱしがひっかかっている。どうやらおれに起こされるまで、気持ちよくいびきをかいていたらしい。カラス麦をつかみだしてやると、がつがつ食べだしたので、そのあいだにブラシをかけてやり、ひづめをきれいにした。つごうのいいことに、ファルクは妙《みょう》な時間に鞍《くら》を置《お》かれるのに慣《な》れているから、めんどうは起こさない。仕切りに入れたままにして、剣《けん》を取りに行った。

小屋の外に人がいるのを聞きつけて、羊が出してくれとメエメエ鳴いた。でも聞こえないふりをした。剣は草葺《くさぶ》き屋根のいつものかくし場にあった。南の切《き》り妻壁《づまかべ》から腕《うで》一本分の距離《きょり》に埋《う》めこんであるのだ。ぬきだす。ふと疑《うたが》いが頭をもたげた。ニコがすぐうしろにいて、あの落ちこむことばをくりかえしたような気がした。そいつはただの鋳物《いもの》だ。どうしたってちゃんとした剣にはならない。だけどおれは、今週何時間も何時間も使って刃《は》を研《と》ぎ、みがきをかけてきた。だから、うかつにさわれば手を切るほどにはするどくなっている。世界一かっこいい剣じゃないかもしれない。けど役には立つ。立ってもらわなければ。武器《ぶき》はこれしかないんだから。

丘《おか》を上《のぼ》っていくと、露《つゆ》の下《お》りた草《くさ》のなかにくっきりと、ファルクのひづめのあとが残《のこ》った。でもふりかえると、窓《まど》もとびらもすべて閉《し》まったまま、家は眠《ねむ》りにしずんでいた。

ラクラン郷《ごう》につくまで三度道にまよったこともあって、二日近くかかった。とちゅうにあったさしかけ小屋で、おくびょうな羊に囲《かこ》まれて一夜《いちや》をすごした。ファルクがしっぽをふるたびに、羊がおびえてわっとちらばり、メエメエわめくものだから、ろくに眠れなかった。持ってきたパンの残りを、朝食にした。ファルクにはそのへんの草でがまんしてもらった。

二日めの午後、ようやく最後《さいご》の丘《おか》の頂《いただき》にたどりついた。目の下には町が広がっていた。泥炭《でいたん》やスレートの屋根、灰色《はいいろ》の石壁《いしかべ》、赤っぽい黄土色《おうどいろ》の壁などがまじりあっている。思ってたよりずっと大きい。どこから見てもただの村で、しかも家がまばらにちらばっているケンシー郷《ごう》とは、まるでちがう。

ラクラン郷は、丸石敷《じ》きの通りや広場なんかもある低地地方の町によく似《に》ていた。家のつくりは、泥炭葺《ぶ》きの、低くて幅広《はばひろ》の屋根をそなえた高地農家ふうがほとんどだけど、ところどころに、一族のおえらがたやよそものが建《た》てた、二階建てで回廊《かいろう》つきの低地ふう屋敷《やしき》がまじっていた。マウディの家はたいていの人のと変《か》わらない農家づくりなのに、族長《ぞくちょう》ヘレナ・ラクランの家はすごく目立った。高くそびえるみかげ石づくりの壁と、矢を射《い》る穴《あな》のついた塔《とう》が、女主人をまねかれざる客から守っている。

ファルクはくたびれていた。こっちもご同様《どうよう》だ。町を見ているうち、気持ちがしぼんだ。そりゃ、まるっきりかんたん、とは思ってなかったけど、めんどうでもないと考えていた。想像《そうぞう》ではこうなるはずだった。まず町に乗りこむ、イバイン・ラクランに会って、決闘《けっとう》を申《もう》しこむ、そして戦《たたか》う。カランの言うようにおれの腕《うで》がたしかなら、たぶん勝てるはず。けがぐらいするかもしれない。でも傷《きず》が治《なお》ったときに五体満足《ごたいまんぞく》でいられるなら、問題ない。もちろんこっちが殺《ころ》されることもないとはいえない。でもそのことはあんまり考えなかった。だって危険《きけん》をおかす値打《ねう》ちはあるだろ。すくなくとも人の母親を矢で射《い》ておいて、ぶじでいられるわけがないと、思い知らせられるし。

そういうつもりだったんだけど。

まずイバインを見つけるまでがたいへんだなんて、これっぽっちも考えていなかった。

ファルクは気持ちのいい小屋とうまい食べ物をもらえて当然《とうぜん》なのに、おれは文《もん》なしだった。そのへんの木につないで、あとで連《つ》れに来る、というわけにもいかない。高地にはオオカミがいる。まあ、これほど人家《じんか》のそばまで近づくことはめったにないにしても。ぬすまれるおそれもある。腰《こし》にケンシーの焼《や》き印《いん》がついているから、ラクラン一族のものは手をふれないだろうが、ラクラン郷《ごう》は隊商《たいしょう》の通り道だ。旅人がみな高地民のようにおきてを守るとはかぎらない。

そのうえおれの腹《はら》もからっぽできゅうきゅう泣《な》いてるし、つかれはてて目がしぱしぱした。こんな体調《たいちょう》ではじめての真剣《しんけん》勝負をするなんて、とてもさえてるとはいえなかった。

ファルクが深いためいきをついて首をふり、口から泡《あわ》を飛《と》ばした。ここで心を決めなくちゃ。なんでまたこんなややこしいことになってしまったんだ。物語だと英雄《えいゆう》はまっすぐドラゴンのまえに乗りつけて、首をちょんぎって、めでたしめでたしだ。馬のエサをどうやって調達《ちょうたつ》したかなんて、どこにも書いていない。

ファルクは待つのにあきた。合図《あいず》もしていないのに、とっとと丘《おか》を下《お》りはじめた。そうかっ。

こいつのほうが勝手がわかっているかもしれない。これまでにもラクラン郷《ごう》には来ているんだから。なにもかもこいつにおまかせしたほうがいいかもな。

最初《さいしょ》に通りすぎた家の壁《かべ》に、ファルクのひづめの音が大きくこだまし、ニワトリが二羽《わ》飛《と》びのきながら、コッココッコとわめいた。せまい裏道《うらみち》の塀《へい》のむこうから怒《いか》り狂《くる》ったほえ声が聞こえたと思ったら、毛のもじゃもじゃした灰色《はいいろ》の小型犬がすきまから顔を出し、ファルクの足にかみつこうとした。ファルクはまるで見向きもしなかった。べつの裏道にすいと曲がると、そこから門をぬけて丸石敷《じ》きの広場に入った。まっすぐに中央《ちゅうおう》の水場に向かうと、水のなかに鼻をつっこんだ。おれはあたりを見まわした。黄土色《おうどいろ》をした泥壁《どろかべ》の、二階《かいだ》建ての建物《たてもの》がぐるりと広場を囲《かこ》んでいる。ひとつの棟《むね》には門の上に〈白い雌《め》ジカ〉と大きく書いた鋳物《いもの》の看板《かんばん》が下《さ》がっていた。青地の看板には白いシカの絵もかいてある。ファルクは宿屋を見つけてくれたのだ。けど亭主《ていしゅ》にはらう金もないのに、どうしろっていうんだ。

もじゃもじゃの黒い眉《まゆ》をした、はげかかった頭の小男《こおとこ》が、家畜《かちく》小屋からあらわれた。馬の世話《せわ》をする、馬丁《ばてい》だろう。くたびれた毛織《けお》りのチョッキは、背中《せなか》にわらがもようをつくり、たったいま昼寝《ひるね》からさめたように見える。

「いらっしゃいま――」おやじは言いかけてから、相手がくたびれて泥まみれの馬を連《つ》れた小僧《こぞう》っこだと気がつき、態度《たいど》を変えた。「なにか用か？」

「あのう……なにか仕事はないですか？　馬にちゃんとエサをやれて、おれもうまやでひと晩泊《ばんと》まらせてもらえるぐらいの仕事がいいんですが」

おやじはおれを見た。それからファルクを。そしてまたおれを見つめた。

「マウディ・ケンシーの馬なんか連《つ》れて、なにしてんだ」とおやじは聞いた。ほおがかっと熱《あつ》くなった。このおやじ、おれを馬泥棒《うまどろぼう》とまちがえてるんだ。

「いまは母さんの馬なんです」

「なんだ」おやじはうなった。「恥《はじ》あらわしんちのぼうずか。はじめっからそう言いな。馬をこの仕切りに入れるがいい。あとはめんどう見てやるからよ」

恥《はじ》あらわしんちのぼうず。剣《けん》をかついで二日も馬に乗り、命をかけて一人前の男として戦《たたか》うつもりが……おやじの目には、おれって母さんのぼくちゃんでしかないんだ。キンニみたいな言いかたをしやがる。馬泥棒と思われるよりはましだけど、たいしてちがわない。

「ほどこしはいりません。食《く》いぶち分ぐらい働《はたら》くから」おれは怒《おこ》って言った。

「よっしゃよっしゃ。働かせてやる。かっかすんなよ、おんどりぼうや」おやじは言った。

二時間たつと、自分の言ったことをしみじみと後悔《こうかい》していた。「よっしゃ。ニワトリ小屋、そうじしてくれんか」宿屋のおやじは、軽く言ってくれたもんだ。ニワトリ小屋がわが家ぐらいの大きさなことも、小屋が三つに区切ってあって、そのひとつひとつにやたらとけんかっ早《ぱや》いおんどりが一羽《わ》ずついて、二十羽《ば》以上の太ったあかがね色のめんどりを仕切っていることも……それだけじゃない、だれかがニワトリ小屋をそうじしたことがあっても、それからすくなくとも五年はたってるらしいことも、ぜんぜん教えてくれなかった。たっぷり五年分のふんときたら、かちんかちんになった時代ものの、化石《かせき》といっていい下のほうから、上はべとべとのひりたてのやつまで……おえっ、死にそうなくささだ。

なかの空気にはちりとわらくず、大きい羽根《はね》と細《こま》かい羽根がもうもう。もちろんダニとノミもうじゃうじゃ。しかたがないからシャツをぬいで鼻と口に巻《ま》きつけて、なんとかこらえた。三番めの群《む》れに取りかかって飼育場《しいくじょう》に追いだそうとしたら、おんどりめが飛《と》びかかってきて、胸《むね》に長いみみずばれを三本もつけやがった。

「スープのだしになっちまえ」かかってくるやつを、借《か》りもののほうきでやっとこさっとこ出口からたたきだせたんで、そう毒《どく》づいてやった。

長いうんざりする時間がすぎてようやく、最後《さいご》の荷車《にぐるま》一杯《ぱい》分のこやしを運びだし、きれいになった巣箱《すばこ》に新鮮《しんせん》な金色の麦わらを運びこむことができた。夕やみがせまり、めんどりたちは閉《し》めた出入り口のまわりに、心細《こころぼそ》そうにかたまっていた。もじゃもじゃ眉《まゆ》のあの馬丁《ばてい》おやじが、戸口から首をつっこんで点検《てんけん》した。

「ふーむ。小僧《こぞう》、なかなかやるじゃないか。たいしたもんだ」おやじはうなった。

「体を洗《あら》えるところはありませんか？　シャツも洗いたいんだけど」と聞いてみた。「ポンプでざっとよごれを落とせ」おやじは言った。「だれかお客さんが風呂《ふろ》を注文したら、すんだあとの残《のこ》り湯を使うがいい。けどだんなさんはおまえのためだけに、わざわざ湯はわかさんだろう」

ポンプの下に頭を突《つ》きだして、痛《いた》くなるほどこすった。ノミとシラミに全身這《は》いまわられてるようだった。ほとんど思いこみなのはわかってる。けどあのきたない寝《ね》わらに小虫が飛《と》びまわってるのを、実際《じっさい》に見たのだ。そいつら全部に飛びつかれた気がしていた。

「ほいよ」馬丁《ばてい》が灰色《はいいろ》のざらざらした石けんのかけらを手わたしてくれた。「風呂はあっち。階《かい》段《だん》の下だ。急いで行けば、まだ湯は熱《あつ》いぞ」

急いで行った。石の湯船《ゆぶね》の湯は、熱いというよりぬるかったが、冷《つめ》たいポンプの水よりずっとましだった。全身こすりおえると、次はシャツにかかった。また白いといえるようになり、においもずっとましになるまで、がんばってごしごしやった。

風呂を出て、髪《かみ》の毛をしぼった。去年から母さんに切ってもらうのをやめていて、いまではカランみたいなポニーテイルにできるくらい長くなっている。革《かわ》ひもでしばろうとしたとき、ふいに押《お》し殺《ころ》したくすくす笑《わら》いの合唱《がっしょう》が聞こえた。

くるりとふりかえる。戸口に十五か十六ぐらいの女の子がふたり、白いキャップとエプロンすがたで立っていた。ひとりは笑《わら》い声がもれないよう、エプロンのすそを口に押《お》しあてていた。シャツを広げ、大事なところをかくした。なにを笑《わら》ってやがんだ。おれのどっかがへんなのか。それともはだかだからってだけで、おかしいのか？

「奥《おく》さんがね。台所にあんたの食事を用意したからって」片方《かたほう》が言って、口からエプロンをはなしたんで、顔が見えるようになった。ちょっぴり出《で》っ歯《ぱ》ぎみだが、それをのぞいたらなかなかかわいかった。それでもまだ、腹《はら》の奥《おく》では笑いがおさまらないらしい。

「ありがとう。すぐ行くよ」おれは答えた。

「先に服着たほうが……」その子が言いかけると、もうひとりはひいひい笑いころげた。ふたりとも通路《つうろ》のむこうに消えたあとまで、くすくす笑う声がただよっていた。ようやく聞こえなくなったときには、ほっとした。

自分の体をながめてみる。そんなにおかしいかあ？　けっこうまともだと思ってるんだけどな。まあ、ちょっとやせぎみだろうけど、ここ半年で肩《かた》なんてずいぶんがっちりしてきた。そのほかだって――ケツ黒とキンニといっしょに泳ぎに行ったときも、だれも笑わなかったぞ。ばか娘《むすめ》どもあんな娘どものことはわすれればいいや。

けどなんだか、シャツを干《ほ》すときの、はだかに毛織《けお》りのチョッキ、といういつものかっこうでいるのが、急にいやになってきた。シャツはできるだけきつくしぼったけど、まだぬれてる。ふ

ん。なんだい。生きるか死ぬかって気持ちで決闘《けっとう》するために、この町に来たんだぞ。笑《わら》いじょうごの女どもを気にするなんて、あんまりまぬけじゃないか。シャツは干《ほ》しとけばいい。おれはチョッキだけを身につけた。

宿のかみさんは肉とひきわり豆の、具だくさんのスープを出してくれた。パンは食《く》い放題《ほうだい》だ。「食べおわったら、ビールもあっからね。けど一杯《ぱい》だけだよ。この土地の水はいいから、そっちは好《す》きなだけお飲み」かみさんは言ってくれた。

「すんません、奥《おく》さん」おれは言いながら、スープをふうふう吹《ふ》いた。舌《した》を焼《や》くほど熱《あつ》いけど、めちゃくちゃ腹《はら》がへってて、冷《さ》めるまで待ってられなかったんだ。

そのあとビールを楽しみながら、さりげなく聞いてみた。「イバイン・ラクランがどこにいるか、奥さんは知ってますか」

「イバイン？　屋敷《やしき》に住んでるよ。町に帰ってるときはね。なんせ旅が多い人だから。なんだい？　なんの用があるの？」

おれは冷《つめ》たいビールをもうひと口ごくりとやり、唇《くちびる》の泡《あわ》をふきとった。「いや、べつに」かみさんを見ないようにして、答えた。「ちょっとうちの母親から、ことづけがありまして」

ダビン

7　鉄の輪《わ》

宿屋では納屋《なや》に泊《と》まらせてくれたので、持ってきた毛布《もうふ》を去年の干《ほ》し草の上に敷《し》き、マントをかぶって、気持ちよく横になった。くたびれてるのに、なかなか寝《ね》つけない。危険《きけん》なことをする場合、あれこれ考えずにすぐに実行《じっこう》するほうが、楽《らく》だと思う。カランの山のような助言《じょげん》が、頭のなかでぐるぐる回った。「見るのは剣《けん》だぞ、ぼうず。相手のアホづらじゃない」

人間の体に剣《けん》を突《つ》きさし、相手がぐったりとたおれて、死んだブタみたいに冷《つめ》たくなるのを見るのはどんな感じだろう。生まれてはじめてそんなことを考えた。それにブタ役が、相手じゃなくてこっちだったら？

ようやく眠《ねむ》りこむと今度は、剣が急に重くなって持ちあがらない夢《ゆめ》を見た。そしてシャツの上に肉屋のまえかけをつけた男が、おれのまわりをぐるぐる回っちゃ、あっちにこっちにと切りつ

ける。おれの腕《うで》や足や腹《はら》から、血がだらだらと流れおちる。身を守ろうとするんだけど、剣《けん》が地面にはりついて動かない。敵《てき》はおれがじたばたするのをあざ笑《わら》い、首を深く切りさく。たおれながら見えたのは、白いキャップの小間使《こまづか》いの娘《むすめ》たちが、くすくすきゃっきゃと笑いながら、肉切りナイフをふりまわしておそいかかってくるすがた。おそいかかりながら、わめいてやがる。

「早く、早く。こいつ、いいハムになるよ。よかったねえ」

夜明けどき、宿屋のおんどりの一羽が狂《くる》ったようにぎゃあぎゃあわめく声で、たたき起こされた。きっときのうおれの胸《むね》をかきむしったやつだ、とむっつり考えた。寝《ね》がえりを打って、寝なおそうとした。ぐっすり寝た感じにはほど遠い。でももちろんすぐにほかの二羽も、派手《はで》な朝のあいさつにくわわり、そこで自分がなにをしていたのか思い出した。見知らぬ町の干《ほ》し草山で眠《ねむ》ってたんだ。眠気《ねむけ》のなごりが霧《きり》みたいにふっとんで、腹が冷《ひ》えびえと妙《みょう》な感じになった。でもすぐに、肩《かた》にひどい傷《きず》を負《お》った母さんのようすを思い出し、怒《いか》りに今度は体じゅうが熱《あつ》くなった。

ポンプのところで顔を洗《あら》い、シャツを着た。まだすこし湿《しめ》ってるけど、なんとか着られる。マントから干し草をはらいおとすと、宿屋の中庭から、丸石敷《じ》きの通りに出た。そしてイバイン・ラクランの住む屋敷《やしき》に向かって歩きだした。

「なんの用だ。えらい早いじゃないか」門番が不機嫌《ふきげん》そうに聞いた。

「イバイン・ラクランと話がしたい。屋敷にいる？」

「おう。たぶんな。けどこんな時間に起こされたら、ご機嫌《きげん》ななめだろうよ」

もう待つのはうんざりだ。早くすませてしまいたい。

「どこにいるのか教えてほしい。自分で起こしに行くから」

門番はこっちをちらと見て、首をふった。

「勝手にしな。けどわすれるな。おれは忠告《ちゅうこく》したんだからな。イバインは短気な男なんだ」言うと門番は横にどいて、中庭の奥《おく》を指さした。「あの階段《かいだん》を三階まで上《あ》がる。それから右だ。まだ大部屋《おおべや》で眠《ねむ》ってるはずだ」

うなずいて礼を言い、しっかりしたつもりの足どりで、中庭を横ぎっていった。


大部屋というのは天井《てんじょう》の高い細長い部屋で、一方の壁《かべ》にずらりと寝所《ねどこ》用のくぼみがならんでいた。高いのに低いの、音色《ねいろ》ちがいのさわがしいいびきがカーテンの奥《おく》からとどろき、ズボンやシャツやマントなど、ほとんどがラクラン色の衣服《いふく》が、部屋じゅうにちらばっている。

まずいちばん手近《てぢか》の寝所のカーテンを開けてみた。なかには胸毛《むなげ》をもしゃもしゃ生《は》やした野蛮《やばん》そうな男が、いまさっきベッドにたおれこんだとでもいうように大《だい》の字に寝そべり、大口を開けて眠っていた。朝の光がさしこんでもものともせず、ごうごう高いびきだ。

どうしよう。こいつはたしてイバインなのか、ちがうのか。問題の男がどんな顔をしてるのか、知らないに等《ひと》しいことに気がついた。それに一度も会ったことのない人間を剣《けん》でつつき起こして、決闘《けっとう》をせまるというのも、あまりいい考えではなさそうだ。

「イバイン」ためらいながら呼《よ》んでみた。相手には聞こえたようすもない。「イバイン・ラクラアン！」

ぜんっぜん、だめだ。こいつはイバインでないのかも。それとももっと強烈《きょうれつ》な手段《しゅだん》のほうがいいのかな。かんたんな計画のはずが、ドジの連続《れんぞく》で、なんだかいやになってきた。あの門番の言うことを信用《しんよう》していいんなら、この部屋《へや》のどっかにイバイン・ラクランはいるはずだ。とにかく起こしてやりゃあいいわけだ。

空《から》のおまるをつかんでテーブルに飛《と》びあがる。そして剣でがんがんたたきはじめた。ものすごい騒音《そうおん》がひびいた。

「イバイン・ラクラン！　イバイン・ラクラン！」声のかぎりにわめいてやった。たちまち部屋に活気が出た。寝《ね》ぼけたやろうどもが悪態《あくたい》をつきながらふとんをはねのけ、出てきて武器《ぶき》に飛びつこうとしたのだ。

「ばかさわぎをやめろぉ！」ひとりがわめいた。「なんなんだっ。だれだよ、てめえは。こんちくしょうめが」

おれはおまるたたきをやめた。そして聞いた。「あんたがイバイン・ラクランか？」

「おう。で、てめえはだれだ？」

目でざっと相手を値《ね》ぶみする。カランみたいな大男じゃない。よかった。けどおれより背《せ》が高いし、はだかの胸《むね》も腕《うで》も筋肉《きんにく》もりもりで強そうだ。でもカランが教えてくれたっけ。技《わざ》と意志《いし》は筋力に勝《まさ》る、って。

「おれはダビン・トネーレ」そう言うと、ケンシー郷《ごう》に来る道々練習《れんしゅう》してきた口上《こうじょう》をはじめた。「おまえは名誉《めいよ》を重んじない悪人で、おれの母親に害《がい》をなした。おれと一対一で男の勝負だ！」

のしかかるような沈黙《ちんもく》。

イバイン・ラクランは、冷《ひ》ややかな目でむっとしたようににらんだ。

「そのことば、取り消せ、小僧《こぞう》」

おれは首をふった。「ひと言残《ことのこ》らずほんとうのことだ。人の母親を矢で射《い》ておいて、ぶじに逃《に》げられると思うなよ」

「そのたわごとはまえにも聞いた」イバインはゆっくりと言った。「ケンシーの使いがそう言ってたな。なんでケンシーが急に鼻をつっこみたがるのかわからん。だがそいつはひと言残らずうそ。真っ赤なうそだ。おれは生まれてこのかた、女に手を上《あ》げたことがない。まして矢で射るなんて、とんでもない。取り消すんだ、なまいき小僧《こぞう》。でないと、鉄の輪《わ》のなかで一騎《いっき》打ちをすることになるぞ」

自《みずか》ら罪《つみ》を白状《はくじょう》するなんて、はなから期待《きたい》しちゃいなかった。けど目のまえに立って、冷《つめ》たく言いはなつその態度《たいど》を見てると、ますます腹《はら》が立ってきた。おれはかみつくように言った。

「どこでだって一騎打《いっきう》ちしてやるさ、悪人め。けど鉄の輪《わ》から生きて出るのは、どちらかひとりだけだぞ」


〝鉄の輪〟と呼《よ》ばれるものは、たいてい地面にえがいた、ただの円だ。人と武器《ぶき》の数が多い場合には、地面に剣《けん》を突《つ》きさし、柄《つか》のところに綱《つな》をわたして輪をつくる。でもラクラン郷《ごう》にはすごい鉄の輪があった。剣の形をした鉄の柱に重いさび色の鎖《くさり》をはりわたしてつくってある。でも地面にえがいた円であろうが、金属《きんぞく》の鎖であろうが、することは変《か》わらない。いったんふたりの男が輪のなかに入ったら、そこは別世界《べっせかい》になる。だれひとり助けることもじゃますることもできない。またふたりとも自らの意志《いし》で、そしてまっとうな理由で輪に足をふみいれるならば、そのなかでなにが起ころうとも、他人があとで仕返《しかえ》ししてはならない。

この方法《ほうほう》なら、ふたりの男が戦《たたか》い、たとえ殺《ころ》しあっても、一族のほかのものを巻《ま》きぞえにすることがない。多くの命が犠牲《ぎせい》になるおそれのある争《あらそ》いが起こっても、ほんとうに死ぬのはひとりかふたりですむのだ。

イバイン・ラクランの冷《つめ》たい鋼色《はがねいろ》の目は、ふたりが輪のなかに入ったとたん、はじまりの合図《あいず》が出るまえから、おれにじっとりはりついたままだった。胃《い》が小さなかたいかたまりになったみたいだったけど、母さんのことを思うだけで、炎《ほのお》の怒《いか》りがもどってきた。わきたつ怒りはここちよかった。

まだ朝はとても早く、空気はぐんと冷《ひ》えこみ、吐《は》く息は顔のまえで白いもやになった。この寒さのなかでもイバインはあいかわらず上半身はだかなので、こっちもシャツをぬいだ。そういうしきたりのように思えたからだ。カランに教えてもらった型《かた》のひとつに合わせて剣《けん》をふりまわし、体をほぐそうとしてみた。イバインはこっちをにらみつけて、立ちはだかったままだ。おれみたいな〝なまいき小僧《こぞう》〟相手に、準備運動《じゅんびうんどう》なんていらないと考えているのだろう。

輪《わ》の外では三十人ほどの見物人がだまって取りまいている。みんなラクランの人間だ。鎖《くさり》があるのはありがたかった。連中《れんちゅう》がおれに加勢《かせい》するはずがないのはわかっているが、とりあえずさびた鎖があるかぎり、イバインの加勢もしないだろうから。

ヘレナ・ラクランが黒い長いつえをついて、裁《さば》きの場に立っていた。髪《かみ》は真っ白、よる年波《としなみ》に腰《こし》も曲がっているが、その声はしずまりかえった空気をナイフみたいに切りさいた。

「では最後《さいご》にたずねる。この争《あらそ》いをおさめる方策《ほうさく》はないのか？」

「こいつがろくでもないうそを取りさげねえかぎりは」イバインが怒《おこ》った声で言った。

おれはだまって首をふった。

「イバイン・ラクラン、なんじは自《みずか》らの意志《いし》でこの場にのぞんだか？」

「おう」

「取り消すつもりはないのだね」

「おう」

「ダビン・トネーレ、なんじは自らの意志でこの場にのぞんだか？」

「はい」声はなんとかまともに聞こえた。

「取り消すつもりはないのだね」

「はいっ」

「それではここに輪《わ》を閉《と》じる。すべてはここで始まり、ここで終わる。加勢《かせい》はなし。妨害《ぼうがい》はなし。報復《ほうふく》もなし」

ふたりに取り消しをする最後《さいご》の機会《きかい》をあたえるように、ばあさんはひと呼吸《こきゅう》置《お》いた。ラクラン郷《ごう》の町全体が、いっとき息を止めたように思えた。イバインもおれもなにも言わなかった。

「では、戦《たたか》いをはじめなさい」ヘレナ・ラクランは言うと、つえの先でかつん！と敷石《しきいし》を打った。

はじめてイバインが剣《けん》を上《あ》げた。剣の使いかたに慣《な》れているのが、すぐにわかった。はじめから覚悟《かくご》していたことだ。考えるまえにおれの足は形を決めていた。無意識《むいしき》に立てるまでカランにたたきこまれた形だ。「右足をまえに。そっちの腕《うで》を上《あ》げる！」頭のなかでカランの声が聞こえた。よし、用意ができたぞ。いつでも来い。

なのにイバインに最初《さいしょ》の攻撃《こうげき》をかけられると、剣《けん》で受けとめてかろうじて一撃をふせげただけだった。へたをしたら肩《かた》から腕がおさらばしていたろう。剣と剣が打ちあって鳴りひびき、手首もびりびりしびれた。この一撃はきつかった。キンニやケツ黒が力をふりしぼったときよりきつい。すくなくとも練習《れんしゅう》でカランが打ちこんだのぐらいきつかった。しかもこれはほんの小手《こて》調《しら》べなのだ。相手の剣は次にどこをせめるだろう。「攻撃は終わりということがないんだ」頭のなかのカランが語りかける。「考えるのをやめるな。次の攻撃を、そのさらに次の攻撃を、考えるんだ」

考える時間なんて、実際《じっさい》にはなかった。すくなくとも頭にそんな余裕《よゆう》はない。だから体に考えさせた。イバインのやつ、攻撃を雨と降《ふ》らせてくる。肩《かた》に、頭に、胸《むね》に。こっちはまったく手が出ない。考えるひまがあったら、すくみあがったにちがいない。こんなの、練習とはまるでちがう。攻撃なんて頭から消えてしまいそうだ。そんなことをしたら腕がふっとぶ。いや、死ぬかも。なんでこんなに動きが速いんだ。どうやったらこれほど強い力で打ちつづけられるんだ。聞いたこともないようなフェイントや突《つ》きを使ってせめたててくる。なんとか相手をかわして、首を体にくっつけていられる自分が、ふしぎなくらいだ。

絶望《ぜつぼう》の重く暗い感覚《かんかく》が、体じゅうにあふれた。ゆうべの夢《ゆめ》のくりかえしだ。腕《うで》が痛《いた》くて痛くてもう泣《な》きたい。剣《けん》は一トンもあるような気がする。イバインの氷のまなざしは一秒たりともはなれてくれない。その目はこう語りかけていた。おれはけだものだぞ。殺《ころ》したくてたまんねえんだ。それもすぐ殺せるほど気持ちがいい、って。そしてこのおれは——母さんのかたきを取って、悪人につぐなわせてやる、だなんて夢をえがいてたおれは、たじたじとしりぞいちゃかわし、かわしてはしりぞく、ということしかできない。ついに太もものうしろに重く冷《つめ》たい鎖《くさり》が食《く》いこみはじめた。

やつがかすかに笑《わら》った。もうこっちのものだと思ったにちがいない。次に来るのがとどめの一《いち》撃《げき》だ。どんな攻撃《こうげき》をするつもりかもわかる。かわされないよう、ふりおろさずに、まっすぐ心臓《しんぞう》をつらぬくつもりだ。そんな突《つ》きをいままで三度見せてきた。おれは三度ともうしろに飛《と》びのいてのがれた。でもいまはもうあとがない。

剣の刃《は》が目のまえに槍《やり》のように突《つ》きかかってきた。おれはとっさにかがんだ。頭の上を剣がかすめていった。いまだ。相手をしとめられなかったという事実《じじつ》がイバインの頭にしみこむまえに、おれは立ちあがり、残《のこ》った全身の力をこめて敵《てき》のみぞおちに頭突《ずつ》きを食《く》らわした。

「はうっ！」

体の空気をたたきだされ、イバインはよろめいてしりもちをついた。剣ががらんとわきにすっとんだ。

今度はこっちの番だ。やつはけだもの、血祭《ちまつ》りに上《あ》げられるけだものなんだ。おれは剣《けん》をふりあげ、首を切ろうとした。

なのにできなかった。イバインの目はじっとおれを見ていた。もうさっきのような冷《つめ》たい目ではない。それどころかこわがっている。いまのイバインは、ひとりの人間、息をしているふつうの人間だった。そして剣をふりおろせば、こいつは次の瞬間《しゅんかん》、人間でなくなる。死人に。命のぬけた体になる。

おれは剣を下《お》ろした。泣《な》きたかった。母さんはこの男のせいで死にかけた。だからこいつを殺《ころ》しにきた。そしていまがそのチャンスだというのに……おれって、ニコの同類《どうるい》か？ ここぞというところで、やりとげる勇気《ゆうき》のないおくびょうものなのか？ そしてこのイバインもドラカンみたいに、生きのびてもっと多くの人に害《がい》をなすんだろうか。だめだ。生かす値打《ねう》ちはない。もう一度剣をふりあげ、首すじめがけてふりおろした。

鉄が鋼《はがね》にあたる音。イバインの剣はまた持ち主《ぬし》の手にもどっていた。でも地面にしゃがみこんだままだ。まだこっちのものだ。もう一度あらんかぎりの力をふりしぼって、打ちかかった。

がらーん！ もののこわれるいやーな音。刃《は》と刃がぶつかりあう、ふつうのすんだ音じゃない。剣が手のなかでとつぜん軽くなった。ふりあげなおしたとき、そのわけがわかった。柄《つか》の上、手ひとつ分のところで、刃《は》がぽっきりと折《お》れていた。

もう剣《けん》はなかった。

イバインがゆっくりと立ちあがった。おれが頭突《ずつ》きを食《く》らわしたあとが、赤く目立つ大あざになっていて、息づかいもまだ苦しそうだ。でもむこうは剣を持っていて、おれは持っていない。

イバインは値《ね》ぶみをするように、こっちをにらみつけた。

「ようし、小僧《こぞう》」イバインは言った。「そろそろわびを入れるときだぞ」

おれはただ、にらみつけた。

「おれを悪人と呼《よ》んだな。女にけがを負《お》わせたとせめたな。取り消せ、ここで」

できるもんか。

「取り消せ」やつは剣を向けた。

おれは首をふった。目を閉《と》じたい。けど閉じなかった。むこうは剣をふりあげた。

そして肩《かた》にふりおろした。すごいいきおいだったので、おれはひざをついてしまった。折《お》れた剣の柄《つか》が、がらんと音を立てて敷石《しきいし》に落ちた。足もとを見つめる。よく切れる刃なら、腕《うで》を切りおとされてもそばに転がっているのを見るまで本人は気づかない、とカランは言っていた。でも腕は転がっていない。血のしずくさえない。ゆっくりとことが飲みこめてきた。イバインは刃ではなく、剣の面で打ったのだ。目を上《あ》げて相手を見た。いままではその目は、はじめのときのように冷《つめ》たかった。

「取り消せ」とくりかえした。

おれはだまって相手を見た。それからあらためて首をふった。

今度はもう一方の肩《かた》を打たれた。腕《うで》全体がびーんとしびれ、身を守るにも持ちあげられなかった。でも今度も面のほうだった。

「うそをついたとみとめろ」

「うそなんかついてないっ」きつい声を出した。イバインの剣《けん》がまたもうなりをあげて空《くう》を切り、今度は背中《せなか》をたたいた。はずみでおれは地面によつんばいになった。

こうしてことは進んだ。イバインがなんでこうもしつこく、「ろくでもないうそを取り消せ」とせまるのか、わからない。あとになってせめられないようにするためかな。けどそうはさせない。死んでもそのことばは言えない。むこうがその気になれば、殺《ころ》されるかも。けどおれの非力《ひりき》のせいでこいつを自由で〝無実《むじつ》〟の人間としてこの輪《わ》から出て行かせたら、おれはおしまいだ。

剣は何度もふりおろされた。たいていは肩をねらってきたが、背中や足に来ることもあった。一度頭の横をなぐられたときは、一瞬《いっしゅん》世界が真っ暗になって、ほおを血が流れ落ちた。おれは何度も、何度もたおれた。たいていイバインは、おれが半分起きあがったところで、次の一撃《いちげき》を見舞《みま》った。しまいにはどうしても立てなくなった。

イバインはおれの肩《かた》に足を置《お》き、けとばして、おれをあおむけにひっくりかえした。おれの体をまたいで、のどもとに刃《は》をつきつけたとき、やつの顔には悲嘆《ひたん》に暮《く》れたような、妙《みょう》な表情《ひょうじょう》がうかんでいた。

「死にたいのか、ぼうず。強情《ごうじょう》もすぎると、命にかかわるぞ」

口のなかには血があふれ、もう目はよく見えなかった。どこが痛《いた》むというのではない。全身がうずく痛《いた》みのかたまりだった。

「これが最後《さいご》だ」そう言うやつの声は、かすれていた。「うそを取り消せ」

「地獄《じごく》の火に焼《や》かれろ」おれはつぶやき、目を閉《と》じた。冷《つめ》たい鋼《はがね》が、のどもとに押《お》しつけられる。今度こそ本気でやる気だとわかった。一瞬《いっしゅん》母さんとメリとディナの顔がうかび、なぜかわびを入れたい思いがこみあげた。でも頭にあるのは痛いということ、そしてすくなくとも痛みはすぐに終わるんだ、ということがほとんどだった。

「**やめなさい。手をはなしなさい、けだもののめ**」

目がぱちりと開いた。こんな声を出せる人間は、この世にふたりしか知らない。イバインに頭を強くなぐられすぎたんだ、とふと思った。だって妹のディナが、どんないじっぱりでも腰《こし》がぬけるあの声でわめきながら、イバインの腕《うで》をひっぱっているまぼろしが見えたからだ。それも鉄の輪《わ》のまんなかで。イバインはたじたじと下《さ》がり、輪の支柱《しちゅう》でなぐられでもしたように、こめかみをおさえこんだ。妹にあの声をかけられると、たいていの人間がそうなる。

「ディナ……」

ディナがくるりとふりかえった。その目がむちのようにおれを打ちすえた。

「そこの……このば**かっ！**」

「ディナ。出るんだ。輪《わ》から出ろ」

「そうしてこのけだものに兄さんを殺《ころ》させろって？　やなこった。こんちくしょう。いったいこんなとこでなにをしてんのよっ」

にあわない。ディナはふだんこんな悪いことばは使わないのに。

「そいつを逃《に》がしてもいいっていうのか」腹《はら》が立ったので、言った。

「どういうこと？」

「母さんをけがさせたやつだぞ」

「は？　だれが？」

だれが、ってどういうことだ。

「そいつだよ」指さすにも、腕《うで》が上《あ》がらない。「イバイン・ラクラン」

「これが？」ディナはおれの相手を見つめ、次におれに目をもどした。「これはイバイン・ラクランなんかじゃないよ」

デイナ

8　反目《はんもく》の種《たね》

ダビンはひどいありさまだった。ラクランの大きなけだものにさんざ打ちのめされて、動くのもやっとというところ。片《かた》ほおにはだらだら血が流れ、鼻なんかブタみたいにはれあがってる。上半身はむちのあとに似《に》た、しかもずっと太いみみずばれにおおわれて真っ赤だ。なかには剣《けん》の刃《は》があたって血が出ているのまである。ダビンかけだもの男か、どっちのせいでこんなに腹《はら》が立つのか、わからないぐらいだった。

「てめえはなにものだ」けだものがたずねた。

「ディナ・トネーレ。このばかの妹」あたしは答えた。

ダビンを気《き》の毒《どく》に思わなかったわけじゃない。だってどんな目にあったか、だれが見たってわかるもの。でもなにより頭に来てた。こんなことをするなんて、いったいなにを考えてるの。だ

れにもなにも言わずに、真夜中の泥棒《どろぼう》みたいにこそこそ家を出ていくなんて。そしてここまで来て、ろくでもない剣《けん》をふりまわして、英雄《えいゆう》ごっこをするなんて。殺《ころ》されるところだったんだよ。それも剣をふりまわした相手は、人ちがいときた。ほんと、ばかの上塗《うわぬ》りって、このことよ。

ダビンは体を起こそうとしたけど、腕《うで》がもういうことをきかない。だから横にひざをついて、ささえてやった。こうすれば、あたしのスカートに血はつくけど、多少は身を起こせる。

「ディナ、輪《わ》から出ろ」ダビンはくりかえした。できるものならあたしを押《お》しだしたかったろう。この〝輪〟ってのが、たいした代物《しろもの》みたい。なぜだかわからない。だれだってまたげる、ただのばかげた鎖《くさり》じゃないの。なんでだれもまたいで入ろうとしなかったのか、ぜんぜんまったくわからない。あんなになるまで、どうしてほうっておけるんだろう。大《だい》の大人《おとな》が瀕死《ひんし》になるまで子どもをぶちのめしてるのを、よくもまあだまって見てられたものだよね。エプロンのはしっこを、軽くダビンのほおに押《お》しあててみた。ひどい切り傷《きず》だ。縫《ぬ》わなきゃいけないかも。

「トネーレのお嬢《じょう》さん」ヘレナ・ラクランにちがいない、白髪《しらが》のおばあさんが声をかけた。「このものがなぜ孫《まご》のイバインでないというのか、教えてもらいましょうか」

あたしは顔を上《あ》げ、まずおばあさんを、それからけだもの男を見つめた。こんな筋肉《きんにく》むきむきのあばれんぼう、あたしたちをおそわせた物腰《ものごし》の上品《じょうひん》な紳士《しんし》と、かけらも似《に》ていやしない。

「顔かたちがすこしも似てません」

「これはイバインなのですよ、お嬢《じょう》さん」

びっくりして一瞬《いっしゅん》、相手の目を見てしまった。むこうが目をそらす寸前《すんぜん》、ほんとうのことを言っているのだとわかった。ダビンをぶちのめしたけだものは、イバイン本人なのだ。

じゃあ、あの悪者はいったいだれ？

今度は自分がまぬけになったように感じた。そうか。あの男はなにからなにまでうそをついたのだ。うそでおびき出し、襲撃《しゅうげき》をかけさせた。名前もうそだったにきまってる。

あたしはゆっくりと話しだした。「ラクランさま。二週間まえひとりの男が、イバイン・ラクランと名乗って母をたずねてきました。そしてラクラン一族が恥《はじ》あらわしをもとめていると話しました。母とあたしはその人についていって待ちぶせされ、母はもうすこしで命を落とすところでした」

「で、そいつはこいつじゃなかったって？」ダビンが息絶《た》えだえに言った。「ディナのばかやろう。いいか。おれはこいつを殺《ころ》しかけたんだぞ。なのにいまになって、こいつじゃないと言うのか？」

「ばかって、あたしが？　べつの町までのこのこ出てって、剣《けん》とか呼《よ》んでるそのみっともない鉄の棒《ぼう》をふりまわしてくれなんて、あたしがたのんだ？　それにね、だれかがだれかを殺しかけたってんなら、それはそのけだもののほうじゃないの」

するとけだものが言った。「おいおい、おちつけよ。あんたらふたり、輪《わ》を使ってやりあう気か？　なあ、ぼうず。こうなったら、おまえに取り消しをさせてもかまわんかな？」

「そうみたいだ」ダビンは言った。それからのどがつまるような声でこうつづけた。「すみません」

「そうか。ああ、助かったよ」けだものは言った。「おまえの妹まで相手にするのかと、ふるえちまった。この嬢《じょう》さんはまっぴらだぜ」

けだものは耳ざわりに笑《わら》った。そしたらその笑いが見物人にもうつったみたいだった。その声にダビンは、むち打たれるのをおびえる馬みたいに、身をちぢめた。ダビンのこういうところがわからない。笑われるくらいなら、けんかを売りに行くか、わざわざなぐられるか、ときには死ぬほうがましだと考えているらしい。

「痛《いた》む？」と聞いてみた。

「ディナ」唇《くちびる》がふくれあがっているのに、ダビンはゆっくり、はっきりと言った。「行っちまえ」それから目をつむり、二度とあたしを見なかった。

ヘレナ・ラクランがダビンのためにと、部屋《へや》をひとつ貸《か》してくれた。うちのがんこ兄貴《あにき》はひとりで歩けると言いはった。でも結局《けっきょく》カランに階段《かいだん》をかつぎあげてもらった。

「薬づくりの女がいるのですが、いまはお産《さん》で出はらっていましてね」ヘレナ・ラクランが言った。トネーレ一家のものがまちがいとはいえ孫《まご》を殺《ころ》そうとしたというのに、とても親切で思いやりを見せてくれた。

「だいじょうぶです。あたしが手あてしますから。母に薬草《やくそう》と治療《ちりょう》については教わっているんです。でもできましたら、ぼろ布《ぬの》と、お湯と水をバケツに一杯《ぱい》ずついただけますか？」

バケツとぼろ布がとどいた。なのに兄貴《あにき》は傷《きず》を見せたがらない。

「カラン、こいつをどっかへやってよ。こいつ、いらないから」とたのむのだ。

「あたしは目のまえにいるのよ、ダビン。こいつなんて呼《よ》ばないで。牛や羊じゃあるまいし」とあたしは怒《おこ》った。

カランはあたしのひじを礼儀《れいぎ》ただしく、でもしっかりとつかんだ。恥《はじ》あらわしの力を使わないかぎりは、そのまま外に連《つ》れだされるしか道はなかった。

「失礼《しつれい》」カランはていねいに言いかけたが、すぐに怒《いか》りでことばづかいが荒《あら》くなった。「ディナ。兄さんをほっといてやれ」

「でも、けがしてるのよ！」

カランはうなずいた。「ああ。全身をぶちのめされてる。だがな、ディナ、打たれたことは、ダビンにすりゃ、最悪《さいあく》のことじゃない。負けたことのほうがずっときつい。まして妹が輪《わ》のなかに押《お》しいって、母ちゃん恋《こい》しのあまえっ子みたいに兄貴《あにき》をあつかったとくりゃあな」

いまじゃダビンのことだと、なんであたしのすることなすこと、まちがいになるわけ？　去年はただの兄さんだった。なのにいまは、よその世界から来た生き物みたい。いまだにことばは通じるようだけど、それをのぞけば、あたしはなんにもわかっていないんだと、はっきり態度《たいど》で示《しめ》してる。

「じゃああたしはあそこで、イバインが兄さんをぶちのめすのを、見てりゃよかったというの？　あいつ、ダビンを殺《ころ》すとこだったのに。あたしはどうすればよかったの、カラン。そのままほっとけばよかったというの？」声は大きくなり、やがてひび割《わ》れた。

カランはゆっくりと首をふった。「そうは言ってない。いまはこいつをひとりにしてやれと、言ってるだけだ。おれがめんどうを見る」

たいていの人みたいに、カランはあたしの目を避《さ》けた。それでよかった。つまり、涙《なみだ》を見られなくてすむから。ふつうの声が出せる自信《じしん》を取りもどしてから、ことばをつづけた。

「お湯で傷口《きずぐち》を洗《あら》って。それから布《ぬの》を水につけて、腕《うで》と肩《かた》をおおってやってね」あたしはぼろ布をカランの手に押《お》しつけた。「布があたたまったらすぐに取りかえて。でもほかはあたたかくしてやって。それからけっして眠《ねむ》らせないでね。頭をなぐられてるから眠って――」声に本心が出てしまって、あたしは涙を飲みくだした。「――眠ってそのまま気を失《うしな》うと、あぶないの……」

カランはうなずいた。「薬にするにはきつすぎるほどなぐられたぼうずを介抱《かいほう》するのは、はじめてじゃないさ。心配するな。おれにまかせろよ」

薬にするにはきつすぎるって？　どんななぐりかたも薬になるはずないのに。でもなにも言わないことにした。これもあたしにはわからないことのひとつなんだろう。

「外で傷《きず》にきくオオバコをさがしてくる。痛《いた》みをおさえるの」

カランはそれを聞いてもあまりよろこばなかった。「ヘレナ・ラクランの一族の男についてってもらえ。あんたひとりでうろついてもらいたくない」

すぐに外に出るつもりだったけど、ヘレナ・ラクランに呼《よ》びとめられた。

「おすわり、お嬢《じょう》さん」ヘレナは言うと、背《せ》もたれの高い木のいすをすすめてくれた。「こんな目の回るような朝だったから、朝食でもどうかと思いましてね」

「ありがとうございます」

きのうカランとあたしは、一日強行軍《きょうこうぐん》で馬に乗り、暗くなるすこしまえにラクラン郷《ごう》に着いた。そして手あたり次第《しだい》に聞いてまわった。カランは道ばたの子どもにまで声をかけ、だれでもいいからダビンを見つけてくれたら銅貨《どうか》をやると約束《やくそく》した。でも声をかけた子はだれもダビンを見てなくて、あたしたちはしかたなく、ダビンさがしを翌朝《よくあさ》までのばすことにした。

カランが隊商《たいしょう》の護衛《ごえい》をしていたときの仲間が一夜《いちや》の宿を貸《か》してくれた。次の朝ものすごく早く、ドアをガンガンたたく音で目がさめた。戸口には六つにもなってなさそうな、はなたれ小僧《こぞう》が立っていた。

「金《かね》、くんな」その子は言った。

「なんで金をやらにゃならんのだ、小僧？」朝っぱらからたたき起こされて機嫌《きげん》の悪いカランが聞いた。

「ダビンて、さがしてんだろ。イバインと鉄の輪《わ》にいるよ。屋敷《やしき》でさ。さ、金くんな」

男の子はお金をもうけ、あたしたちは大いそがしになった。朝ごはんのことなんて、頭にもうかばなかった。あれから何時間もたったいま、ヘレナ・ラクランの焼《や》きたてパンを見て、よだれが出そうだった。

「はちみつ、それともチーズ？」ヘレナが聞いてくれた。

「はちみつをおねがいします」ああ、はちみつ、ほんとにうれしい……なにかいやなことがあったり、気がめいったりしてるとき、はちみつはいつもよりさらにおいしいみたい。あたしはメリみたいにあまいもの好《ず》きじゃないけど、いまのいまは、とろりと金色のはちみつが、なによりうれしかった。はちみつをつけたパンをあたしはありがたくかみしめ、しばらくのあいだヘレナ・ラクランは、声をかけずにいてくれた。

「お気に入りましたかね、お嬢《じょう》さん」かすかにほほえみながら、ヘレナは言った。

「おいひーい」口をいっぱいにしたまま答えた。「でもラクランさま、あたしをディナと呼《よ》んで、ていねい語はやめてください。なんだか……おちつかなくて」

「それでは、ディナ。でも、ていねい語で話しかけられることに、慣《な》れなくてはね。あなたのような目の持ち主に対《たい》しては、みな尊敬《そんけい》の念《ねん》をもって接《せっ》するものです。そうすることで距離《きょり》を置《お》き、恐怖心《きょうふしん》をおさえるのですよ」

あたしは目を上《あ》げたけど、相手の目を見ないようにした。この人でもこわいの？　七十才をこえていて、勢力《せいりょく》を誇《ほこ》るラクラン一族の長《おさ》である、ヘレナ・ラクランが？　まさかそんなことが。

それとも？

「ラクランさま」

「ディナと呼んでほしいのなら、わたくしもヘレナと呼んでもらわないと」

どきっとして、口がきけなくなった。白髪《しらが》を編《あ》みあげて王冠《おうかん》みたいにかがやかせ、赤と黄の部族色でふちどった、上質《じょうしつ》のネズミ色の毛織《けお》りドレスを身につけたおばあさん……そんな気安《きやす》いつきあいかたができる相手には見えない。つぎになにを言おうとしてたのか、きれいさっぱりわすれてしまった。

「お母さまのぐあいは？」気を楽《らく》にさせるつもりか、ヘレナ・ラクランはそうたずねた。

「よくなってきました。でもまだとても弱っています」

母さんを看病《かんびょう》するマウディの手助けをするため、ローサはケンシー郷《ごう》に残《のこ》らないといけなかった。そのことをくやしがっていた。ダビンがとつぜんすがたを消し、しかもあのばかげた鉄棒《てつぼう》を持っていったわけを知ったとき、ローサも来たがったのだ。でもダビンはあたしの兄さんだ。それに、ローサの小さなナイフより、恥《はじ》あらわしの目が役に立つことだってある。

「気がかりなことがひとつあるんですよ」タイムの葉のお茶を吹《ふ》いて冷《さ》ましながら、ヘレナ・ラクランは言った。「なぜあの悪人は、イバインの名前をかたったのだと思います？　なぜラクランの名前を？」

「ラクランの名前なら、こちらがあまり疑《うたが》わないからでしょう」

「でしょうね」ヘレナはお茶をすすった。「でももっと危険《きけん》なたくらみだったかもしれない。もしもそのものが、部族どうしに反目《はんもく》を起こさせようとしていたら？」

そんなこと、夢《ゆめ》にも思っていなかった。

「わたくしどもラクランが、ケンシーの恥あらわしを殺《ころ》したら、ケンシー一族はどうするでしょうね」ヘレナはお茶の湯気《ゆげ》に人さし指をかざした。湯気は小さなエルフ娘《むすめ》のようにうずまき、踊《おど》りまわった。

「でもカランは……ダビンの言うには、カランはなにもしないとことわったそうです。イバインはラクランだし、自分はラクランのことに首をつっこむつもりはないから、って。だからダビンはひとりでここまで来なくちゃと考えたんだと思います」

たしかにダビンのしたことはおろかだけど、カランのいう一族の誇《ほこ》りとおきての壁《かべ》にはばまれて、ダビンがどんなにむなしい思いをしたかは、あたしにもわかった。

「わたくしどもには長い血塗《ちぬ》られた歴史《れきし》があるのです、ディナ」ラクラン一族の長《おさ》は言った。「争《あらそ》いの時代だったむかしには、各部族の男の多くは、男盛《ざか》りをむかえるまで生きることができなかった。だからいま、一族の長《おさ》はたいてい女なのです。ただ争いの時代に流された血は、すこしは教訓《きょうくん》を残《のこ》してくれました。いまでは鉄の輪《わ》がある。部族のおきてがある。いまではある男がよその妻《つま》をぬすんだからといって、何百人も殺《ころ》しあったりしません。けれどそんなひどい時代の再来《さいらい》をおそれぬ人間が、わずかながらいるのです」

ヘレナのまなざしが遠くなった。あたしはとつぜん気づいた。この人はそんな争《あらそ》いの時代を経《けい》験《けん》したぐらいの年齢《ねんれい》なんだ。

「にせのイバインは、どんなようすをしていました？」ヘレナはたずねた。

「黒髪《くろかみ》で、あごに小さい三角ひげをはやしていました。とても……上品《じょうひん》でした。しゃべりかたも高地民らしくなかったです。でもラクランのマントを着ていたので、疑《うたが》いませんでした」

「年かっこうは？」

「わかりません。三十ぐらい、かな」

「ふうむ。ラクランの敵《てき》と見なされる人間のだれにも、似《に》ていないねえ。けれどもケンシーとラクランのあいだに争《あらそ》いの種《たね》をまいて得《とく》するものが、ほかにいるかしら」

あたしに向けて言ったのではないみたい。どうやら自分自身に問《と》いかけているようだ。それでもあたしは答えた。

「もしかしてドラカンが……」

ヘレナはふんと品《ひん》よく鼻を鳴らした。「物売りからロバや炒《いた》めなべを買うみたいに子どもを買うような人間に、好意《こうい》は持ちません。でもそれをのぞけば、ラクラン一族はドラゴン公《こう》を非難《ひなん》する気はありません。むこうだってこちらと敵対《てきたい》したいかしら。そんな勇気《ゆうき》はないはずですよ」

ラクランは強大《きょうだい》な部族だ。ケンシーよりずっと大きい。でもだからこそ、ドラカンがふたつの部族をにくみあわせたがる理由《りゆう》になるんじゃないかしら。自分に火《ひ》の粉《こ》がかかる心配なく、ふたつの部族を殺《ころ》しあわせる。それっていかにもドラカンらしいやり口じゃない？　でもたとえあたしに敬語《けいご》を使い、自分のテーブルでもてなしてくれていても、ヘレナ・ラクランが十一才の女の子の忠告《ちゅうこく》を聞きいれてくれるとは思えなかった。だからはちみつパンをかじりなおし、考えは心にしまっておくことにした。

オオバコを見つけに行くまえに、ヘレナ・ラクランの書記に、にせイバインについておぼえているいることを、なにもかも話さないといけなかった。書記はあたしのことばをあまさず慎重《しんちょう》に書きとめた。それからカランに言われたとおり、だれかについてきてほしいとたのんだ。ヘレナ・ラクランはその仕事を末《すえ》の孫息子《まごむすこ》に言いつけた。

「タビス。トネーレさまとごいっしょして、案内《あんない》してさしあげなさい。行儀《ぎょうぎ》よくして、トネーレさまの言うことを聞くんだよ」

カランの言ったのは、案内役ではなく護衛《ごえい》のはずだけど、そこまで口出ししたくなかった。おまけにタビスは燃《も》えるように真っ赤なもじゃもじゃの髪《かみ》と、数えきれないそばかすと、いたずらっぽい笑顔《えがお》の持ち主《ぬし》で、元気いっぱい。いい子いい子してやろうか、しめあげてやろうか、まようような男の子だった。とはいっても、すぐにいらいらしだして、もっとましな仕事があるんだとかなんとか文句《もんく》をたれそうな、イバインみたいな大人《おとな》といるより、こっちのほうが気楽《きらく》だった。

「いくつなの？」ヘレナ・ラクランに聞かれないところまで行くと、たずねてみた。

「九つ。おまえは？」

「十一才よ」

タビスはあたしを値《ね》ぶみした。あたしのほうが、手の幅《はば》ひとつ分だけ背《せ》が高い。

「ふうん。けど、おまえ、女だもんな」

「それって、どういう意味？」どういう意味かはようくわかっていたけど、聞いてやった。

タビスは言うと、最高《さいこう》に天真爛漫《てんしんらんまん》なわんぱく笑《わら》いをぱっとうかべてみせた。「んで、どこ行きたいんだ、トネーレさまよ」

「広い野原か緑の多いところに連《つ》れてって。オオバコって、どんな草か知ってる？」

「んーと。なんに使うんだ？」

「兄さんの傷《きず》に。でも葉の先がとがってるのでないと、だめなの。プランターゴ・ランセオラータでないと」

「ふあ？」

「学者《がくしゃ》はそう呼《よ》ぶのよ」ちょっとはもの知りだってところを、タビスに見せつけてやらなくちゃ。たとえ女の子でも。

ふみつけられて泥《どろ》にまみれていない草地を見つけるには、村を出ないといけなかった。最初にタビスが連れてってくれたところはキンポウゲだらけで、ほかの草はほとんどなかった。

「もうちょっと先に行ってみよう。きっとなんか見つかるよ」タビスは期待をこめて言った。

「低地地方にもどっていくなんて、いやよ」不機嫌《ふきげん》な声だったかもしれない。でもとにかくダビンが心配だったのだ。

「へえ。歩くの、慣《な》れてないんだな」

「慣《な》れてますっ」ほら、まただ。ふん、やっぱり女なんてよう、というタビスの態度《たいど》。むかついてきた。やっぱりきちんとした護衛《ごえい》のほうが、なまいきでそばかすだらけの九才のガキよりましかもしれない。

ふたりして、広い道路を歩いていった。丘《おか》のあいだにきざみこまれた車道《くるまみち》だ。ときどき深くえぐれていて、両側《りょうがわ》の景色が見えないこともある。頭の上ではヒバリがいそがしく羽根《はね》をはばたかせながら空中にうかんでいる。その歌のひびきを聞いて、すこし機嫌《きげん》が直った。太陽は中天《ちゅうてん》にかかるところで、あたたかい日になりそうだった。

「のど、かわいた？」タビスが聞いた。きっと自分がかわいているのだ。

「ちょっとだけ」

タビスは道路の堤《つつみ》をよじのぼると、手をさしのべてくれた。ダビンがよくふざけて、とちゅうで手をはなすのを思い出し、つかむのをためらった。でもタビスは、とりあえずこのときだけは、ちゃんとした紳士《しんし》だった。

丘《おか》の上に向かって、細い道がのびていた。羊にふまれてできた道らしい。黒くて丸いふんがそこらじゅうにちらばっていて、足もとに注意しないといけない。まだ新しい長靴《ちょうか》をよごしたくなかった。タビスは木靴《きぐつ》なので、ぜんぜん気にしていない。

丘《おか》のむこうで、小道はジグザグ曲がりながら、カバの木とハシバミが茂《しげ》りあう窪地《くぼち》へと下《くだ》っていた。木《こ》の葉《は》のあいだから水のきらめきが見える。せせらぎの音も聞こえてきた。小道の終わりは急な崖《がけ》になっていて、あたしたちはすべるようにして下《お》りた。タビスは岩に腰《こし》かけて木靴《きぐつ》をけるようにぬぎ、足で水をぱしゃぱしゃやった。あたしはひざをついて両手で水をすくい、ごくごく飲んだ。

「あれは、なんの音？」こんな小川が立てるとは思えないごうごうという音が、けっこう近くで聞こえたので、たずねた。

タビスは下流を指さして答えた。「むこうに古い水車小屋があるんだ。もう使ってないから、だれも住んでないけど」それから、ちらりと横目で見た。「見たいなら連《つ》れてってやるよ。けど女の子が行くようなとこじゃないな。出るんだ」

「出るってなにが？　あたしをこわがらせたいだけでしょ？」

タビスは首をふった。「ううん。ほんとさ。おれ、聞いたもん。水車の塀《へい》の上に立つと、泣《な》き声が聞こえるんだ。夜中には、すがたも見えるんだって。そういう噂《うわさ》」

「だれのこと？」

「アーニャばあさん。アーニャ・ラクランのこと。おれのひいひいばあちゃん。おぼれ死んだ子をさがしてるんだって」

あたしはちらっとタビスをにらんだ。ほんとのことを言ってるかどうか、たしかめただけ。ほんとのことだった。とにかくタビスはほんとだと信《しん》じてる。

「末《すえ》の女の子がおぼれて何週間かあと、アーニャは水車池にういてたんだ。自分から身を投げたのか、さがしてるときに足をすべらしたのか、だれにもわからないんだよ」

タビスは、こわがらせることができたかたしかめようと、こっそりあたしをぬすみ見た。真昼のおひさまにてらされて暑《あつ》かったはずなのに、急に寒気《さむけ》を感じた。

「オオバコをさがすから、水車に行くひまなんかないのよ」あたしは言った。うそじゃなくてほんとうのことだったけど、タビスがかくれてにんまり笑《わら》ったので、うまくおどかしたと思ってるのがわかった。

トンボたちが水面をかすめて飛《と》ぶのを、そのまましばらくながめていた。ふいに、小川のわきで昼休みを取っているのが自分たちだけでないことに気づいた。

「見て。物売りがいる」あたしは言った。

タビスはあたしが指さした方向に目をやった。はるか上流の浅瀬《あさせ》になっている場所で、馬に水を飲ませている男たちがいた。川堤《かわづつみ》には、銅製品《どうせいひん》などいかけ屋の売りものがぶらさがった幌《ほろ》つき馬車が、二台止まっている。

「こんちはあ！」タビスは頭のてっぺんから声をはりあげて、手をふった。ひとりが目を上《あ》げた。その男は無遠慮《ぶえんりょ》と思えるほど長いあいだ、タビスとあたしを見つめていたが、ようよう腕《うで》を上げてあいさつした。

「行こうよ。なにを売ってるのか、見てみよう」タビスが言った。

「オオバコが。ほら、プランターゴ・ランセオラータが」あたしは思い出させた。

「えーっ。いいだろ。ちょっと見るだけ。すぐ終わるよ。そのあとでプランターゴなんちゃらを、さがせばいいだろ」

あたしはしぶしぶうなずいた。「ちょっとだけだからね」

「だからそう言っただろ」タビスはもうぬれた足を木靴《きぐつ》につっこみ、小川ぞいの細い道を上流向かってかけだしていた。あたしはそれよりゆっくりあとにつづいた。高地の奥《おく》でいまみたいな暮《く》らしをしていると、物売りや行商人《ぎょうしょうにん》が来ることはあまりない。ダビンのことは心配だったけど、好奇心《こうきしん》がむくっと頭をもたげていた。

あの馬車にはなにがあるのかなあ。だいたい月に一度ケンシー郷《ごう》に立ちよるいかけ屋のバートルは、いつも白や赤や黄色のきらきら光るアメを持ってて、子どもならだれでもひとつずつもらえた。もっとたくさんほしいときは、お金を出して買わないといけない。でもあたしにはいつもお金がなかった。買うとすれば、くぎだとか綱《つな》だとか、そういうつまらないけどどうしてもいるものばかりだった。でもあのアメときたら……注意ぶかくしゃぶると、一時間近くももたせることができるのだ。思い出しただけで口につばがわいてきて、あの浅瀬《あさせ》の物売りたちが、バートルみたいに気前《きまえ》がよければいいなと思った。なんだかそんな気がする。だって物売りの車にこんなにいい馬がつながれてるのなんて、見たことないもの。うち一頭の脚《あし》の長い栗毛《くりげ》馬《うま》なんて、日光を受けてかがやきわたっていた。

「こんちは。ラクランにようこそ」タビスは言うと、そでにレースかざりをつけた王さまの家来《けらい》にふさわしいような、ていねいなおじぎをした。ぬれ足に木靴《きぐつ》をつっかけたそばかすぼうやがすると、なんだか場ちがいだった。「おじさんたちみたいにりっぱな行商人《ぎょうしょうにん》さんが、馬車になにを積《つ》んでるか、教えてもらえない？」

「あれやこれやだ」ひとりがそっけなく答えた。肩幅《かたはば》の広い、黒ひげを生やした男で、行商人というより剣士《けんし》みたいだ。なんだか引っかかる。この人、どこかで会ったっけ？　妙《みょう》に不安な気持ちで、胸《むね》がもやもやしてきた。

「タビス。ねえ。帰ろうよ」あたしはささやいた。

「もう？　だってなんにも見てないのに」タビスは片方《かたほう》の馬車に近づき、なれなれしく栗毛馬の首をなでてやった。「きれいな馬だ。おじさん、馬を見る目があるんだね」感心したように言った。

「近づくな、小僧《こぞう》」黒ひげがどなりつけた。「車にさわるんじゃない。なにかかっぱらったら、承知《しょうち》せんぞ」

なんてかんしゃく持ちなんだろう。それに無礼《ぶれい》だ。どこで会ったんだったかしら。

「行こうよ、タビス」

でもタビスはせいいっぱい、といってても黒ひげのベルトにやっととどくぐらいだったけど、背《せ》をのばしてふんばっていた。侮辱《ぶじょく》されたと感じたのだろう。全身をこわばらせている。

「ぼくたち、泥棒《どろぼう》じゃないよ。ばかにしないで。ぼくの名前はタビス・ラクラン。おばあさんのうわさぐらいは聞いてるでしょ？　一族の長《おさ》、ヘレナ・ラクランだよ。それにこの子は……」そう言うと、三つ頭の怪物《かいぶつ》を紹介《しょうかい》する大道芸人《だいどうげいにん》みたいに、あたしに向かって派手《はで》に手をふりまわした。「ディナ・トネーレ、恥《はじ》あらわしの娘《むすめ》なんだから」

ああ、もう、やめてよ、タビス！　あたしはかっとなった。母さんが恥あらわしだと口にして、ろくなことになったためしがない。しかも母さんがだれかに殺《ころ》されかかったこの折《お》りだもの、よけいに悪い。

黒ひげは一瞬《いっしゅん》びくっとして、あたしのほうにすばやく目をやり、すぐに目をそらした。

「なるほど。タビス・ラクランに恥あらわしの娘か。しがない商人にはもったいない客だな。疑《うたが》って申《もう》しわけない。だが街道《かいどう》には、ありとあらゆるならずものがうろついているのでね。お入り。どうか売りものを見てっておくれ」

男は片方《かたほう》の馬車に手をふった。そのとたん、男にどこで会ったのか、思い出した。この顔は、あたしがおそいかかり、ポニーに湖にけり落とさせる直前、ちらりと見たやつだ。待ちぶせしていた仲間のひとり――もしかしたら、母さんを矢で射《い》たやつ。

「残念《ざんねん》だけど時間がないんです」あたしは一歩下《さ》がっていった。全身が氷のように冷《ひ》えきり、血が失《う》せた感じだった。「行こう、タビス。帰らないと……」

「どしたんだよ」タビスはうるさそうに言った。「ちょっと見るだけ……」

あたしは首をふった。

「見たくないの。ラクラン郷《ごう》に帰るんだから。さあ」あたしはきびすを返し、歩きだした。

「だって、言ったじゃ……ちょっと。はなしてよ！」

黒ひげにベルトをつかまれてぶらさげられ、タビスは漁師《りょうし》の釣《つ》り針《ばり》にかかった魚のように空中で身をよじっていた。車からべつの男が出てきた。仲間とおなじように行商人《ぎょうしょうにん》のすがたはしていたけれど、見たとたんにわかった。にせのイバイン・ラクランだ。

あたしはたったひとつの逃《に》げ道を取ってかけだした。下流へ。古い水車小屋のほうへと向かって。

ダビン

9　水車池

「消えた？　消えたってどういうことだよ」右目がふくれあがってほとんど開かないざまながら、せいいっぱいカランをにらみつけた。

「ディナと、ディナにつけてやったラクランの小僧《こぞう》のことなんだが。ふたりともオオバコをさがしに行ったきり、もどってこない」

最後《さいご》にディナに投げたことばを、ありありと思い出した。ディナ、行っちまえ。そしてカランにも、妹を追いだせとたのんだんだ。一瞬《いっしゅん》ものが考えられなくて、おれに言われたとおりにしたんだと思った。あいつ、さっさと出てったんだ。ケンシー郷《ごう》の母さんのとこへ帰ったんだ、って。いや、ちがう。そんなはず、ない。ディナは死ぬほどがんこだ。そんなこと、するもんか。

毛布《もうふ》をはねのけて起きあがろうとがんばった。カランが手をそえてくれた。

「いま何時ごろ？」おれは明るいあいだほとんどうとうとしていた。いま見当《けんとう》がつくのは、部屋《へや》の窓《まど》にはまった厚《あつ》い鉛《なまり》ガラスからは、もう昼の光がさしこんでいないということぐらいだ。

「日がしずんだのは一時間ぐらいまえだ」カランが言った。「横になってろ、ぼうず。おまえにできることはない。ラクランの連中《れんちゅう》と、馬を出してさがしに行くと伝《つた》えに来ただけだ」

日がしずんで一時間。ディナが自分からそんなに遅《おそ》くまで外にいることはない。火《ひ》の気《け》のない部屋の空気がはだかの胸《むね》と腕《うで》に冷《つめ》たいけど、体の内は、もっと冷《ひ》えびえしていた。

「おれも行く」

「これから？　そもそも立てるかどうかもあやしいんだぞ」

「ディナは妹なんだ。あいつになにかあったら――」

「道にまよったんだろう。それだけだ」カランは言うと、スズのコップを手わたした。「ほれ。これを飲んで、横になれ。ラクランの連中以上《いじょう》のことが、おまえにできるわけ、ないだろう。人数はとほうもないほどいるし、全員元気いっぱいだ。それにこのあたりなら、すみからすみまで知っている。きっと見つけるから、心配するな」

「見つからなかったら？」

カランは立ちあがった。「見つける。草の葉一枚《まい》まで残《のこ》らずひっくりかえしてさがせと言われりゃ、そうするさ。寝《ね》てろ、ぼうず。がまんして体を休めろ。できるだけ早くもどるから」

カランの足音が廊下《ろうか》のむこうに消えるまで、待った。それから窓《まど》わくに手をかけて、よいしょと体を起こした。長靴《ちょうか》はどこだ？　ベッドの足側《あしがわ》にあるらしい。拾おうとかがんだとたん、頭からたおれそうになった。カランの言うとおりだ。なにかにつかまってないと、立つだけでもえらい苦労《くろう》だ。とにかく痛《いた》みはましになった。〝消えた〟とカランが言った意味がわかったとたんに、痛みが妙《みょう》にぼうっと遠のいたのだ。はれあがってぎこちない指で長靴をはくと、次にシャツに手をのばした。腕《うで》はようやく持ちあがるていどだが、それでもなんとか体にまとった。

もう一度身を起こし、壁《かべ》に手をついて体をささえながら、ぐるぐる回る部屋《へや》が止まるのを待った。とにかく立つことは立てる。ファルクの背《せ》によじのぼることさえできたら、走っていける、すくなくとも落ちないでいられる自信《じしん》はあった。とりあえずそれだけでもじゅうぶんだ。

カランが言うように、たしかにラクランの連中《れんちゅう》は、このあたりをすみからすみまで知っているだろう。けどおれは、ディナという人間を知っている。おれだからこそわかるほんのちょっとの手がかりでも、おれだからこそ見つけられるほんのちょっとの痕跡《こんせき》でもあるとしたら、ここでのうのうと横になって、連中にまかせておくわけにいかない。だってさがす相手はおれの妹なんだから。

ただ問題がひとつ。

カランめ、鍵《かぎ》をかけて行きやがった。

カランは明け方近く、雨水と泥《どろ》にまみれ、がっくりと肩《かた》を落として帰ってきた。ディナは見つからなかったんだと、すぐにわかった。

「すまん、ぼうず」さけびつづけていたのだろう、ガラガラの声で、カランは言った。「まだ見つからんのだ」

「手がかりは？」

「水車の用水路《ようすいろ》で、猟犬《りょうけん》がにおいをたどれなくなった。明るくなったら池を……さらってみるそうだ」

〝池をさらってみる〟。おぼれた人をさがすときにすることだ。またもや腹《はら》のなかが氷に変《か》わった。

「ディナは水車池で泳いだりしないよ。そんなばかじゃない。泳ぐどころか近よりもしない。オオバコをさがしに行った、って言ったよね。オオバコは水のそばには生えない」声は妙《みょう》に息切れしていた。まる一日、ただ横になって眠《ねむ》ろうとしていただけなのに。

「そうねがおう」カランは言った。「ぐあいはましか？　きょうは歩けるか？　下の集会室に朝の用意ができてる。階段《かいだん》がむりなら、運んできてやるが」

「歩けるさ。それにまた、部屋《へや》に閉《し》めこまれたくない」

カランはちらりとこちらを見た。「もう一日寝《ね》ていても、罰《ばち》はあたらんぞ。頭のぐあいは？」

「いいよ。とにかく行こう」ほんとうは頭が痛《いた》かった。けどどうしろって言うんだ。妹が行方《ゆくえ》不明なんだぞ。ここにいてわずかな頭痛《ずつう》を大事にかかえてろっていうのか？

階段《かいだん》ではささえてもらわないといけなかった。とりわけひどくなぐられたのは背中《せなか》と腕《うで》だったが、背中が痛むとき足を上《あ》げるのがどんなにつらいか、びっくりする。でも長いテーブルについてる男たちのなかにイバインをみとめたとたん、肩《かた》に力を入れ、足を引きずらないようがまんした。階段からテーブルに着くまで、イバインの目はずっとおれを追っていたが、口ではなにも言わなかった。すくなくともだれも笑《わら》わなかった。ただ横につめて、ベンチにカランとおれのすわる場所をあけてくれた。

しずかでせわしない食事だった。男たちのほとんどは徹夜《てつや》で捜索《そうさく》にくわわったあとで、がつがつ食べていた。冗談《じょうだん》はなし、笑い声もなし、会話もほとんどなかった。いなくなったのはディナひとりではないと思い出した。ラクランの男の子がひとりいっしょで、その子も消えてしまったのだ。

「水車小屋からはじめよう」イバインがそれだけ言って、立ちあがった。ベンチの脚《あし》が床石《ゆかいし》にこすれ、テーブルを囲《かこ》んでいたほとんどが席を立ってイバインにつづいた。

「おれも行きたい」カランにささやいた。「一日あのろくでもない部屋《へや》に閉《と》じこめようたって、そうはいかないぞ」

カランはじっと見た。それからゆっくりとうなずいた。「好《す》きなようにしろ。けど、気分が悪くなったら、帰るんだぞ。あれだけぶちのめされたあと、むりをしなくても恥《はじ》じゃない」

だれかが〈白い雌《め》ジカ〉亭《てい》からファルクを連《つ》れてきてくれていて、馬具《ばぐ》をつけるのをカランが手伝《てつだ》ってくれた。腕《うで》がじゅうぶん上《あ》がらなくて、首にブラシがかけられず、ひづめをそうじしようとして、またべったりたおれそうになった。ええい。じれったい。カランが文字どおりおれを抱《だ》きあげて、馬に乗せてくれた。

「ほんとにもうしばらく休まなくてだいじょうぶか?」疑《うたぐ》るような目をして、カランが聞いた。

おれは首をふって、手綱《たづな》を取った。

「さあ、出発だ」と言って、ファルクを前進させた。


どんよりとして風の強い日だった。水車小屋はむかしは人の集まる大切な場所だったんだろうが、いまは廃墟《はいきょ》といってよかった。風がかつては窓《まど》だったうつろな穴《あな》をひゅうひゅう吹《ふ》きぬけると、古いしかけはきしきしぎしぎしうめいた。天井《てんじょう》が半分落ち、いまではフクロウとカラスだけが住んでいる。カワネズミもいるようだ。近づいていくとき、茶色のなめらかな体が水に飛《と》びこむのが、ちらりと目に入った。

「気味《きみ》の悪い場所だ」おれは言って、ちょっと身ぶるいした。「ディナはぜったいこんなとこに来ない」

「犬は来たと思ってる」カランが陰気《いんき》な声で言った。そう言いながらも、疑《うたが》ってるようだった。

「犬のかんちがいだ。ディナはこういう暗い場所には、なにがなんでも近づかないはずだ」

池は上と下と、ふたつあった。上の池は広い石壁《いしかべ》でせきとめられていて、水面は鏡《かがみ》みたいになめらかで暗い。下の池はずっと波立っている。水は、むかし水車がごとごと回っていた用水路《ようすいろ》からだけではなく、ため池のぎざぎざにあいた大穴《おおあな》からも流れこんでいた。

「もともとこういう流れなのかな？」穴を指さして、おれはたずねた。

イバインが声を聞きつけ、首をふった。「いや。ある晩《ばん》水が突《つ》きぬけたんだ。それからはどんなにせきを修理《しゅうり》しても、持ちこたえない。幽霊《ゆうれい》のしわざだというやつもいる。とにかく、この水車がさびれたのはそのせいさ」

「幽霊の？」

イバインはうなずいた。「アーニャばあさんだ。その壁の上に立ってみな。すすり泣《な》きが聞こえるから」

そんなこと、信《しん》じられなかった。その気持ちが顔に出たんだろう。イバインは言った。

「来い。カランが馬を見てくれる。それとも……おまえ、まだ足がたよりないんだろう？　おまえまで水に落ちられちゃこまるんだ」イバインの灰色《はいいろ》の目には挑発《ちょうはつ》するような光があった。おかげで怒《いか》りがふつふつとわいてきた。

「だいじょうぶ」言うと、できるだけ楽々《らくらく》と見えるように、ファルクの背《せ》からすべりおりた。

壁《かべ》は幅《はば》が広く、まるで橋だった。すりへった石の丸みを見れば、長い年月、水車用水をわたるのに人々がこの上を歩いていたことが、わかるというものだ。

「ここだ」半分ばかりわたったところで、イバインが足を止めて言った。「聞いてみな」

はじめは水の流れる音しか聞こえなかった。それからそいつがやってきた。

「ああああああ……ああああああ……」長くあとを引くなげき声。悲《かな》しみの涙《なみだ》にぬれそぼつためいき。

「おぼれた子を思って、アーニャが泣《な》いてるんだ」イバインは、ひどくおさえた声でつぶやいた。アーニャのなげきをじゃましたくない口ぶりだった。「夜になると、すがたも見えるっていうぜ」その目にはもう、さっきのような光はなかった。

おれは全身水を浴《あ》びせられたように感じた。ほんとうに女の人がなげき悲しんでいる声に聞こえたのだ。壁《かべ》の下ではラクランの男たちが、池をさらうという気のめいる仕事をはじめていた。こんなときおぼれた子どものことなんて、考えたくもなかった。

猟犬《りょうけん》の一頭がはげしくほえだした。とつぜんさけび声が、足もとからでなく、上の池のほうから上《あ》がった。なにか見つかったのだ。おれは幽霊《ゆうれい》のことはすっぱりわすれ、岸へとかけおりた。

「どうした？」カランにもよくわかってないようだけど、それでも聞いてみた。カランはことばをにごし、やせっぽちの男の子に馬を見ておくよう言った。「見に行こう」

はじめは水面の下に、柳《やなぎ》の大木《たいぼく》の根にひっかかった緑のものが、ぼんやり見えるだけだった。イバインが腰《こし》に綱《つな》をくくりつけ、けわしい堤《つつみ》を伝《つた》いおりて、そのなにかを拾いあげた。

「ケープだ」イバインはそれをつきだして、言った。

びしょぬれの緑のものが、手にぶらさがっていた。着る人がいないと、なんだか妙《みょう》にうつろに見えた。魂《たましい》を失《うしな》った体、とでも言おうか。二度口を開いて、ようやくことばが出た。

「ディナのだ」やっとふりしぼれたことばだった。

デイナ

10　霊界《れいかい》

頭のなかが黒い水でいっぱいだ。

そんなこと、あるわけがない。でもそんな感じ。身動きするたびにちゃぷちゃぷ鳴ってうずを巻《ま》く。船酔《ふなよ》いしそうだ。思いはうずに巻きこまれた枯葉《かれは》みたいに、あてどなくただよう。

だれかがあたしに水を飲ませようとしたが、水は口におさまらず、横からこぼれてほおを伝《つた》い落ちた。わざとしたわけじゃない。頭のなかが水だらけという感じでも、のどはかわいていて、飲めればうれしかったはず。なのに飲みこみかたをわすれてしまったみたいだった。

「量《りょう》がすぎたんじゃないか？」だれかが聞いている。

「こいつを逃《に》がさないためには、あのガキみたいにしばりあげるだけじゃ、だめなんだ」

「そうは言うがね。このガキがここで死んだら、ドラゴン公《こう》はよろこばないぞ。バルドラクも

だ」

「自分のしていることはわかってる。そっちこそ自分の仕事をしていろ」

ふたつの声は消えていった。しばらくあたしは、のろのろと円をえがいていた。ぐうるりぐうるり。じっとしていられるなら、この船酔《ふなよ》いもずっとましになるだろうに。でもじっとするのはむずかしい。なにかはわからないけど、あたしの乗っかってるものは動いていて、右に左にゆすぶられる。すごく気持ちが悪くって、とにかくどっかよそに行きたい。どこでもいいからよそに行きたい。

そのときふしぎなことが起こった。

急につきあげられ、ゆすられ、こづかれて、船酔《ふなよ》いがもっともっとひどくなった。次には、ほんとうにべつのところに来ていた。あたしはうきあがり、まるで重みがなくなったみたいに流れていった。血の通うあったかい体を持った、母さんのよく言う〝両足をしっかり地につけた〟女の子ではなく、雲の切れっぱしになったみたいだった。

とにかくいまは両足を地につけてはいなかった。はるかはるか下に、人間が人形みたいに小さく見えた。ふたりの男が馬に乗って、二台の幌馬車《ほろばしゃ》をひいていた。山の細い峠《とうげ》に向かっている。通っていく山道は、黒っぽいヒースの茂《しげ》みと灰色《はいいろ》の岩の斜面《しゃめん》を、黄土色《おうどいろ》のすじとなって切り進んでいる。あんなに小さいなんて、見てるとおかしい。でもすぐにながめているのにあきてしまった。とつぜん空を飛《と》べるようになったほうが、ずっとおもしろい。いや、うかんでる、のかな？　飛ぶって、ただ空中にぶらさがってるより、ずっとこつがいる気がする。

ひゅううん。ワタリガラスが二羽《わ》通りすぎた。黒いつばさがかすめそうなほど近くだった。いや、かすめたんじゃない。かすめるものはなかった。つばさはあたしの手を、まるでそこにないように切りさいていったのだ。いったいどうなってしまったの？　手をじっと見る。完全《かんぜん》にまともに見える。指が五本に、つめが五つ、などなど。ただ輪郭《りんかく》が妙《みょう》にかがやいている。ぶきみな光がさしている感じ。

おそろしくなってきた。目の下の地面では人と馬車がどんどん小さくなっていく。あたしは上《のぼ》っているのだ。たぶんゆっくりと、でも確実《かくじつ》にたゆむことなく。これって、どうやら正しいなりゆきではないみたい。あたしはハヤブサやタカみたいに雲のあいだを舞うようにはできていない。両腕《りょううで》をつばさみたいにはばたかせてみた。次に泳ぐように手でかいてみた。もちろん空気と水とがおなじでないことぐらい、わかってるけど。どうもならなかった。あたしは上っていくばかり。もうおもしろくも楽しくもなかった。こんなところにいたくない。家に帰りたい。母さんのいる家に。

だれかがあたしに糸をひっかけて、ひっぱりあげてるみたい。馬車も山道も消えてしまった。青空も消えてしまった。長いはてしない時間、なにもかもが――色も、音も、すべてがきらめく灰色《はいいろ》の霧《きり》のなかに消え失《う》せた。それから急に窓《まど》があらわれた。窓とベッドと、よく知ってる声が。

「ありがとう、ローサ。おいしそうね」

母さん。

まさに来たいところに来たんだ。うれしくて、ほっとして、どうやってここに来たのか、わすれかけていた。あたしはベッドと窓のあいだに立って、母さんを見ていた。まだ顔色はとても青かったけど、母さんは体を起こし、ローサが運んできたスープの鉢《はち》をちゃんと持っていた。

「母さん……」びっくりさせないよう、そっと声をかけた。

聞こえていない。母さんはスープをすすり、こっちを見もしなかった。

「母さん！」すこし声を上《あ》げぎみに、もう一度呼《よ》んだ。

「もうちょっと窓を開けようか？　きょうはあったかくって気持ちのいい日だから」とローサが言った。

「ありがとう」母さんは言ったが、やっぱりあたしの声が聞こえているふうではなかった。ローサは窓に向かって歩いてきた。窓とあたしに向かって。そしてあたしを突《つ》きぬけた。あたしがいないみたいに平気で。カラスのつばさのときよりひどい。ずっとひどい。

「**母さん！**」あたしはさけんだ。知らず知らず恥《はじ》あらわしの声を使っていた。人に聞いてもらおうと思うときは、この声を使うのが一番だ。

母さんの手から鉢《はち》が落ち、あつあつのスープがふとん全体にこぼれた。

「ディナ……」母さんはつぶやき、心もとなげに窓《まど》のほうに目をやったが、はっきりあたしを見てはいなかった。ローサはたまげたような声を上《あ》げると、片《かた》ひざをつき、スープのしみをエプロンでふきとりながら、あやまったりあわてふためいて問《と》いかけたりしていた。

「あたしが悪かったんだ……ごめんなさい。鉢を持っててあげなきゃいけなかったのに……熱《ねつ》があるの？」

母さんはローサの声など聞いてなかった。まだ窓とあたしを見ていた。

「ディナ」きびしい声だった。「もどりなさい。元のところへ。いましてることは危険《きけん》よ。死ぬかもしれないことよ」

「**母さん……**」

「だめ。**元《はじ》のところへ、もどりなさい！**」

母さんも恥《はじ》あらわしの声を使った。あたしの声よりずっと力があった。母さん、ローサ、寝室《しんしつ》、スープにぬれたかけぶとんが、ふいにゆがんで消えた。ひゅうん！　あたしはまたきらめく灰色《はいいろ》の霧《きり》のなかにいた。もどりなさい、と母さんは言ったけど、どっちに行けばいいの？　どっちを向いても霧のなか。上も下も、それどころか自分の内側《うちがわ》にまで霧がたちこめる。冷《つめ》たく濃《こ》い霧があたしのなかに入りこみ、どんどん頭が働《はたら》かなくなる。なにも見えない。ただ今度は音が聞こえた。遠いこだまのようなかすかな声だ。ほかにたよるものもなかったあたしは、その声にすがりついた。声は呼《よ》んでいる。さがしている。しかもそのひとつがさがしているのは、あたし。

「ディナ……」声は遠くてようやく聞きとれるぐらいだけど、あたしをつかんで引きよせてくれた。さっき家に帰りたいという強いねがいが、母さんのもとに連《つ》れてってくれたのとおなじだ。

「ディナァ！」

ダビンだ。ささやき声じゃない。のどもかれよとさけんでいる。寝《ね》てなきゃいけない体なのがだれの目にも丸わかりなのに、ファルクの首っ玉にすがりついている。あざだらけのあわれな顔は必死《ひっし》の形相《ぎょうそう》で、涙《なみだ》にぬれてびしょびしょだ。ファルクをむりやり水車の用水路《ようすいろ》ぞいに歩かせ、馬が泡立《あわだ》ちとどろく水を、しきりに鼻を鳴らして避《さ》けようとするのも、かまわなかった。

「ディナァ！」何度も何度もダビンはさけんだ。

「ダビン」すぐうしろにつけたカランがどなった。「止まれ。馬を止めるんだ」カランは強引に自分の馬をファルクの横につけ、手綱《たづな》をうばった。「止めるんだ、ぼうず」

「ほっといてくれよ」ダビンはわれをわすれてどなり、カランの手から手綱をうばいかえそうとした。でもカランははなさなかった。

「ぼうず……むだだ。ディナは消えた。おそろしい話だが、どうしようもない。このまま強引に進んでも、落馬するのがオチだ。そんなことして、なにになる？　ただでさえひどい話なんだぞ。

なにしろおふくろさんにディナが……おぼれたと知らせにゃならんのだ。さあ、帰ろう。すくなくともおふくろさんには、おまえが残《のこ》ってる」

おぼれた？　おぼれたって、あたしが？　だから頭のなかに黒い水がつまってるの？　だからみんなあたしを突《つ》きぬけていくの？　幽霊《ゆうれい》になったみたいに？

「あんたは帰りなよ」ダビンは荒《あら》っぽい、苦《にが》い口調《くちょう》で言った。「おれはもどらない」

「おまえ、どうにかなったのか？　おまえを連《つ》れずに、どうやって村に帰れるというんだ」

「おれこそ帰れると――母さんに合わせる顔があると、思うかい？　むりだよ、カラン」

カランはしぶしぶとファルクの手綱《たづな》をはなした。そして聞いた。

「どうする気だ？」

「さがす。祈《いの》る。か、体が見つかるまでは、生きてると信《しん》じてたいんだ」でも、どんなに明るく言おうとしても、ダビンの声にはうつろな、魂《たましい》のぬけたひびきがあった。あんまり悲《かな》しそうな顔なので、抱《だ》きしめてあげたかった。

「**ダビン**」聞いてもらえるかどうか、自信がなかった。聞こえるのは恥《はじ》あらわしだけかもしれない。あたしとちがって、ダビンは母さんの能力《のうりょく》をかけらも受けついでいなかった。でもダビンはびくっとして、きょときょとあたりを見まわした。

「ディナ？」

あたしはおぼれてないはずだと、伝《つた》えたかった。そんなに落ちこまなくっていいよ、って。ところがなにかに腕《うで》をつかまれて、かがやく灰色《はいいろ》の霧《きり》にぐいと引きもどされた。そして今度は、あたしはひとりじゃなかった。

「リアナ。見つけた。やっと見つけたよ！」

やつれた女の人が、冷《つめ》たい指であたしの腕をつかんでいた。

「どこに行ってたの、おまえ。母さんは、ものすごくさがしたんだからね」その人はあたしを抱《だ》きよせたけど、その胸《むね》は指とおなじくらいひやりと冷たかった。「悪い子だよ、こんなに心配させて」

冷たいだけじゃない。この人ったら、ぬれてる。まるで水車池から上《あ》がってきたばかりみたいに、びしょびしょだ。そのとたん、タビスの怪談《かいだん》がよみがえった。おぼれた子どもをさがしてたんだ。アーニャばあさん。ずっとずっとむかしにおぼれ死んだ、タビスのひいひいばあさん。

「はなして」あたしはびしょぬれの腕《うで》のなかから逃《に》げだそうとあばれながら、たのんだ。「あたしはおばさんの娘《むすめ》じゃないの！」

「悪い子だ」アーニャは言いながら、あたしをおさえこもうとした。「ほんと悪い子だ。庭から出るなと言っただろ。言ったよね」

「はなしてちょうだい。はなしてよ」

「いいや。今度こそはなすもんか。今度こそはなれずにいっしょにいるんだよ」

「いっしょにいたら、死んでしまう！」

「いいや。母さんが大事にしてあげる。母さんの大切な娘《むすめ》を、大事に大事にしてあげる」アーニャはあたしのほおに、のどに、キスの雨を降《ふ》らせた。ガマガエルの皮みたいに、冷《つめ》たくぬれたキスを。

「**はなしなさい！　あたしはおばさんの子どもじゃありません**」

アーニャは、腕《うで》ごと切りはなされたみたいに、とつぜんあたしをはなした。飢《う》えたさぐるような目が、あたしの目と合った。するとむこうは、生きた人間みたいに目をそらした。

「そんなつもりはなかったのに」アーニャはうめいた。「ほんのいっとき場をはずしただけなのに。あの子がひとりで塀《へい》を上《のぼ》るだなんて、わかるはずないじゃないか。わかるわけなかったんだよ！」

アーニャの髪《かみ》もやっぱりびしょぬれだった。何本もの黒いすじになって、べったり顔にはりついていた。それからアーニャは、いかにも寒そうに、ぬれたねずみ色のショールを肩《かた》にぎゅっと巻《ま》きつけた。体のまわりの霧《きり》が、すこしうすくなっていた。アーニャのうしろに水車と、黒っぽい小屋の輪郭《りんかく》が見えた。

「リアナ……」アーニャはささやいた。「リアナを返しておくれよ」うめくような声があまりにせつなげで、あたしの心はまっぷたつに切りさかれそうだった。

「リアナは死んだの」できるだけやさしい声で言ってあげた。「おばさんも死んだのよ。もうさがすのはやめなさい」

アーニャは顔を上《あ》げた。その目は怒《いか》りにぎらついていた。

「リアナを返してほしいんだよ。あの子をどうしたんだい？　どこにやったの？」

アーニャはやせほそった指で、またあたしにつかみかかった。でもあたしはうしろにとびのき、遠くに行きたいとねがった。遠い、遠いどこかへ。あたしは灰色《はいいろ》の霊界《れいかい》のもやをぐるぐる回りながらぬけていき、呼《よ》びかける声すべてに耳を閉《と》ざした。すると一瞬《いっしゅん》また、山道の上の青空に、男たちと馬車を足もとに見ながらうかんでいた。今度は腕《うで》をばたばたさせたりしなかった。ただ目を閉じ、下へ、と念《ねん》じた。地上の馬車のところへ、元いた、あたりまえの生者《せいじゃ》の世界に、重さがあり、生きた人間の目に見える、命ある体に、もどるんだ。

「おーい、おまえ。目をさませ。サンドール、水を持ってこい。早くしないか！」

もう水はいい。もうぬれるのなんて、ぜったいにいやっ。だけどだれもあたしのねがいを気にかけてなどいなかった。冷《つめ》たくぬれた布《ぬの》がおでこにのせられ、だれかがすごくいやな感じにあたしのほおをたたいていた。痛《いた》い痛い。ぶたれてるみたいだ。

「『おまかせください。すべて心得《こころえ》ております』そう言ったのではなかったか、サンドール？　いまもはっきりとおぼえているぞ。このガキが死んだりしたら、ドラゴン公《こう》への弁明《べんめい》は、おまえの役目にしてやるからな」

「ただの魔女草《まじょそう》でございますよ。人は魔女草で死にはいたしません。ドラゴン公のお母上《ははうえ》がじきじきに、これをおわたしくださったのですから」

「母親に飲ませるためだ、ばかもの。子どもにではない」

「おそれながら、母親と娘《むすめ》両方に、でございます。子どものほうにもくれぐれも用心するようにと注意を受けております」

あたしは死にたくない。アーニャばあさんみたいに冷《つめ》たく、あてどなく、霊界《れいかい》のなかをさまよいたくない。

「もうたたかないで」あたしは口のなかで言った。頭がごんごんうずく。特大《とくだい》の虫歯みたい。たたくのがやんだので、そうっと目を開けてみた。にせイバインの顔が目のまえにぬっと出ていた。しばらくしてわかってきた。にせイバインはあたしの横に、ぬれた布《ぬの》をもってうずくまっていたのだ。あたしが寝《ね》ているのは、いまは馬車のなかではなく、かたくて黄色い草の上だった。

あたしは鼻にしわをよせた。吐《は》いたあとのにおいがする。もしかして吐いたのはあたし？

にせイバインは背中《せなか》をのばし、あたしのうしろに立っているだれかを見あげた。そして言った。

「サンドール、助かったたな。結局《けっきょく》、娘《むすめ》は生きかえる気になったようだぞ」

そのあとすぐ、あたしたちは出発した。あたしはまた馬車で寝《ね》ていて、あいかわらず気分が悪く力も出なかった。でも今度は車のゆれをやわらげるものを敷《し》いてもらえた。黒と青のふちどりのついた厚《あつ》いマントを二枚《まい》。スケイヤ一族の色だ。いったいどこから手に入れたんだろう。

このときになってようやく、あたりのようすに目をくばることができた。車には厚い布《ぬの》の束《たば》が積《つ》みこんであった。スケイヤ色のと、緑と白のケンシー色のとがある。布の山の横には長い木箱《きばこ》があって、馬車の車輪《しゃりん》が街道《かいどう》の石やでっぱりをこえるたびに、その木箱に体がぶつかった。ふたを開けて、なかをのぞいてみた。わらだ。箱いっぱいのわら？　そんなわけがない。なかをさぐってみると、指が冷《つめ》たくとがったものにあたった。毎日のように使うものじゃないけど、その形は知っていた。剣《けん》だ。箱には剣がつめこんであるのだ。

ふたをもとどおりに閉《し》めた。部族色のついたマントに剣。こんな荷《に》を積んで、にせイバインはいったいどこに向かうのだろう。

ダビン

11　やましさ

捜索《そうさく》は三日間、夜明けから、暗くなってものが見えなくなるまでつづいた。ディナのケープをべつにすれば、生きているのか死んでいるのか、ふたりの形跡《けいせき》はなにひとつ見つからなかった。

「おふくろさんに話さないと」四日めにカランが言った。「知らせないといかん」

知らせたくなかった。顔つきから判断《はんだん》すると、カランもおなじ気持ちらしかった。

「ディナの声が聞こえたんだよ、カラン」

「おう。そう言ってたな」

「信《しん》じないの？」

カランは肩《かた》をもぞもぞさせた。「いや。この世とあの世のあいだには、人知《じんち》をこえたものがあるからな」

幽霊《ゆうれい》だと思ってるんだ。「ディナは死んでないよ。死んでないはずだ」

カランは自分の手をじっと見つめた。「そうかもしれん。だがな、ぼうず、生きてる人間の声は、ふつうそんなふうには聞こえんぞ」手荷物袋《てにもつぶくろ》の口ひもをしめると、肩《かた》にかついで言った。「で？　帰るか？」

「しかたないな」ほかにどうしろと？　カランの言うとおりだ。母さんには知らせないといけない。

カランは馬の用意をするために、先に行った。おれはヘレナ・ラクランに会いに行って、さよならのあいさつをし、ラクラン一族による長時間の捜索《そうさく》の礼を言った。一族は力を惜《お》しまず助けてくれた。むこうにすれば一族の子どもの捜索でもあったけど、それはそれだ。おれは高地の人間じゃないし、トネーレ一家はどの部族にも属《ぞく》していないけど、それでもこれでトネーレがラクランに借《か》りができたのは感じていた。

中庭に行くと、鉄の輪《わ》のそばに女がひとり立っていた。ただただまっすぐに、柱のように微動《びどう》だにせずそこに立ってにらみつけているので、おれはおちつかなくなり、足早《あしばや》にそばを通りすぎようとした。けどその女はおれのまえに回り、通せんぼうをした。

「トネーレ」その声は鉄のようにかたく、その目は対決《たいけつ》したときのイバインのように灰色《はいいろ》に冷《つめ》たかった。

「ご用ですか?」できるだけ礼儀《れいぎ》ただしく聞いた。

「あんた、うれしい?」

「うれしいって? すみません。いったいなんの……」

「あんたは命を取りに来た」首すじの毛がさかだつような声で、女は言った。「でもイバインの命を取りそこなったから、今度は魔女《まじょ》の妹といっしょになって、うちのタビスを死出《しで》の旅に連《つ》れだしたんだ」

おれはぽかんと口を開けて、立ちすくんだ。どう答えていいか、わからなかった。この人は、なんでおれとディナとが……

「ちがう。そんなんじゃないんだ」おれはようやく声を出した。

「うちのタビスを返しとくれ。返さないなら……死ぬまで毎日、あんたと家族が地獄《じごく》の底《そこ》に落ちるよう、呪《のろ》ってやる」女はにぎりこぶしをふりあげ、おれの目のまえに突《つ》きだした。こぶしにはてらてら光る黒いものが塗《ぬ》りたくってあり、濃《こ》い灰色《はいいろ》に見えた。

「さあ。おくりものをやるよ。ひと晩《ばん》分の夢《ゆめ》をくれてやる。あたしがどんな夢を見たと思う? 魚がタビスの目を食《く》らっている夢だ」そして女は黒いこぶしで、おれの眉間《みけん》をなぐった。たいした力ではなかったけど、イバインに食らったどの一撃《いちげき》より、ずっとこたえた。よけることもできなかった。ましてなぐりかえすことなんて。

「あんたの息子《むすこ》に危害《きがい》はくわえてない」頭をくらくらさせながら、おれは言った。そうか。この女は消えたラクランの男の子の母親なんだ。「ディナだってそうです。ぜったいに！」

「聞く耳持たないね」そう言うと、女は歩《あゆ》み去った。背《せ》すじはぴんとまっすぐなままだった。

「なにしてたんだ。馬は出発したくてはやってるぞ」カランが怒《おこ》った。

たしかに一頭ははやっていた。ファルクはせわしなく頭をふりたて、じれったいのを見せつけるように、地面をひっかいていた。カランの馬は、しつけがいいからそんなばかはできないという顔で、その場に立っている。薬草師《やくそうし》デビの灰色《はいいろ》ポニーは、あくびをして長い黄色い歯をむきだした。

「タ……タビスのおふくろさんに会った」

「ふうむ。そりゃえらいことだったな」

おれはうなずいただけで、それ以上《いじょう》なにも言わなかった。

「イバインがこれをくれた」カランは言って、古い粗布《あらぬの》にくるんだ細長いつつみを手わたした。

中身がなにかはすぐわかったけど、それでも開けてみた。

おれの剣《けん》だった。というかその残骸《ざんがい》だった。こっちが負けたんだから、剣は正当にイバインのものになったはずだ。でもこわれた剣なんていらないんだろう。

「こいつをどうしろと？」カランに聞いてみた。

カランは肩《かた》をすくめた。「自分で考えることだな」

言われたとたん、剣《けん》をゴミ山にほうりなげたくなった。こいつがもたらしたのはろくでもないことばかりだった。ふいにニコの気持ちが手に取るようにわかった。いまではおれも、剣《けん》なんか嫌《きら》いだ。それでも、こわれた剣をつつみこんで、荷物《にもつ》につめた。鉄だから、いつかもっと役に立つものにつくりかえられるかもしれない。なべ、とか、まあいろいろ。

イバインの剣につけられた傷《きず》のうちいまも残《のこ》っているのは、黄色と緑にまでうすくなったあざだけだった。それでもカランの助けがないと、鞍《くら》にのれなかった。おれは手綱《たづな》を取り、足をふみだそうとした。

「待て、ぼうず」カランがいった。「額《ひたい》になにかついてる」

おでこをさわってみた。目と目の中間、タビスの母親になぐられたところにべとついたしみがあった。そででこすってみたが、どうにも取れない。

「なぐられたのか――子どもの母親に？」カランは言って、ふいに心配顔になった。「黒い手で？」

「なぐられたともさ」おれは言った。「手にはなんか塗《ぬ》りつけてあった」

カランはかたまった。かたまったままずっと動かないので、よくしつけられた鹿毛馬《かげうま》もじれったがって、鼻づらでやさしくカランを押《お》したぐらいだ。

「なんだよ？　あの手がどうかしたの？」聞いてみた。

カランはシャツのなかからなにかをひっぱりだした。首にかけていたらしい小さな袋《ふくろ》だ。そんなのを見るのは、はじめてだった。

「そら。こいつを貸《か》してやる。とりあえずおふくろさんのところにたどりつくまでだが。おふくろさんはかしこい人だから、こういうものにもくわしいだろう」

「これ、なに？」手のなかで袋の重みをたしかめながら、おれはたずねた。とても軽く、にぎってみてもかすかにかさかさと音がするだけだった。「なにかの役に立つのか？」

「ただのかわかした薬草《やくそう》だ。クローバー、イヌハッカ、クマツヅラ、ディル。おれのおふくろがつくってくれた。きくかどうかは知らん。まあ、持ってろ」

「きくって、なにに？」

「邪眼《じゃがん》とか、そういうものに。黒い手は冗談《じょうだん》ですまんからな」

「それって……あの人、おれを呪《のろ》ったの？」おくりものをやるよ。ひと晩《ばん》分の夢《ゆめ》をくれてやる、って言ってたっけ。おれと家族が地獄《じごく》の底《そこ》に落ちるよう呪ってやる、とも言ってたな。「あの手にはなにが塗《ぬ》ってあったのかな。なんだろ、カラン」

「あぶら。灰《はい》。ほかいろいろ。魔術《まじゅつ》についてはよく知らん。とにかくそいつをかけとけ。さあ、行くぞ」

灰色《はいいろ》のポニーをひいていても、カランが道にくわしかったから、ひとりで来たときよりずっと早く進めた。おれがこれほどつかれて傷《きず》だらけでなかったら、旅は一日ですんだと思う。けど夕方近くなるころ、おれが馬に乗っていられなくなったんで、とある小川のほとりにあるカバの木《こ》かげに、カランがいい野営地《やえいち》を見つけてくれた。

冷《つめ》たくすんだ水であぶらのしみをこすり、あの女の黒い手が残《のこ》したあとをそっくり洗《あら》い流した。それでもことばだけは心にしみついていた。その夜は黒い水、ぬるぬるした水草、冷たい冷たい岩の出てくる、水底《みなぞこ》のぶきみな夢《ゆめ》を見た。魚もいた。魚はディナの目を食《く》っていた。

長く冷たい時間のただなかに目ざめると、空にあわい光が見えはじめていたが、日はまだ上《のぼ》っていなかった。目がさめて心底《しんそこ》ほっとし、もう一度眠《ねむ》るのがとてもこわかったので、その場でファルクに鞍《くら》をつけようかと思った。けどカランはまだ眠ってたし、馬たちも、立ったまま頭をたれてうたた寝《ね》していた。おれはカバの木によりかかって、魚とディナの夢をわすれようとした。母さんのこともだ。なにより考えたくないのは、母さんのこと、おれたちの知らせを聞いたときの母さんの目のことだった。

ケンシー郷《ごう》には昼近くに着いた。丘《おか》の尾根《おね》をわたって目の下に自分の家がいかにもちんまりと変《か》わらずに建《た》っているのを見るのは、妙《みょう》な感じだった。もちろん留守《るす》にしていた何日かぐらいで、そうそう変わるわけはない。変わったのはおれだけ。なんだか……もう実際《じっさい》はここに住んでないような、自分がここの人間でなくなったような、へんてこな感じがした。そう思ったらとたんに、あそこにいるばかなニワトリどもや、キャベツの植わった畝《うね》や、去年の秋えらく苦労《くろう》して葺《ふ》いた屋根の芝《しば》が、いとしくなった。

母さんは薪山《まきやま》わきの薪割《まきわ》り台に腰《こし》かけ、昼まえのひなたぼっこをしていた。体力がついたしるしならいいな、と思った。体力がないとこまるんだ。母さんが手をふった。それから急に立ちあがり、薪小屋《まきごや》に片手《かたて》をついて体をささえた。灰色《はいいろ》ポニーとからっぽの鞍《くら》を見てしまったのだ。

「ディナはどこ？」おれたちが前庭に着くのを待って、母さんは聞いた。

口がカラカラになり、ほっぺたは木のようにがちがちだった。口がきけなくなったみたいだ。カランもはじめはそうだった。でも次に母さんは馬に乗ったままのカランのひざに手を置《お》き、むりやりに目を合わさせた。

「**ディナはどこ？**」目つきと声を母さんだけにできる非情《ひじょう》なものに変え、母さんはくりかえした。するとカランはしかたなく、ぽつりぽつりと、起こったことを話しはじめた。

「……死……死体は見つかりませんでした。ただ……生きている形跡《けいせき》も……ありません」そう話をしめくくった。

母さんはカランから手をはなした。カランは母さんに体からなにかぬきとられたように、馬にがくんとつっぷした。母さんはひと言《こと》も口をきかず、くるりと背《せ》を向け、大またに家に入っていった。なかからローサの声と、それに答える母さんの声が聞こえた。それからローサが走りでてきた。的《まと》に向かう矢のように、まっすぐおれめざして飛《と》んできた。

「この……この……」ローサはおれのふとももを、音を聞いたファルクが飛《と》びあがるほどきつくなぐりつけた。「このばかっ。このとんまっ。なんであんなことしたんだよっ！」金色のおさげは踊《おど》り、燃《も》えさかる怒《いか》りで、ほおに赤い点々がういていた。

「ぼうずのせいじゃない」鹿毛馬《かげうま》からすべりおりながら、カランが言った。「こいつがつらくないと思うのか？」

「じゃあなんでこいつは、あんなふうに家を出てったのさ？」ローサはかみついた。「家にいて、母ちゃんやメリやディナの世話《せわ》をしてればよかっただろ？　それがつとめじゃないかっ。そしたら……そしたら、こんなことになんなかったんだっ」

怒りと恥《はじ》。ふたつがまじりあった燃えるような思いが、全身に広がった。

「よけいなお世話《せわ》だ」言いかえした。「世話するなら自分の家族にしなよ。どこにいるんだっけ？」

残酷《ざんこく》なことばだった。ローサは家出をしてきたようなものだから。もちろんドラカンから逃《に》げてきたんだけど、同時に自分をなぐる、図体《ずうたい》のでかい父親ちがいの兄貴《あにき》からも逃《に》げてきた。ローサの母さんはいまもドゥンアークにいるけど、うちのものが手伝《てつだ》って書いた手紙のどれにも、返事をよこさない。

「とにかくあたしは、人をおぼれさせたことなんてないからねっ」ローサは涙《なみだ》をうかべてわめいた。

「おれだって」言ったとたん、急に腹《はら》が立つよりぐったりとつかれた。ファルクから下《お》り、だれにも目を向けないようにして、馬小屋にひいていった。

長いあいだ馬小屋にいた。ファルクの鞍《くら》をはずし、体をこすってやり、水とエサをやって、それでも出ていかなかった。ふと思い出した。落ちこんだとき、ディナはいつも動物のそばにはりついていたっけ。そう思うとてもみじめでうしろめたい気持ちになって、もうどんな人間とも顔を合わせられそうになかった。今度のことをメリはどう思うだろう。まだたった五つなのだ。そもそも人が死ぬとはどういうことか、わかってるんだろうか。

ようやく戸が開いた。母さんじゃないかと思った。でもちがった。ローサだった。

「ダビン？」ローサは遠慮《えんりょ》がちに言った。「家に入らないの？」

「なんでだよ」また怒《いか》りがぶりかえした。「みんなおれのせいなんだろっ？」

「そんなつもりじゃなかった」ローサは言った。「ただちょっと……すっごくこわくて、頭来て、悲しくて、それがいっぺんに来たの」そう言うと、おれがなぐりでもするんじゃないかと思ってるように、ほんとにおずおずとおれの腕《うで》に手を置《お》いた。「入っておいでよ。母ちゃんが、あんたはどうしたんだろって」

おれはうなずいた。「行くよ。すぐにさ」

長い、ひどい一日だった。厄日《やくび》だ。さがしてさがしてなにも見つけられなかった三日間より、はっきり言って悪い。なぜって、できることはもうなにもないからだ。その夜はそれほど寒くないのに、ローサが暖炉《だんろ》に火を入れた。母さんはメリをひざにのせ、消耗《しょうもう》しきった顔ですわっていた。みんなことば少なだった。とうとう寝《ね》る時間になったときは、ほっとしたくらいだ。ただ、この先待っている夢《ゆめ》を思うと、おそろしかった。

新しい家には、自分だけの場所がある。部屋《へや》と呼《よ》べるような代物《しろもの》じゃない。カーテンで仕切っただけの台所のかたすみだ。それでもそこには幅《はば》のせまいベッドと木のタンスがあり、壁《かべ》にはかけくぎが一列。だからもうディナとメリと、ひとつの寝場所《ねばしょ》を分けあわなくてすむ。

メリ。いまはローサがいてくれるのでよかった。かわいそうなメリがひとり寝《ね》をせずにすむから。メリの目はひと晩《ばん》じゅうすごくまんまるで、おびえたようすだった。なにも言わないし、デ

ィナのことを聞きもしなかった。なにを考えてたのか、よくわからない。

夢《ゆめ》のひとつも思い出せなかったが、すこしは眠《ねむ》ったにちがいない。目がさめたのは、なにか聞こえたせいだ。とてもかすかな、これまで聞いたことのない音だった。それでも音の正体は、すぐにわかった。

母さんが泣《な》いている。

おれは身を起こした。台所に明かりがついていた。毛布《もうふ》をはねのけ、ズボンをはいた。

母さんは暖炉《だんろ》わきのいすにすわっていた。暖炉のかすかな火明かりが、うす墨《ずみ》色のリネンのスカートにてりかえしている。べつのものも見える。緑色のもの。母さんはディナの深緑のケープを抱《だ》いて、すわっているのだった。

「母さん……」

母さんは顔を上《あ》げ、涙をかくそうともせずにこちらを見た。おれは目をそらした。

「ダビン。ここに来て、おすわり」

小さかったころ、よく母さんの足もとにすわって、足によっかかったものだ。でももうそんなことをするには、大きくなりすぎた気がした。だからベンチにすわった。

「ふしぎなの」母さんはしずかな声で言った。「何日かまえ、あの子の声を聞いたの。そしてわたしは……あの子を送りかえした。生きた人間がするにはとても危険《きけん》なことをしていたから、送りかえしたの。ちょっと待って、あの子の話を聞いてやりもしなかった。そうしていたら……すくなくともどこにいるかわかったかもしれないのに」

「母さんはあの子が……生きてると思う？」

「あのときはそう思ったわ。いまは……それほど自信《じしん》がないの。もしかしたら……あの子は死にかけていて、だからここまで来られたのかもしれない」

「おれも聞いた。いなくなった次の日に」おれは言った。

母さんの視線《しせん》を感じたけど、おれはずっと炉《ろ》の火をにらんでいた。

「なんて言ってた？」

「なにも。おれの名前を呼《よ》んだだけ」

「何度？」

「一回だけ。おれ、馬から落っこちそうになったよ。きっと近くにいると思ったんで、みんなでそのあたりの藪《やぶ》やら岩やらを残《のこ》らずひっくりかえした。けどなにも見つからなかった」

しばらくふたりともだまっていた。暖炉《だんろ》の丸木が一本、しゅうっとためいきをついたと思うと、まんなかから折《お》れた。炎《ほのお》がぱあっと立ちのぼり、いきおいよく薪《まき》をつつんだ。

「どういうことなんだろうね、母さん」

「わからないわ。でも望《のぞ》みを捨《す》てるつもりはないわよ」

そのままおれたちは、夜明け近くまですわりこんでいた。おれも、母さんも、それぞれの思いを抱《いだ》いて。ことばはあまり交わさなかった。でもひとりぼっちで目をさましてるよりは、ずっとましだった。

「ダビン？」もうすぐ日が上《のぼ》ろうとするころ、ようやく母さんは言った。「ねえ、おねがい……母さんの目を見てくれる？」

おれは見ようとした。せいいっぱいがんばった。でも顔を上《あ》げようとするたびに、やましさが心のなかで火と燃《も》えた。ローサの言ったとおりだ。おれのせいなんだ。見かたによれば。それでいて、ちがうともいえる。それとも？　あんなつもりじゃ……わざとしたわけじゃ……言いわけが頭にあふれる。でも母さんに言いわけはきかない。

「だめなんだ」おれはささやいた。「ごめん、母さん。けど、ほんと、だめなんだよ」

母さんは、すこしぎこちなく立ちあがった。「かまわないのよ、ダビン。もう寝《ね》ましょう。休めるときにすこしは休んでおかないと」

でもほんとうはかまうんだ。かまうにきまってる。

「ご……ごめんなさい」舌《した》がもつれた。

「わすれてね。かまわないんだから。聞いた母さんが悪いの」

言われてもちろん、恥《は》ずかしさはさらに深く心を刺《さ》したのだった。

ディナ

12 身がわり

「つかまえろ！」もう一台の馬車から転がりでた黒ひげがどなった。「そのちびガキをつかまえるんだ」

黒ひげは片方《かたほう》の手で鼻をおさえていた。おさえる指のあいだから血がこぼれた。道の向かい側《がわ》、松《まつ》の木のあいだに、タビスのすばしこい体が、悪魔《あくま》に追われてでもいるようにしゃにむに逃《に》げていくのが見えた。そう言っても大きなまちがいじゃないはず。だってにせ商人が三人、二人は自分の足で、一人は馬に乗って、あとを追っかけだしたんだもの。

逃げて、タビス！　とあたしは念《ねん》じた。命がけで逃《に》げるんだ。あたしはあたりをすばやく見まわした。ひょっとして、みんながタビスを追っかけるのに必死《ひっし》になってるあいだに――

「ここにいろ」手がひとつ、鉄の強さであたしの手首をつかみ、あたしを地面に引きずりたおし

た。魔女草のききめが残っていて、いまも気分が悪くて力が入らず、ひざはぐにゃぐにゃとくずおれた。

「痛《いた》いっ！」あたしはさからった。手がねじれてちぎれそうだ。

「気《き》の毒《どく》に」相手はそっけなく言って、つかんだ手をすこしもゆるめなかった。

にらみつけようとしたが、相手は用心ぶかく目を合わせなかった。にせイバインめ。ほかの男たちは「バルドラクさま」と呼《よ》んで、敬語《けいご》を使っている。どうやらサギス山脈《さんみゃく》あたりの出《で》で、ドラカンのお母さんの親戚《しんせき》にあたるらしかった。ドラカンのいとこ、かそんなものになるらしい。そうだとしても、おどろきはしない。とっても気が合いそうなふたりだもの。

木立《こだち》のむこうがどうなったか、見きわめようとした。でもタビスも追っ手たちも、もう視界《しかい》から消えていた。一日じゅう暗い松林《まつばやし》を通ってきたあとで、あっというまにタビスと三人の大人《おとな》と馬一頭が、その林にのみこまれてしまったのだ。さけび声は聞こえるけど、足音もひづめの音も聞こえない。地面は黄色い枯《か》れ松葉《まつば》のじゅうたんにおおわれているからだ。

バルドラクはいらいらと動きまわっていた。それから黒ひげに声をかけた。

「サンドール。灰色馬《はいいろうま》を使って、やつらがどこまで行ったかようすを見てこい。悪《あく》たれひとりをつかまえるのに、こんなに時間がかかるはずがない」

「やつは頭が切れます」サンドールはハンカチで鼻血をおさえながら、文句《もんく》をたれた。「小便《しょうべん》がしたいと言うから、いましめをといてやりました。足の縄《なわ》をほどいているとき、あのガキめ、わたしの顔をけりつけて、馬車のうしろから逃《に》げだしたんです」

「おまえをだますのに、たいした頭はいらぬわ」バルドラクはいやみに言った。「おまえがつかまえるのだ。村まで逃げもどられて、おぼれ死んではいないと知られたくない。ちがうか？」

おねがい、逃げて。逃げられるものなら。うちの家族もあたしは死んだと思ってるはず。それに、ラクラン郷《ごう》から何日分もはなれたこの場所までは、だれもさがしに来ないはずだ。

サンドールはそれまで馬車をひかせていた連銭葦毛《れんせんあしげ》の雌馬《めすうま》にうち乗ると、声をかけて出発した。時がすぎた。さらに時がすぎた。バルドラクはあたしの手首ははなしたけど、ずっと目を光らせていた。あたしまで逃げださせるつもりはないんだ。それだけは明らかだった。でもタビスは？

痛《いた》む手首をさすりながら、あわい希望《きぼう》をかけはじめた。

でもようやく男たちがもどったとき、サンドールはタビスを、巻《ま》いた毛布《もうふ》みたいに鞍《くら》のまえにのせていた。タビスは片目《かため》の上に大きなこぶをこさえ、そばかすの散る肌《はだ》は真っ青になっていた。でも災難《さいなん》にあったのはタビスひとりではなかった。栗毛《くりげ》のほうの馬がひどく足を引きずっていたし、その馬に乗っていた男は、ひじをかかえ、体を苦しそうに丸めて歩いていた。

「このちびのどぶねずみを連《つ》れて行くのは、時間のむだです」サンドールはかんかんだった。

「栗毛は足をやられ、アントンは肩《かた》を折《お》りました」そしてタビスのえり首をつかみ、体を引きずりあげた。タビスの頭が、落ちそうにぐらぐらしていた。「捨《す》てていってはいけませんか？」捨てていくって……意味はすぐにわかった。当然《とうぜん》タビスを逃《に》がすつもりなんてない。サンドールは殺《ころ》す許可《きょか》をほしがってるんだ。

「**やめなさい**」ぞっとしてさけぶと、恥《はじ》あらわしの声が自然《しぜん》にそなわった。「**殺《ころ》すことは**――」バルドラクにおそろしいいきおいでなぐられ、あたしは地面にたおれてはいつくばった。松《まつ》や馬や馬車が頭の上でぐるぐる回った。次にバルドラクはあたしを引き起こし、胸《むね》もとに引きよせると、片手《かたて》で目を、もう一方の手で口をふさいだ。

「だまれ。だまって聞くんだ」おどす声は低くて冷《つめ》たかった。さけぶまでもなかった。ひげがざりざりほおにあたるほど、あたしを近くに引きよせていたからだ。

「魔女草《まじょそう》ならまだたっぷりある」バルドラクは言いだした。

「やめて……」言おうとしたけど、手がかぶさっているので、もごもごとくぐもった音にしかならない。霊界《れいかい》になんかもどりたくない。あのまま死ぬかもしれないって母さんは言ったし、あたしはそのことばを信《しん》じた。死ぬ、か、気が狂《くる》う。あそこは生者《せいじゃ》の暮《く》らせる場所じゃない。

「だまれ、と言ったんだ」バルドラクはゆすぶった。「薬を盛《も》ることもできるのだぞ。かんなうえ、おまえ以外《いがい》には害《がい》がない。ほかのやりかたもある。むち打ちの身がわりを知っているか？」今度はあたしに答えさせるため、手をゆるめた。

「いいえ」とあたしは小声で言った。

「子どもというものは、ときにはむち打つ必要《ひつよう》がある」世のなかのしくみを説《と》き聞かせるような口調《くちょう》で、バルドラクは言った。「だが国によっては、王子に手を上《あ》げるのは重大《じゅうだい》な罪《つみ》とされる。ならば若君《わかぎみ》をしつけるには、どうするか。教えてやろう。むち打ち用の身がわりをおつけするのだ。おさない王子がいけない子だと、身がわりの少年が王子の罰《ばつ》を受ける」

めちゃくちゃだと思った。それになぜそんな話をするのかわからなかった。でもすぐにそのわけが明らかになった。

「ラクランのガキはおまえの身がわりだ。おまえが好《この》ましくない態度《たいど》を見せたときは、あれが罰《ばっ》を受ける。万が一おまえがその魔女《まじょ》の目や魔女の声を、わたしや部下に向けたら、あの子を殺《ころ》す。わかったか？」

あたしはどうすればいいかわからず、つばをのみくだした。

「わかったな？」

「はい……」

「よし。行儀《ぎょうぎ》よくおとなしくするのだ。ふたつのかんたんな規則《きそく》からはじめよう。目をよそに向けるな――だれかがおまえを見たら、地面を見つめろ。いいな？」

「はい」

「それから口を閉《と》じておくのだ。しゃべれと言われるまで、しゃべるな」

バルドラクはあたしをはなし、またタビスを馬車に入れるようサンドールに命じた。

「そして今度こそ、逃《に》がさないようにするのだぞ」

言うとまたあたしに注意をもどした。あたしは言われたとおり、じっと地面をにらんでいた。

「さあ、あっちの馬車に乗れ」バルドラクは言った。

「むりです。栗毛《くりげ》にはひけません。あの足では」サンドールが言った。

「ああ。メフィストを使うしかないだろう」

自分の馬のことを言っているのだ。耳をぺたりとうしろに寝《ね》かせ、近づくものにはだれにでもかみつく、たちの悪い大きな鹿毛馬《かげうま》。はじめはそいつが嫌《きら》ってるのはあたしだけだと思っていた。なんといっても脚《あし》をナイフで刺《さ》した人間《にんげん》だから。でもほかのだれに対《たい》しても機嫌《きげん》が悪く、しまいにはバルドラクは、自分で馬具《ばぐ》をつけないといけなくなった。わたしがすれば手を食《く》い切られます、とサンドールが言ったからだ。

バルドラクは御者席《ぎょしゃせき》に上《のぼ》り、自分で手綱《たづな》を取った。舌《した》をちょっちょっと鳴らす。小径《こみち》をうるさそうにけるのだけが、メフィストの返事だった。どう見ても馬車馬として使われたことがなく、この仕事が気に食《く》わないのだ。でもバルドラクがむちをふりあげておどすと、鹿毛馬はしかたなく前進する気になった。

それに馬車はまえほど重くなかった。高地のはずれで出会った男の一団《いちだん》が、部族のマントと剣《けん》の束《たば》を運んでいったので、荷《に》がなくなっていたのだ。あたしの見たかぎりでは、お金をはらわなかった。逆《ぎゃく》にバルドラクのほうが男のひとりに革《かわ》の財布《さいふ》をわたし、むこうは無言《むごん》でそれを受けとった。ふしぎな商売じゃないの。

メフィストがまた道をけったので、バルドラクは手綱《たづな》で、馬の褐色《かっしょく》のしりをたたかないといけなかった。馬の気持ちはよくわかった。あたしだって、自由になるためにあばれたかった。ただ、そうする勇気《ゆうき》はなかった。反抗《はんこう》すればタビスの命はないからだ。

「わたしの目がとどくよう、ここにこい」バルドラクはそう言って御者台《ぎょしゃだい》をたたき、あたしはおとなしくとなりに腰《こし》かけた。

「おまえをなぐるのをためらうわけではないぞ」バルドラクはかんでふくめるように説明《せつめい》した。「いまおまえを殺《ころ》すのは時期《じき》がよくないというだけだ。だが、あの男の子は、わたしにとって必《ひつ》要《よう》なものではない。あの子がまだ生きていられるのは、ひとえにおまえがいるためだ。心しておけ」

あたしはなにも言わなかった。言えと言われなかったから。

ディナ

13　恥《はじ》あらわしのしるし

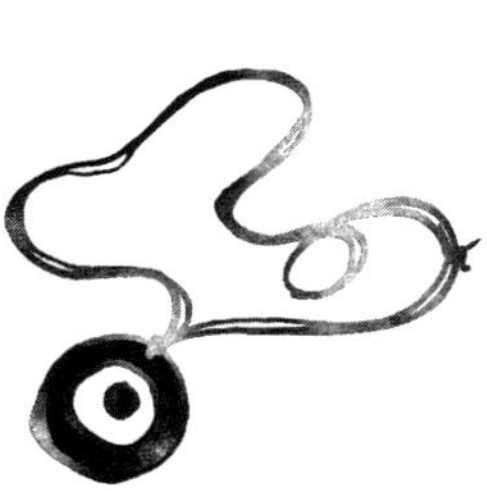

バルドラクがようやく停止《ていし》を命じたとき、日の光はうすれはじめていた。バルドラクはいらだっていた。足を痛《いた》めた馬のせいで遅《おく》れ、予定どおりに進んでいなかったからだ。

「薪《たきぎ》をさがせ」バルドラクは御者台《ぎょしゃだい》から飛《と》びおりながら命令《めいれい》した。「だが目のとどくところにいろ。不作法《ぶさほう》だとそばかすの友だちがどうなるか、わすれるなよ」

あたしは助けもなしに不器用《ぶきよう》に御者台から這《は》いおり、言いつけられた仕事にかかった。タビスは今度は馬車から出してもらえないらしい。さっきのあのさわぎのあとでは、だれもほどいてやる気になれないんだろう。

松《まつ》はまだうっそうと茂《しげ》っていて、小枝《こえだ》や大枝がたっぷり集まった。松ははぜたりはねたり、火花を散《ち》らしたりで、この世で最高《さいこう》の薪とはいえないけど、ほかの木はほとんどないのだ。

「そりゃなんだ？」肩《かた》を折《お》った男、アントンがたずねた。母さんがあたしを弟子《でし》にしたときにくれた恥《はじ》あらわしのしるしが、目に入ったのだ。いつもはシャツの下に入れてるんだけど、薪《たきぎ》を拾おうとかがんだときに、飛《と》びだしたらしい。

「ただの首かざりです」あたしはすばやく中に押《お》しこんだ。

「見せろ」アントンは、いいほうの手を出した。もうひとつの腕《うで》は、落馬してからつり包帯《ほうたい》で下《さ》げてある。

「ただのスズです」興味《きょうみ》をなくしてくれるよう祈《いの》りながら、あたしは言った。「安物《やすもの》なんです」

「よこせ」アントンはむっとして言った。「言われたとおりするんだよ」

でもできなかった。あたしは地面をにらみながら、丸いスズの板《いた》を、純金製《じゅんきんせい》でもあるようににぎりしめていた。それってへんだった。だってはじめに母さんがくれたときは、ぜんぜん気に食《く》わなかったんだから。でもいつのまにか、なくすと胸《むね》が痛《いた》むものになっていたのだ。

「これ、あたしのよ」あたしはささやいた。「取ってく権利《けんり》なんかないはずよ」

あたしは相手を見なかった。恥あらわしの声も使わなかった。それでもバルドラクはネズミをおそうノスリのようにとびかかってきた。かたく骨《ほね》ばった手があたしの首すじをつかみ、涙《なみだ》で目がくもるほどきつくしめあげた。

「早くもわがままか、ディナ？　もしかしてまだ、言われたことがわからないのか？」

「わがままじゃありません」あたしはさからった。「母さんがこれをくれたんです。この人には取りあげる……取りあげる権利《けんり》など……」ことばが止まった。首すじのバルドラクの手は、アーニャばあさんの手のようにぞっとするほど冷《つめ》たかった。

「やはりわかっていないようだ」バルドラクは言った。「サンドール、子どもをここへ」

おそろしくて冷《ひ》や汗《あせ》が出てきた。「ちがう……そういう意味じゃ……あたしちっとも……」

「だまれ」バルドラクが言った。「しゃべれと言ったか？」

サンドールがタビスの腕《うで》をひっぱって、もう一台の馬車から出てきた。タビスはまだ青ざめていて、おでこのこぶは黒に近い色に変《か》わっていたけど、手首をしばられながらもせいいっぱいけったりあばれたりしていた。

バルドラクはあたしをはなし、タビスに近づいた。

「しずかにしろ、小僧《こぞう》」バルドラクに言われ、タビスはあばれるのをぴたりとやめた。そばかすだらけの顔に見たことのない表情《ひょうじょう》があらわれた。見たくなかった。タビスはおびえているのだ。サンドール相手なら、かんだりけったりひっかいたりできる。サンドールや、たぶんほかの手下《てした》の男相手なら。でもバルドラクはべつだ。タビスはバルドラクをこわがってる。

「シャツをぬがせろ」バルドラクは命じた。

サンドールはタビスのシャツを頭からぬがせた。しばられてるので完全《かんぜん》にはぬがせられず、シャツは手首から白い旗《はた》みたいにぶらさがった。白に近い、といったほうがいいかも。もう清潔《せいけつ》とはいえなくなっていたから。

バルドラクはさぐるようにあたりを見まわした。

「馬の上に」バルドラクはサンドールに命じた。あたしにはなんのことかわからなかったが、サンドールは心得《こころえ》ているらしい。黒ひげのなかに白い歯がにやりと光った。

「かしこまりました」サンドールは言って、タビスの手首からのびた縄《なわ》をひっぱり、メフィストの背中《せなか》にわたした。大きな鹿毛馬《かげうま》はまだ馬車につながれたままだ。馬は不機嫌《ふきげん》そうに耳をぴくぴくさせたけど、それ以外《いがい》には動かなかった。サンドールが、タビスの手首が馬の背のまんなかにとどくまで縄をひっぱっても、やっぱり動かなかった。タビスはつま先立つよりしかたなかった。

バルドラクは馬のこげ茶色の首すじに手を置《お》いた。

「いい子だ。じっとしていろよ。おまえにけがはさせない」いとしささえこめて、バルドラクは言った。

バルドラクはベルトをぬいた。よくあるベルトではなく、両端《りょうはし》に皮の輪《わ》っかがついた、金属《きんぞく》の鎖《くさり》だった。鎖はそれほどどっしりしたものではない。あたしの小指ぐらいの太さだ。

「ディナとわたしは約束《やくそく》をした」バルドラクは、メフィストの横腹《よこばら》にほおを押《お》しつけ、鎖をまじまじと見つめて立っているタビスに話しかけた。「女の子をたたくのはいけないことだろう？

だからディナが悪い子だと……実《じつ》に申《もう》しわけないのだが、おまえがむち打たれることになったのだ」

あたしは反論《はんろん》したかった。〝約束《やくそく》〟なんてしてない、ぜんぶバルドラクのつくりごとなんだとさけびたかった。でももし口をきいたら、ことはますます悪くなるんじゃないかとこわかった。だから唇《くちびる》をかんで、口を閉《と》ざした。おとなしく地面をにらみながら、もしかして、もしかして、あたしにも身にしみたことがバルドラクにもわかって、だれもたたいたりしないでよさそうだと思ってくれないかとねがった。

なのにバルドラクは実行《じっこう》した。鎖《くさり》をふりあげて空気がひゅっとうなる音。それがタビスの背中《せなか》にふりおろされる、気分の悪くなる音。タビスは悲鳴を上《あ》げた。もう地面なんか見つめていられなかった。タビスのそばかすだらけの背中に、あたしの小指ぐらいの太さの黒っぽいみみずばれが走っていた。そしてなすすべもなく立ちつくすあたしの目のまえで、切れた皮膚《ひふ》から血があふれだし、横腹《よこばら》に向かって流れだした。

目の奥《おく》が真っ暗になるほど頭に来た。いまバルドラクをにらんだら、目の力で穴《あな》が開いたかもしれない。大《だい》の男が小さな子どもをこんなふうに打てるなんて。むかつくような鎖でもって、平《へい》然《ぜん》と打てるなんて……。わきあがることばを外に出すまいとするだけで、せいいっぱいだった。

「命に別状《べつじょう》はない」バルドラクは冷《ひ》ややかに言い捨《す》てた。警告《けいこく》なんだとわかった。万が一おまえがその魔女《まじょ》の目や魔女の声を、わたしや部下に向けたら、あの子を殺《ころ》す。はじめにそう言ったっけ。本気なんだと、はっきりわかった。

バルドラクが手をさしだした。「首かざりをわたすのだ」

タビスは馬の横腹《よこばら》に顔を押《お》しつけたまま立っていた。かくそうとしていたけど、泣《な》いているのがわかった。あたしは細い革《かわ》ひもをはずし、バルドラクの手に恥《はじ》あらわしのしるしをのせた。

「それでいい。よろしい、サンドール。子どもを馬車にもどせ」バルドラクは言うと、首かざりをうすれゆく夕方の光にあてた。「スズか。エナメル塗《ぬ》り。力の使い損《ぞん》だな」そう言って投げたのを、アントンがいいほうの手でつかんだ。「そんなにほしいなら、もらっておけ」

アントンは親指でエナメルをみがいた。たいしてうれしそうでもなかったが、それでもベルトにさげた革袋《かわぶくろ》に首かざりを押しこんだ。力がぬけた。ただの革ひもを通したスズだったけど、それでも体のどこかをなくしたような気持ちがした。

「すこしはかしこくなったかな」バルドラクが低い声で語りかけた。語りかけながらメフィストの首すじをなでた。大きな馬は首をふり、鼻を鳴らした。それを見てふとふしぎに思った。どうしてこの馬はむち打ちの音におびえなかったんだろう。馬の大嫌《だいきら》いな音なのに。タビスだけがむちを食《く》らうのだとなぜわかったんだろう。

それから、サンドールの待ちかねていたような笑《え》みを思い出した。バルドラクがなにをする気か、すぐにわかったんだ。うなる鎖《くさり》の音やタビスの悲鳴を聞いても、メフィストが岩のようにどっしりと立っていたのは、とても単純《たんじゅん》な理由《りゆう》からだった。

こいつらはまえにもおなじことをやったにちがいない。


次の日の午後遅《おそ》く、車道《くるまみち》の幅《はば》が広がり、まわりの森から木が減《へ》りはじめた。松《まつ》の木が切りたおされ、材木《ざいもく》にするため運びだされたあとのあき地が、そこここにあらわれ、あと地には急に日の光がさしたおかげで青草やルピナスやカバの若木《わかぎ》がのびだしていた。そしてゆっくりと、新しい音が近づいてきた。絶《た》え間《ま》ない滝《たき》の流れとどろきだ。

バルドラクはしずみかけた太陽に目をやった。「その馬をもっと歩かせろ」足を痛《いた》めた栗毛馬《くりげうま》をひく男に、バルドラクは命じた。「暗くなるまでにドラカーナに入りたい」

ドラカーナ？　それ、どこ？　それ、なに？　知りたかったけど、聞けなかった。バルドラクがタビスをあんな目にあわせたあとでは、むりだ。ゆうべは、泣《な》き声が耳について眠《ねむ》れなかった。号泣《ごうきゅう》ではなくしのび泣きでしかなかったけど、それでも見張《みは》りに立つサンドールを怒《おこ》らせるにはじゅうぶんだった。

「めそめそするんじゃねえ！」サンドールがおどした。しずかなすすり泣きはとつぜんやんだ。でもそれからもあたしは、タビスと痛むだろう背中《せなか》を思って、またむこうの馬車でしばられて転がっているタビスは、どんなにさびしくこわい思いをしてるだろうと考えて、長いあいだ目を開けていた。

あのときすぐに首かざりをわたしていたら……。野蛮《やばん》な鎖《くさり》でタビスを打ったのはバルドラクだったけど、なんだか自分のせいのような気がした。あたしさえあんなに意地をはらなかったら……。バルドラクはこうと思ったら、なにがなんでもしたいようにするのだ。そう思い知った。

けわしい坂を苦しそうに上《あ》がっていたまえの馬車が、見えなくなった。次はこの馬車の番だ。メフィストは最後《さいご》のきつい上《のぼ》りをこなすため、全身の力をふりしぼらないといけなかった。それから道は下《くだ》り、気がつくとせまい谷に入っていた。谷底《たにぞこ》には川が流れ、川のそばに町があった。ふつうの家の三倍ほどもそびえる、いくつかのとても高い建物《たてもの》を中心に、町は広がっていた。ほとばしり流れる水の上には橋らしきものがかかり、下流には水車が……ひとつではなく、たくさんの水車が見えた。あまりたくさんで、ひと目で数えきれないぐらいだった。

馬たちはぴんと耳を立て、気を入れて動きだした。足を痛《いた》めた栗毛馬《くりげうま》さえ動きを速めた。どうやらここに来たことがあって、うまややエサや水が待ちかまえているとわかっているのだ。そんなに急がなくてもいいのに、おねがいだから。なにがあたしを待っているのか、すぐに知りたくなかった。

ダビン

14　疫病《えきびょう》のように

風がヒースの原を波打たせ、ファルクはびくびくしつづけで、しょっちゅう風から顔をそむけたがった。こごえるほど寒い。朝は日が照《て》っておだやかな天気だったので、おれはシャツ一枚《まい》だった。カランに見つかったら、しかりとばされただろう。「山の天気をあまく見てはいかんぞ、ぼうず。女心より変《か》わりやすいんだ」でもあのときおれの頭には、家から出ることしかなかったんだ。

母さんはもう床《とこ》をはなれていたが、まだとてもつかれやすいうえ、幽霊《ゆうれい》みたいに青ざめていた。母さんを見ると胸《むね》が痛《いた》んだ。おれは朝食の席でおかゆを二、三口むりして飲みくだすと、立ちあがった。そして言った。

「ファルクを外に出してくる」

はじめ母さんはなにも言わなかった。それからこっくりうなずいた。「気をつけてね」母さんはいまでは、気を使っておれと目を合わせないようにする。他人に対《たい》するのとおなじ気の使いかたをするんだ。

「もしかしたら……」言いかけたものの、結局《けっきょく》、最後《さいご》まで口に出すことはできなかった。もしかしたらきょうは、手がかりをつかめるかもしれない。うわさとか、ディナを見かけた人とか。もう自分でもそんなことを信じてはいなかったが、家にいるのはたえられなかった。

「そうね。もしかしたらね」母さんは言った。

そういうわけでおれは外に出て、ラクランとケンシーの境界《きょうかい》あたりをうろついていた。もうさがすふりさえしなかった。たまたま人に出くわすと、子どもをふたり見なかったかと聞いてみる。けど、見なかったと言われても、もうがっかりはしなかった。ほかの答えが返ってくるなんて、期待もしていなかった。

ファルクは窪地《くぼち》のへりにそってのびる、細い羊のふみわけ道を、とぼとぼと進んだ。いまでは風は、こおるように冷《つめ》たい雨つぶを連《つ》れてきていた。もうもどらないと。潮時《しおどき》だ。そう思いながらも、もどるのを先のばしにした。もうちょっとだけ先に行こう。あとほんの一キロばかり。

ふと窪地の底《そこ》の、よそより人が通る道に旅人がふたりいるのが目に入った。

「おうい、そこの人」おれは呼《よ》びかけた。

ふたりは顔を上《あ》げた。ひとりは女で、ひとりは男。ロバをひいている。ふたりとも寒さにそなえた身なりをしていた。男は毛織《けお》りの帽子《ぼうし》をかぶり、羊の毛皮でできた、そでなしコートを羽織《はお》っている。女は頭にスカーフを、肩《かた》には大きなショールをあたたかそうに巻《ま》きつけていた。ふつうの庶民《しょみん》らしい。馬を飼《か》えるほど豊《ゆた》かでなく、たくましい小さなロバで間《ま》に合《あ》わせないといけないような、そんな庶民。ロバの毛のふさふさした灰色《はいいろ》の背《せ》には、大きな枝編《えだあ》みかごをふたつ、ふりわけにして背負《せお》わせている。積《つ》んであるのは商売ものか、それともただの旅の荷物《にもつ》か。

男のほうがさっと手を上げた。「おうい。ちょっと聞きたいんだが――」そこでことばを切り、まじまじと目をこらした。「ダビン？　ダビン、あんたか？」

今度は目を見張《みは》るのは、おれのほうだった。まさか知りあいのはず――いや、そうだ。身なりが変《か》わっていたし、まさかここで会えるなんて思いもしなかったが、あれはドゥンアークの隊長《たいちょう》だ。去年ディナと母さんとニコがドラカンからのがれるのに力を貸《か》してくれた人だ。横にいる女の人はマウヌス先生の姪《めい》で、後家《ごけ》さんと呼《よ》ばれている。ドゥンアークで、亡《な》くなっただんなさんの薬屋を長年《ながねん》守っていた人だ。

「ようこそ高地に」そう声をかけ、窪地《くぼち》の底《そこ》に向かって、ファルクに坂道を下《くだ》らせた。「どうしてこちらへ？」後家さんはマウヌス先生とおなじくケンシーの親戚《しんせき》で、実《じつ》をいえばマウディ・ケンシーの孫娘《まごむすめ》にあたるのだけど、ふたりは低地の、要塞《ようさい》都市ソルアークに住みかを定めたのだった。

「戦争《せんそう》さ」隊長《たいちょう》は短く言った。言われて気づいたが、隊長の左手はよごれてしみだらけの包帯《ほうたい》につつまれていた。

後家《ごけ》さんは笑《わら》いかけたが、つかれて悲しげな笑顔《えがお》だった。

「ダビン。会えてよかったわ。街道《かいどう》は通りたくないけれど、裏道《うらみち》を子どものときのようにおぼえてるか、自信《じしん》がなかったの。この道でいいのかしら」

おれはうなずいた。「案内《あんない》します。ちょうど帰るとこだったし」

ファルクが興味《きょうみ》を示《しめ》して、ロバに鼻を近づけた。ロバは長い耳を立て、うんざりした顔をした。

「乗りませんか、ペトリさん」声をかけながら、ファルクから下《お》りた。

「ありがとう、ダビン」後家さんはそう言ったものの、ちらりと隊長に目を向けた。「でもマーチンのほうが――」

「乗れよ。足はなんともないから」隊長は小さい声で言った。

言われても、後家さんは隊長に目をやったままだ。

「乗れって」隊長がくりかえした。どうやら、けが人あつかいされたくないようだ。

「じゃあ、あまえるわ」後家さんが乗るあいだ、おれはファルクをおさえた。長い茶色のスカートが風になびき、ファルクは元気があまっていたので、わざとらしくびっくりした。

「やめなさいってば」後家《ごけ》さんは言うと、手綱《たづな》になにか細工《さいく》をしたので、ファルクはおどおどと耳を寝かせ、おとなしく立ちどまった。「ふざけてるひまはないのよ」

後家さんはすこし先に立った。ファルクはおれ相手より後家さん相手のほうがずっといい子だった。隊長《たいちょう》とおれは、ファルクのひづめがふんだあとを、とぼとぼ歩いていった。ロバをひく役目を買って出ると、隊長はなにも言わず、綱をわたした。

しばらくはロバをはさんで、だまって歩いた。窪地《くぼち》のこんな底《そこ》にいると、尾根《おね》にいたときのように何キロも先までは見わたせない。かわりに風はそれほどきびしくなく、歩いていくうち、馬に乗っていたときとちがって体があたたまってきた。

「なにがあったんです？」おれは隊長の手にうなずきかけながら、聞いた。

「ドラカンがソルアークを占領《せんりょう》した」さびた鉄みたいにざりざりした声で、隊長は言った。

「ソルアークを？」おどろきのあまり足が止まってしまった。「けどてっきり――」

「ソルアークは難攻不落《なんこうふらく》だと？　ああ、だれもがそう思ってたさ」

「でも……どうやって？」

「裏切《うらぎ》りだ」苦《にが》いものでも吐《は》き出すような言いかただった。「ドラカンは人をやとって、水源《すいげん》に毒《どく》をしこませた。日に日に、町でも城《しろ》でも、人々が病《やまい》にたおれていった。おおぜいが死に、生きているものも立つのがやっとだった。そこからはかんたんだった」

隊長《たいちょう》がおれを見た。その目に燃《も》える怒《いか》りがあまりにすさまじくて、おれは思わず一歩しりぞいたぐらいだ。でも隊長の怒りはおれに向けられたものじゃなかった。

「人は家のなかでも外でも死んでいった。助ける力はだれにもなかった。ソルアークじゅうで、アオバエどもが大宴会《だいえんかい》にうかれていた」

そんなこと、言わないでほしかった。ハエが小動物の死体に、もぞもぞうごめく青黒い毛布《もうふ》みたいにたかっているのは、いやになるほど見ていた。そいつが人間の身に起こったなんて……おれは目をふせ、吐《は》き気《け》をこらえた。

「どうやって脱出《だっしゅつ》できたんです？」ようやくたずねた。去年ドゥンアークでこのふたりが演《えん》じた役割《やくわり》を、ドラカンがわすれるわけがないからだ。もしもふたりを手の内におさめたら、ドラカンがだまって見のがすはずがない。

「運かな」隊長は言った。「それに古い友だちがひとり」

いまはそれ以上《いじょう》打ち明けるつもりはなさそうだった。こちらも聞かなかった。気がつくと後家《ごけ》さんが馬を止めて、待っていた。隊長よりずっと腹《はら》を立てているようすだった。

「マーチンがなにものかわかると、連中《れんちゅう》はドラカンのところに連《つ》れて行ったの。それからこの人の指を折《お》りはじめたのよ。一日に一本ずつ」

あ痛《いた》ぁっ！　思わずおれはこぶしをにぎり、指をかばっていた。

「やつらは隊長《たいちょう》さんに……なにかを白状《はくじょう》させようとしたんですか？」

隊長は首をふった。「やつらがまだ知らないことで、おれが知ってることは、そうない。あれはたぶん仕返しだな。それにたぶん、かつてのドゥンアーク衛兵隊員《えいへいたいいん》で、若《わか》さまに味方しようと考えているものへの警告《けいこく》もかねていたんだろう」

若さまとは、ニコのことだ。ドゥンアークではたくさんの人が、ニコをそう呼《よ》んでいる。

一日に指一本か。おれは包帯《ほうたい》につつまれた手を見た。いったい何日……

「三日間よ」鉄さえ突《つ》きとおす声で、後家《ごけ》さんが言った。「指三本。この人を助けだして、町から連《つ》れだすまでにね」

「ドラカンの下には、かつてのドゥンアーク衛兵隊出身のベテラン兵がおおぜいいる」隊長が説《せっ》明《めい》した。「〝ドラゴン隊〟といっても、半人前《はんにんまえ》の職人《しょくにん》に物乞《ものご》いにチンピラ、剣《けん》より鍬《くわ》をふりまわすほうが得意《とくい》なお上《のぼ》りさん連中《れんちゅう》のよせ集めだ。ドゥンアーク衛兵隊がいなけりゃ、ろくに命令《めいれい》も伝《つた》わらない。だが、その衛兵隊員の一部は、ドラカンのねがいどおりドラゴン体制《たいせい》に盲従《もうじゅう》しているわけではないんだ」

ニコの父親がドゥンアークの領主《りょうしゅ》だったころには、隊長が衛兵隊の訓練《くんれん》をまかされていた。だからほとんどの隊員は、すくなくとも一時期は隊長の下でつとめたことがある。古い友だち、というのは、たぶんそういう人のことだろう。ドゥンアーク衛兵隊は、ドラカンの、一日に骨《ほね》一本流復讐《ふくしゅう》にはあまり気が乗らなかったってわけだ。

雨つぶが大きくなった。後家《ごけ》さんは低くたれこめるねずみ色の雷雲《かみなりぐも》に目をやった。

「遠いの？」

おれは首をふった。「急げば一時間以内に家につきます」

「じゃあ急ぎましょう。早く屋根の下に入れるほうがありがたいわ」

おれたちは足を速めた。

「こっちにおちつくんですか？」しばらくして、たずねてみた。

「たぶんね」後家さんは答えた。

「いや」隊長《たいちょう》が答えた。「ドラカンを主君《しゅくん》とあおぎたくない人々が、現実《げんじつ》にいるんだ。それもすくなからずな。なにかできることがあるにちがいない」

「アイディンは降伏《こうふく》したわ」後家さんが反論《はんろん》した。「反抗《はんこう》ののろしも上《あ》がらなかった。アルクメイラも陥落《かんらく》すれば、ドラカンは沿岸《えんがん》地方全体を手におさめるのよ」

「かんたんなことだとは言わん」隊長はつぶやいた。「だが安易《あんい》な勝利《しょうり》だけを追求《ついきゅう》するあの男には、恥《はじ》を知らせてやりたい」

ようやくケンシー郷《ごう》についたとき、雨は厚《あつ》い灰色《はいいろ》のカーテンと化《か》していた。ロバの毛はぬれて真っ黒に見え、ファルクは目と耳と鼻の穴《あな》から水気《みずけ》を飛《と》ばそうと、さかんに鼻を鳴らし、首をふっていた。おれのシャツは第二の皮膚《ひふ》みたいに体にへばりつき、隊長《たいちょう》と後家《ごけ》さんは、ずっと厚《あつ》い旅装束《たびしょうぞく》をしていても、こごえてつかれたようすだった。

ありがたいことに母さんとローサはすでに火を起こしていて、熱《あつ》い黒《くろ》スグリ酒《しゅ》も、新しい銅《どう》のやかんで湯気《ゆげ》を上《あ》げていた。母さんは予期《よき》せぬ客人《きゃくじん》のために毛布《もうふ》とかわいた衣服《いふく》を出してきた。ローサは木靴《きぐつ》をつっかけ、ファルクとロバの世話《せわ》をしに、庭に出ていった。

「どうせマウディのところに行きますから」後家さんは遠慮《えんりょ》した。「あそこなら居場所《いばしょ》もあるし……」

「うちにも居場所ぐらいありますよ」母さんは断固《だんこ》として言った。「こんな天気にもう一歩も外に出てはだめ」

「では、ありがとう。あたたかいお気持ちにあまえます、メルッシーナ」後家さんは言いながら、熱い黒スグリ酒をすすった。後家さんは母さんを名前で呼ぶ、この世でもわずかな人のひとりだ。

「だけどディナはどこなの？　てっきり会えるものと――」

母さんの顔が一瞬《いっしゅん》こわばった。後家さんはことばをとぎらせた。

「メルッシーナ……いったいなにがあったの？」母さんの顔つきから、なにかおそろしいことがあったと察《さっ》したのだ。

おれは自分をけとばしたかった。どうして来るとちゅう話さなかったんだろう。

母さんは酒の入れ物をにぎったまま、床板《ゆかいた》を見つめていた。それから、ようよう言った。

「ディナはいないの……いなくなったの。どうなったかもわからない。生きているのか、それとも……」それから持っていられなくなって入れ物を下《お》ろした。両手で顔をおおい、肩《かた》がふるえるそのようすで、泣《な》いているとわかった。

後家《ごけ》さんがふいに立ちあがった。くるまっていた毛布《もうふ》が、ふんわりした緑の山となって、床に落ちた。後家さんは二歩で母さんの横に行き、両腕《りょううで》を回した。

「ああ、メルッシーナ……」後家さんはそれだけ言うと、母さんを抱《だ》きしめ、泣きたいだけ泣かせた。母さんはそれをもとめていたんだ、泣いてるあいだ抱きしめてくれる大人《おとな》をもとめてたんだ、とわかった。おれはそこまで大人じゃないと母さんに思われてたのが、悲しくてたまらなかった。

隊長《たいちょう》はせきばらいをし、いたたまれない顔をした。

「残念《ざんねん》だ」かたい口調《くちょう》だったが、本気で言ってるのはわかった。「だがわすれるな。ディナは強い嬢《じょう》ちゃんだ。あっさり希望《きぼう》を捨《す》ててはいかんと思うな」

母さんはうなずきながら、エプロンのはしで目をおさえた。

「ええ。捨てませんとも」母さんは言った。

母《かあ》さんは隊長《たいちょう》の折《お》れた指を調べた。でも後家《ごけ》さんは、もともと人間の体のしくみや傷《きず》や病《やまい》についてはくわしい人だ。すでにほどこされた治療以上《ちりょういじょう》に母さんにできることは、あまりなかった。

「骨《ほね》はうまくついであるわ。折れたうちの二本は順調《じゅんちょう》に治《なお》りかけていると思う。ただ、複雑骨折《ふくざつこっせつ》の一本は……」母さんはすこしためらってから、後家さんにちらりと目を走らせた。「あせらず、えそにならないよう、気をつけましょう」

隊長はむっつりと言った。「左手からやられたのは、まだ運がよかったよ。とりあえず剣《けん》はにぎれるからな」

母さんはめちゃくちゃにされた指にそえ木をあて、きれいな包帯《ほうたい》で巻《ま》きなおした。やさしくあつかっていたけど、目には怒《いか》りが宿《やど》っていた。

「人間が人間にこんなしうちができるなんて」母さんは言った。

「ええ。いまこそ恥《はじ》あらわしが必要《ひつよう》とされている時代だわ。ただ……」後家さんはそこでことばにまよい、隊長に目で無言《むごん》の質問《しつもん》を投げかけた。隊長はわずかにうなずいた。

「トネーレさんには知らせてあげないと。知らないと身をほろぼす元になる」

隊長に言われても、後家さんはまだまよっていた。母さんはうながさなければならなかった。

「わたしが知らないことって?」

後家《ごけ》さんはせきばらいをした。「あの……ソルアークとアイディンには、恥《はじ》あらわしがひとりずついたの。ドラカンは……ふたりとも火あぶりにしたわ。魔女《まじょ》と呼《よ》び、即席《そくせき》の裁判《さいばん》をおこなって、火あぶりの刑《けい》に処《しょ》したのよ。あいつ、恥あらわしの力を妖術《ようじゅつ》だと主張《しゅちょう》しているの」

母さんはきれいな包帯《ほうたい》の切れはしをにぎりしめ、だまって立っていた。

「これぐらいたいしたことじゃないんだ」隊長《たいちょう》は傷《きず》を負《お》った手をふりあげていった。「こんなこと、ソルアークで起こったほかのことにくらべれば、なんでもない」

「あの男は恥知らずの輪《わ》を広げている」母さんは小声でつぶやいた。〝あの男〟がだれのことなのか、考えなくても全員がわかった。「疫病《えきびょう》とおなじだわ。あの男に腐《くさ》らせられた人々は、これまでしようとも思わなかったことをするでしょう。恥あらわしを殺《ころ》さざるをえなかったのもふしぎではない。でもすべての人が良識《りょうしき》というものをなくしたら、善悪《ぜんあく》の判断力《はんだんりょく》をなくしたら――どうやって人と人がともに生きていけるというの？」

「獣《けもの》とおなじさ」隊長が苦々《にがにが》しげに言った。「あいつの飼《か》ってるろくでもないドラゴンどもといっしょだ。機会《きかい》さえあれば、共食《ともぐ》いをはじめるのさ」

ディナ

15　またとない武器《ぶき》

そこはいままで見たなかで、どこよりもへんな町だった。もちろんあたしは町の専門家《せんもんか》ってわけじゃない。ドゥンアークが、知ってるなかでいちばん大きな町というぐらいだから。でもひとつだけはわかる。町とは、人間があふれているところだ。

ドラカーナにはだれもいない。

たしかに家はたくさんある。兵隊《へいたい》みたいに、まっすぐ何列にもならんで建《た》っている。ここの通りみたいにまっすぐなのは、見たことがない。建ってる家はみな、けずりたての木骨《もっこつ》に塗装《とそう》もしてないほど新しい。町の外側《そとがわ》には、テントが巨大《きょだい》な輪《わ》をつくっている。百以上《いじょう》もあるかな。そっくりおなじの、濃《こ》いねずみ色のテントが百も。たくさんの人間が入れる場所があるわけだ。でもドラカーナのかなたにそびえる山の真上には太陽が大きくオレンジ色にかかっているというのに、

物売り、物乞《ものご》い、スリなどのすがたはほとんど見あたらない。井戸《いど》をそなえたこぎれいな広場があるのに、水くみ、洗濯《せんたく》、井戸端会議《いどばたかいぎ》をする人がひとりもいない。通りで遊ぶはなたれ小僧《こぞう》は見あたらず、壁《かべ》ぞいのベンチに腰《こし》かけて、夕日に老骨《ろうこつ》をぬくめているおじいちゃんのすがたもない。ほえついてくる犬も、コッココッコとさわぐニワトリもいない。悪い妖精《ようせい》がつえをひとふりして、生き物を魔法《まほう》で消してしまったみたいに、町はしんとしずまりかえっていた。

「いったい――」人間はどこにいるのかしら、と言いかけて、あぶないところで間《ま》にあった。バルドラクは半分ふりかえっただけで、頭を元にもどした。あたしはほっと安堵《あんど》の吐息《といき》をついた。自分のせいで二度とタビスをむち打たせてはならないと、心に決めていたのだ。バルドラクのふたつの規則《きそく》はとても単純《たんじゅん》だけど、守るのがひどくむずかしかった。だれの顔も見るな。だれにも口をきくな、話せと言われないかぎりは。あたしはおとなしいハツカネズミになるのは慣《な》れてないけど、ならいおぼえないといけないのだ。タビスのために。そこで口を閉《と》じ、意見は胸《むね》におさめておいた。みんなどこに行ったのかしら。このまっすぐな新しい通りには、人が住んでるはずなのに。

馬車はがらがらと広場を横ぎり、尾根《おね》から見えていた大きな水車小屋に向かってさらに進んだ。高い壁が夕日を受けて、長いかげを落としている。小屋といえないほど大きな建物《たてもの》のなかからは、がたがた、どすんどすんと、耳慣れない音が聞こえた。白樺村《しらかばむら》の水車小屋でいつも聞いてたような、かたかたきいきいいう音ではない。そもそも、なんでこんなにたくさんの水車がいるのかしら？　いま数えたら三十六個《こ》もあった。粉《こな》をひくためだけにこんなにいる？

とつぜん鐘《かね》の音《ね》がひとつ、鳴りひびいた。どすんどすんいう音が止まり、次の瞬間《しゅんかん》、近《ちか》くの建《たて》物《もの》の門が開いて、女の人と子どもの集団《しゅうだん》が、押《お》しあいへしあいしながらあふれだした。まるでスズメの群《む》れにまぎれこんだみたいだった。女の人と女の子は、全員おなじかっこうをしている。灰色《はいいろ》のスカートとブラウスの上に粗布《あらぬの》の黄褐色《おうかっしょく》のエプロンをつけ、頭に黒いスカーフをかぶっているのだ。男の子はそこまでそっくりの身なりじゃない。みんな黒ズボンをはいているけど、シャツは灰色だったり黄褐色だったりで、上半身はだかの子もいる。大人《おとな》の男の人は、ひとりもいなかった。

女の人のなかには、スカーフをはずして汗《あせ》にぬれた髪《かみ》を手ぐしですきながら、笑《わら》っておしゃべりしている人もいる。でもたいていは背中《せなか》を丸めてつかれたようすだ。短い茶色の髪をした女の子が、上半身むきだしの男の子のひとりに舌《した》を出してみせたが、男の子は知らん顔をした。ほかの子どもはあまり活発に見えない。

バルドラクを見たとたん、笑い声もおしゃべりもぴたりと止まった。スカーフをはずしていた女の人たちは、急にあわててかぶりなおした。いちばん近くの人たちは、ぴょこんとせっかちなおじぎをして、わきにのいて馬車を通した。

あの人たち、だれなの？　大きな水車小屋、というより水車工場《こうば》で、なにをしてたの？　男の人はどこ？　あたしは口に出せない問いかけの数々《かずかず》で、のどがつまりそうだった。

二台の馬車は水車工場群《ぐん》を通りすぎ、明らかにほかより古い建物《たてもの》に囲《かこ》まれた、大きな中庭に入っていった。納屋《なや》やうまやに使われている棟《むね》は、黒タール塗《ぬ》りの木骨《もっこつ》づくりで草葺《くさぶ》き屋根だ。高地にある建物とたいしてかわらない。でも中心になる建物は大きくて白い石づくりの家で、正面に広いみかげ石の階段《かいだん》がついていた。

バルドラクは階段のまえで馬車を止め、ひづめの音を聞きつけたとたんにかけよってきた馬丁《ばてい》に、手綱《たづな》を押《お》しつけた。

「男の子を地下室に連《つ》れて行け」バルドラクはサンドールに言いつけた。「ほかの子といっしょにすると、めんどうの種《たね》にしかならんだろう。それからおまえ——」あたしのことだ。「いっしょに来い」

何時間もすわりごこちのよくない御者台《ぎょしゃだい》にすわっていたものだから、あたしはぎくしゃくと這《は》いおり、バルドラクのあとについて階段を上《あ》がった。てっぺんの青いドアまで半分も上がらないうちに、ドアがさっと開いて、おなじ年ごろの女の子がひとり出てきた。スズメの群《む》れのひとりではないようだ。青緑色の絹《きぬ》のスカートが動くたびにきらきらとかがやき、ドレスの胸《むね》のあたりには、黒と緑と金の糸で華《はな》やかな刺繍《ししゅう》がしてあった。真珠《しんじゅ》を埋《う》めこんだヘアバンドでとめた黒髪《くろかみ》は、腰《こし》よりさらに下までつややかにたれている。女の子全体も、なにかしらきらきらしていた。なかでもその目はなによりも明るくかがやいていた。

女の子はバルドラクを、おとぎ話の王子さまか英雄《えいゆう》でもあるように見つめた。ううん。そんなものじゃない。神さまとでも思っているような目だ。

「殿《との》さま、お帰りなさいませ」息を切らしながら、そう言った。到着《とうちゃく》まえに戸口に着けるように、かけ通してきたにちがいない。それからおじぎをした。流れるような優雅《ゆうが》な動きで、スズメ娘《むすめ》たちのぴょこぴょことは大ちがい。

「ありがとう、サーシャ」バルドラクは言うと、かがやく黒髪《くろかみ》にちょっと手を置《お》いた。「元気だったか？」

「いいえ」女の子は答えると、妙《みょう》にはにかんだ笑《え》みをさっとうかべた。「でもいまは元気ですわ」

あたしはわれをわすれて見つめてしまった。バルドラクの腰にはタビスにふるった鎖《くさり》が見える。このまぬけ娘ったらなにを考えて、こいつが世界のあこがれの的《まと》みたいな目で見つめてるわけ？こいつがいれば、なにもかもすばらしいとでもいうわけ？

「サーシャ、これはディナだ」バルドラクはことばをつづけた。「しばらくここで暮《く》らすことになる。緑の間《ま》に連《つ》れて行ってやれ。それからいま着ているのよりすこしは見苦しくないものに着《き》替《が》えさせてやれ」

あたしはようやく、目をふせなければと思い出した。でも見ていなくても、サーシャのはげしい視線《しせん》は感じた。

「かしこまりました」もう一度おじぎすると、サーシャは言った。「緑の間《ま》ですね。こちらへどうぞ」

あたしはサーシャについて白い家に入り、曲がりくねった階段《かいだん》を上《あ》がった。上《のぼ》りきると右に曲がり、閉《と》じたドアのまえをいくつも通りすぎた。五つめのドアのまえでサーシャが足を止めた。

「あなたのお部屋《へや》よ」サーシャは言って、ドアを開けた。

あたしは目を丸くした。どんなところに入れられると想像《そうぞう》していたのかは、わからない。でも、こんな部屋じゃなかったのはたしかだ。タビスと、バルドラクが言っていた地下室のことを思うと、自分がこんな部屋をもらえるなんて、とてもへんな気がした。わが家がすっぽり入ってしまうくらい大きな部屋だなんて。壁《かべ》には緑の絹《きぬ》のタペストリーがきらきらかがやき、モスグリーンのビロードのカーテンがその光をやわらげていて、沼《ぬま》か湿地《しっち》みたいだった。おそるおそる敷居《しきい》をまたいだとたん……

うしろからふい打ちにきつくひと押《お》しされ、あたしはべちゃっと床《ゆか》につんのめった。かんかんになって、サーシャだかなんだか知らないが、女の子と向きあった。

「なんでこんなことするのっ!」バルドラクの決まりのことなんかきれいさっぱりわすれて、どなりつけた。

「ひとつだけ知っておいてほしいと思ったの」怒《いか》りのこもった低く暗い声で、サーシャは言った。「殿《との》さまがあなたになにをさせるおつもりかは知らないわ。でもわたくしと取ってかわろうなんて思わないでね!」

取ってかわる? なんのことを言ってんのよ。でも聞きかえさなかった。タビスを思い、口を閉《と》じて目をふせた。でもほんのちらっと見ただけでも、むこうの気持ちはまちがいようがなかった。サーシャの黒い目はぎらぎらはげしくかがやき、かわいいハート形の顔は、にくしみに青ざめているのだった。


「バルドラクさまが、用意ができしだいすぐ大理石《だいりせき》の間《ま》に来るようにと、お望《のぞ》みだよ」

料理女のマルテが言った。この〝用意ができしだい〟とはどういうことなのか、決めかねているみたいだ。もちろん、お風呂《ふろ》に入って髪《かみ》もとかした。でもどういうかっこうをさせればいいのか、って。サーシャみたいな絹《きぬ》のスカート? それとももうすこし派手《はで》でない服? マルテ本人は、アイロンをかけたての黒スカート、白ブラウス、ひもでしめる黒の胴着《どうぎ》という、地味《じみ》な服装《ふくそう》だ。のりのきいた白いキャップでとび色の髪はほとんどかくれている。あたしはうすいタオル一枚《まい》を体に巻《ま》いて、マルテが早く心を決めてくれないかと待っていた。また清潔《せいけつ》になれていい気持ちだったけど、ぬれたはだしの足に、台所の石床《いしゆか》は氷みたいに冷《ひ》えるのだ。

「はじめにこれ」マルテはリネンの山を指さした。あたしはその山をたよりなく見つめた。これ全部？　これ全部が下着だっていうの？

そうらしい。はじめにボタンとサスペンダーのややこしいしくみでつりあげる、白いストッキング。次に短いニッカーズ。その上に、ふくらはぎの真ん中あたりがひらひらフリルのすそになった、白いリネンのズボン下。それから、上になるほどフリルがふえるペチコート三枚。背中《せなか》でひも止めする胴着《どうぎ》ときてはもう。マルテにとめてもらわないと着られない。

「あんまり背が高くないのねえ」背中のひもをしめながら、マルテはつぶやいた。「それにどうやらこの髪《かみ》の毛にはたいしたことはできないねえ」

あたしの髪は真っ黒でごわごわで、馬に生やしたほうがぴったり。おとなしく肩《かた》に落ちかかってくれず、四方八方に突《つ》きたっている。去年ドゥンアークで、男の子に化《ば》けられるようにとマウヌス先生が短く切った結果《けっか》、おさげにも編《あ》めなくなった。サーシャみたいな真珠《しんじゅ》のヘアバンドは、ブタに真珠、ガマガエルにティアラ、ってなものだ。

「ちょっと待ってて」マルテに言われて、また長いあいだ待たされながら、むきだしの肩にあたる冷《つめ》たい空気と靴下《くつした》はだしの足を冷やす石床とを感じていた。

ようやくもどってきたマルテは、自分のとおなじような白いブラウスと、縞《しま》もようのリネンのドレスをかかえていた。

「着てみて」マルテはドレスを手わたしながら、言った。「これはまえに……まえにはあんたとおなじぐらいの体格《たいかく》の女の子にぴったりだったんだよ」そしてさびしそうにやさしくスカートをなでつけた。この服を着ていた女の子って、だれだったんだろう。マルテの娘《むすめ》さん？　それとも妹？　マルテがいくつなのか、よくわからない。手も顔もやつれて見えるけど、それは年月よりこれまで送ってきた人生のせいだという感じがした。キャップからはみでた髪《かみ》の毛には白髪《しらが》は見あたらない。

フリルだらけの下着の上に、ブラウスをつけ、その上にドレスを着た。ドレスは緑、ピンク、グレイの細縞《ほそじま》がついた、上等《じょうとう》の亜麻布《あまぬの》だ。胴着《どうぎ》部分のまえが、花の形をした銀のホックでとめるようになっている。とてもすてきなドレスだ。

「ありがとう」しずかに言った。口をきいてもいいとだれかに言われたわけじゃない。でもありがとうを言うのに、ゆるしはいらないと思った。

「にあうよ」マルテは肩《かた》の縫《ぬ》い目をやさしくととのえてくれながら、言った。「とってもかわいいよ」

とたんにマルテのことが大好《だいす》きになりだした。

マルテが大理石《だいりせき》の間《ま》に連《つ》れて行ってくれた。ついてきてもらえてうれしかった。またバルドラクと顔を合わせるなんて、あまり気が進まない。殿《との》さまがあなたになにをさせるおつもりか知らないわ、とサーシャは言ったっけ。あたしにもわからない。でもそのことを考えるだけで、胃《い》がきゅうっとちぢんでかたいボールになった。

大きな大理石の暖炉《だんろ》に火がたいてあって、そのまえにバルドラクが、つめものをしたひじかけいすに気持ちよくおさまってすわっていた。こちらも風呂上《ふろあ》がりだとわかった。行商人《ぎょうしょうにん》の衣服《いふく》は、毛皮で裏打《うらう》ちした黒のビロードの上着、黒ズボン、先のとがった、刺繡《ししゅう》つきの灰色《はいいろ》のフェルトブーツに変《か》わっていた。とても貴族的《きぞくてき》で見慣《みな》れない感じ。まるで別人《べつじん》だ。もうそのへんにいる行商人だと思う人はいないだろう。でもひとつだけ変わっていないものがあった。腰《こし》にはあいかわらず細い金属《きんぞく》の鎖《くさり》が巻《ま》いてあったのだ。

ひじかけいすのうしろにはサーシャが、あの青緑色のシルクドレスすがたで立ちながら、ご主人さまのぬれてもつれた髪《かみ》の毛を、銀のくしですいていた。怒《いか》り狂《くる》ったまなざしをちらりと向けると、あたしなんかいないみたいな顔でまた仕事をつづけた。

「ここへ来い」バルドラクが言った。

わざとぐずぐずしたのではなかった。ただ足が動いてくれるまでに時間がかかり、マルテにやさしくひと押《お》ししてもらわなければならなかった。

バルドラクは立ちあがり、馬の値《ね》ぶみをする人みたいに、あたしのまわりを一周《しゅう》した。それからようやく言った。

「たいへんけっこうだ、マルテ。この子は使える」

マルテは一礼し、向きを変《か》えて立ち去ろうとした。それから敷居《しきい》でぴたりと足を止めた。

「ディナはまだ食事をしておりません、殿《との》さま。時間がございませんで」

バルドラクは片方《かたほう》の眉《まゆ》を上《あ》げた。「もうそんなにかまってやりたい気持ちにさせられたのか？　心配するな。掛《か》かりに見あうだけの仕事をしたら、すぐに食事をさせてよい」

仕事？　あたしになにをさせる気？

バルドラクはふたたびあたしに向きなおった。

「いいか、ディナ。ドラカーナではだれもが働《はたら》いている。ほとんどのものはけんめいに働いていて、ぐうたらものを置《お》いておく余地《よち》はないのだ。おまえを機織《はたお》り場《ば》か鍛冶場《かじば》で使うこともできるが、べつの方法《ほうほう》のほうがずっと役に立ってくれるのではないかと思いついたのだ。サーシャ、例《れい》の水車工場《こうば》の娘《むすめ》を呼《よ》びにいってくれないか」

「かしこまりました、殿さま」サーシャはひじかけいすのわきの、うるし塗《ぬ》りの小卓《しょうたく》にくしを置いた。トリの骨《ほね》と、底《そこ》にルビー色のおりが残《のこ》るワイングラスは、上等《じょうとう》のごちそうの残りのようだ。

胃《い》がねじくりかえった。でもはげしい痛《いた》みは、おなかがすいているせいもあるだろう。

「いとこのドラゴン公《こう》に使いを送った」バルドラクはつづけた。「たぶん公ご自身も、おまえをどうするかお考えがおありだろう。だが公はいそがしいおかたで、すぐに返事が来ることはあるまい。いまのところおまえはわたしのものだ。あたえられた部屋《へや》からもわかるだろうが、ここでのおまえの暮《く》らしは、かならずしも悪いものにはならない。わたしはなまけものや役立たずはきびしく罰《ばっ》する。だがよく仕《つか》えてくれるものには等《ひと》しく寛大《かんだい》にするつもりだ。それにわたしなら、わがいとこ殿《どの》の乱暴《らんぼう》なやり口からおまえを守ってやることもできるぞ。きっとわたしに仕えてくれるだろうな、ディナ。高地民のおさない友も、それによって恩恵《おんけい》を受ける」

この長話って、なにが言いたいわけ？　あたしになにをさせる気？　おどしの名人がこんなふうにエサを投げてくると、いつもよりこわい。あたしはおちつきなく体を動かした。

「なにか言うことがあるのか、ディナ？」

あたしは首をふった。

「言いなさい。許可《きょか》をあたえる」

あたしはのどを湿《しめ》した。「バルドラクさんはあたしになにをしろと言うのですか？」〝殿さま〟なんて呼《よ》んでやるものか。あたしにしたら殿さまなんかじゃないもの。

「おまえはめずらしいものを持ちあわせている。おまえの目と声は武器《ぶき》になる。そのような宝《たから》を使いもせず投げ捨《す》てるのは、おろかものだけだ」

武器《ぶき》だって？　そんなふうに考えたのね。母さんは天のたまものだと言った。あたしはまえには呪《のろ》いみたいなものだと思ってた。でも母さんの考えかたのほうが、こいつのより真実《しんじつ》に近い気がした。ドラカンがあたしをどうしようと考えてるのかは聞かなかった。話してくれると思えなかったし、第一自分自身、知りたいかどうかわからなかった。

サンドールがスズメ娘《むすめ》をひとり連《つ》れて入ってきた。まだ黄褐色《おうかっしょく》と灰色《はいいろ》の仕事着《しごとぎ》すがただが、黒いスカーフは取っていた。あの短い茶色の髪《かみ》の女の子だ。上半身はだかの男の子に、舌《した》を出してた子だ。女の子はおびえながらも反抗的《はんこうてき》な態度《たいど》だった。サンドールがつつくと、女の子はバルドラクにおじぎをしたけれど、ぎりぎりの頭の下《さ》げかただった。

「ここへ来い、娘」バルドラクがじれったそうに言った。「名前は？」

「ライサ」サンドールがまたつついた。まえよりきついつつきかたで、女の子は遅《おそ》まきながら口のなかでつぶやいた。「です。殿《との》さま」

「ライサ、悪い評判《ひょうばん》を聞いているぞ。遅刻《ちこく》はする、仕事中笑《わら》ったり歌ったりおどけたりする。しかもときには織工長《しょっこうちょう》になまいきな態度を取るというではないか」

ライサはまっすぐに背《せ》をのばした。「自分の仕事はしています。殿さま」またもや「殿さま」とのあいだに間があいた。言いしぶっている感じだ。

「ほう。そう、それが問題なのだ。おまえは従順《じゅうじゅん》で勤勉《きんべん》な娘《むすめ》なのか。それともまったくやっかいものなのか。ディナに決めてもらおう」

「あたしに？」思わず口に出してしまった。

「ディナ、ライサの目を見なさい」

そうか。武器《ぶき》とはこういうことなんだ。あたしを使って、元気でちょっとなまいきな女の子に、仕事中に歌うのは恥《は》ずかしいことだと思わせる気なんだ。

ライサはとまどってるみたいだった。あたしがバルドラクの言うとおりにしたら、自分がどんな目にあうのか、夢《ゆめ》にも知らない。

「そんなの……」そんなの、天のたまものの正しい使いかたじゃない、と言いたかった。だけどバルドラクは手でものを切るしぐさをして、だまらせた。

「よい使用人と悪い使用人について話したことをわすれるなよ、ディナ」バルドラクは腰《こし》に巻《ま》いた鎖《くさり》に手をそえていった。「義務《ぎむ》をはたせ。罰《ばつ》よりほうびをあたえたいからな」

頭のなかに、タビスの背中《せなか》に走る血まみれのみみずばれがうかんだ。あの夜泣《な》いていたあの声も。

「ライサ、あたしを見て」あたしは声に力のかけらもこめず、うわの空で言った。それでもライサはあたしを見た。ほかになにも思いつかなかったから。

ふたりの目が合った。ライサはびくっとして、目をそらせた。するとバルドラクがサンドールに軽くうなずいた。サンドールは大きな手でライサの首すじをおさえ、顔の向きを変《か》えられないようにした。ライサの目はあちこちきょときょとと動きまわった。それから目を閉《と》じ、ぎゅっとつむった。

「つとめをはたすんだ、ディナ」バルドラクは低く言い、またも細い鎖《くさり》に指を走らせた。

ごめんね、ライサ。ほんとにごめん。でもこうしないと、タビスが打たれるの。

「ライサ、あたしを見なさい」

声に力をこめるのがひと苦労《くろう》だった。ふだんならなにも考えなくてもできる。でも今度はちがった。緊張《きんちょう》のあまり声がふるえて、わずかに音をはずした歌手みたいに、本物らしさからずれてしまった。それでもききめはあった。ライサの目が開き、なすすべもなくあたしの目と出会った。そして動く絵が、ライサの心から飛《と》びだした思い出が、ふたりのあいだにうかんだのだった。

「早く行っといで、ライサや。ぐずぐずすんじゃないよ。おつりをもらったら、まっすぐうちにお帰り！」泣《な》きわめく赤んぼを抱《だ》いて、ライサの母親が歩きまわっている。赤んぼは生まれたての弟だ。まあま、なんてかあいいんだろ、なんておばさんたちは言うけど、ライサはそうは思わない。上の口からきいきいわめいて乳《ちち》を吐《は》き、下の口からくさい黄色のびちぐそをたれる。そんなやつのどこがかあいいのさ。いまじゃ母ちゃんはいっつもくたびれてて、あんまり働《はたら》けないから、ライサはしょっちゅう腹《はら》をすかせてる。なんもかんも、このくそまみれのちびガキのせいだ。「まっすぐうちにお帰りよ……」だけど市場ではおばさんがパンケーキを焼《や》いている。金色のシロップがたっぷりかかったパンケーキ。ライサはおなかがぺこぺこで、パンケーキのにおいで頭んなかが真っ白になる。一個《こ》だけ、味見してみるだけ、とライサは思う。あっというまにお金は消える。もう小麦粉《こむぎこ》もラードも買えない。こうなったらあとは、財布《さいふ》をどっかに投げ捨《す》てて、ひざをすりむくしか方法《ほうほう》はない。

「どんと押《お》されたんだよ、母ちゃん。お金をみんな取られちまったんだよ」言ったのに、やっぱりびんたを食《く》らう。それもこれも母ちゃんがくたびれてるから。赤んぼが泣《な》きわめくから。そして小さい妹はおなかをすかせてひんひん泣きじゃくり、パンケーキはライサのおなかのなかで鉛《なまり》みたいに重く固まる……

あたしは目を閉《と》じた。頭のなかで流れる絵が、ようやく動きを止めた。頭ががんがん痛《いた》み、胃《い》がむかつく。でもライサはもっと気《き》の毒《どく》だった。ひざをつき、あたしのスカートにすがりついてすすり泣いていた。泣きながら、もうしません、もうぜったいにしません、と誓《ちか》っていた。そして、ライサがぬすんだパンケーキや飢《う》えた妹のことを言ってるなんて、つゆ知らないバルドラクは、ただにんまりと笑《わら》い、よろしい、もう行っていいぞ、と言っていた。

まだ泣きながら、ライサは背《せ》を向けるのをおそれるように、あとずさりしながら部屋《へや》を出ていった。両手はエプロンの下にかくれている。見えないところでなにをしているのか、あたしにはわかった。エプロンの下で人さし指どうしを十字に組みあわせ、まじないをしているのだ。そうすれば悪運が避《さ》けられると信《しん》じられているからだ。そんなことをしても、あたしみたいな人間にはぜんぜんきかないんだけど、そうとは知らないんだろうな。きっとあの子はいまでは、バルドラクよりあたしのことをこわがっているはずだ。

そう思うとむかつく胃《い》のぐあいがもっと悪くなった。でもほかになにができたっていうの？　あの子を取るか、タビスを取るか、だ。あの子が泣《な》いているのは、すくなくとも自分がやったことのせいだ。でもバルドラクがまたタビスをたたくなら、それはあたしがしたことのせいなのだ。

バルドラクはいとしそうにあたしの頭に手をのせ、ぴんぴんつっ立つ髪《かみ》の毛をなでた。こんなことをされるなら、いっそ全身にクモを這《は》わせてもらいたいぐらいだったけど、手をふりはらう勇気《ゆうき》はなかった。

「すばらしいぞ、ディナ。これから実《じつ》に役に立ってくれそうだな。マルテのところにもどりなさい。夕食をもらうがいい」

こいつ、またする気なんだ。あたしを武器《ぶき》にして、何度も何度も使うつもりなんだ。そしていやだと言えば、タビスが報《むく》いを受ける。あたしはよろめきながら部屋《へや》を出た。もうおなかなんかすいていなかった。どうしようもなくむかついて、でもどうしていいかわからなかった。

ディナ

16　鍛冶場《かじば》の少年

「殿《との》さまが大理石《だいりせき》の間《ま》でお待ちだよ」

大っ嫌《きら》いになったことばだ。このことばを聞くたびに、両手はこおりつき、胃《い》は恐怖《きょうふ》といやな気分のかたまりになってむかつく。

バルドラクがあたしの目をライサに使わせてから、十九日がたった。十九日間。指を折《お》って数えてみたのだ。この十九日間、一日も欠《か》かさず、日によってはひとり以上《いじょう》、バルドラクの怒《いか》りを買ったあわれな人間がいた。そうなると大理石の間で、または仕事机《づくえ》のある黄金の間で、バルドラクが〝お待ち〟になる。そしてあいつが飢《う》えたような目で見つめるまえで、気《き》の毒《どく》な〝ふこころえもの〟たちが泣《な》いてゆるしを請《こ》うまで、あたしは恥《はじ》を見せつけるのだった。

その人たちがいつもいつも、バルドラクの思っている悪事《あくじ》とやらを恥じるとはかぎらない。で

も、なんであってもかまわないのだ。バルドラクには、相手がひれふして涙《なみだ》にむせび、おゆるしくださいとおがみたおすのを見るのが肝心《かんじん》なのだった。そうなるとバルドラクはにんまりと笑《わら》ってあたしの頭をなで、サンドールに得意《とくい》がる。「なんたる力だ。かよわい少女ひとりが、一瞥《いちべつ》するだけで大《だい》の大人《おとな》をひざまずかせる。まさに宝《たから》の鳥をつかまえたものだな」

でも気《き》の毒《どく》な犠牲者《ぎせいしゃ》のなかには、大の大人はめったにいなかった。ほとんどが水車工場《こうば》から連《つ》れてこられた子どもだった。ライサみたいに〝笑ったりふざけたりして〟仕事をさぼった子だとか、ただ単《たん》に仕事が手早《てばや》くなかったり力が強くなかったりで、バルドラクのご機嫌《きげん》をそこねた子だとか。

一度だけ、大きな織機《しょっき》がこわれて仕事が危険《きけん》だと不平《ふへい》を言った女の人がふたり、連れてこられたことがある。またある夜にはサンドールが鍛冶場《かじば》の近くで見つけた浮浪者《ふろうしゃ》も来た。さしかけ小屋にもぐりこもうとしていたのだ。あわれな浮浪者は密偵《みってい》と反逆《はんぎゃく》の罪《つみ》を着せられ、バルドラクにあのにくらしい鎖《くさり》でさんざ打ちすえられて、背中《せなか》が血まみれのみみずばれだらけになっていた。あたしを見たとき、あわれなあざだらけの顔には涙が川になって流れていたけれど、それでもその口から出たのは、戯《ざ》れ歌《うた》や子どもの遊び歌のいいかげんなごたまぜばかりだった。そのまま浮浪者は床《ゆか》の上で気絶《きぜつ》し、サンドールがどこだかにある牢屋《ろうや》にかついで帰るしかなかった。

今度はだれだろう。また浮浪者かな。すぐに知りたくないな。

「あんた、急いで！　殿《との》さまは待たされるのがお嫌《きら》いなんだから」マルテがそわそわとこづいた。

あたしはうなずいた。でもなるたけゆっくりと歩きつづけた。もちろん、うまくいきっこない。たとえ一日かけても、大理石《だいりせき》の間《ま》はいつもの場所にあって、バルドラクが暖炉《だんろ》わきのお気に入りのいすに腰《こし》かけ、あわれな犠牲者《ぎせいしゃ》を期待の目で見つめているのに変《か》わりはない。バルドラクの子《こ》飼《が》いの魔女《まじょ》に引きあわされると思っただけで、早くもふるえているだろう犠牲者を。そうなんだ。みんながどう呼《よ》んでいるか、あたしは知っている。いまも衛兵《えいへい》たちまでが、あたしへの嫌悪感《けんおかん》とバルドラクへのあこがれのないまざった目で、ちらちらとぬすみ見ている。なにしろバルドラクさまは、こんな化《ば》け物《もの》まで手なずけてしまわれるのだからなあ。〝殿さまの魔女っ子〟をさ。

きょうのは、あたしより一つ二つ年上の男の子だった。黒い仕事用のズボンとごわごわの茶色いまえかけをつけて、ほかはなにも着ていない。近づくと身のまわりに鍛冶場《かじば》のにおいがする。汗《あせ》とすすと熱《あつ》い金属《きんぞく》のむっとくるにおいだ。むきだしの背中《せなか》には、溶鉱炉《ようこうろ》から飛《と》び散《ち》る火花につけられた火傷《やけど》あとがシミやすじになっている。髪《かみ》の毛は汗で黒光りしているが、いま立っている場所に来たたいがいの人よりずっと、ぴんと背をのばして立っていた。

「危険《きけん》なんです」バルドラクを反抗的《はんこうてき》にまっすぐにらみつけながら、その子は言った。「そんでなきゃ、なんでおれたち下《した》っ端《ぱ》ばっかりがこの仕事をさせられるんです？　三週間に事故《じこ》が四件《けん》。四件ですよ。一人が死んで、三人は重傷《じゅうしょう》だ。イムリクは……」声がうるんだ。はじめて見せた弱さだった。「……イムリクは、もう二度とまともに歩けねえんだ」

男の子はてのひらを上に、片手《かたて》をさしだしていた。でも物乞《ものご》いをしているようには見えなかった。まっとうな取引《とりひき》をまとめようと、握手《あくしゅ》の手をさしのべているようだった。

「働《はたら》くのはかまわないんだ。おれ、仕事をおぼえたいから。腕《うで》はあるんです。信《しん》じられないなら鍛冶屋《かじや》の親方《おやかた》に聞いてください。けど、あんな人の使いかたって、まるでおれたちが〝もの〟みたいな、ひと月あたり何人失《うしな》ったってかまわないみたいなのって……まちがってます。それに……それにむだが多すぎます。もうちょっと、ましなあつかいしてもらっていいはずだ！」

でもバルドラクと取引ができると思ってたとしたら、大きなまちがいだった。バルドラクはゆっくりと立ちあがった。慎重《しんちょう》な手つきでビロードのそでからパンくずをはたきおとした。男の子がさしのべた手を見つめる。それから目にもとまらぬ早わざで、鎖《くさり》をヘビのようにするりとぬきとって、男の子のてのひらにはげしくうちおろした。

「奴隷《どれい》とは取り引きせぬ」バルドラクは言った。

男の子は痛《いた》みにわめいた。てのひらを、ふくれた細い傷口《きずぐち》から血がしみでるのを見つめた。それからまた顔を上《あ》げ、バルドラクをにらみつけた。一瞬《いっしゅん》その子が本気でなぐりかかるんじゃないかと心配した。バルドラクじゃなくて、男の子の身を案《あん》じたのだ。もしもバルドラクの高貴《こうき》な体に手をかけたりしたら、男の子が生きてこの部屋《へや》を出られるとは思えなかった。

でも男の子は、かんしゃくをおさえた。目は怒《いか》りとにくしみに燃《も》えていたけれど、反撃《はんげき》するそぶりは見せなかった。

「おれ、奴隷《どれい》じゃありません」男の子はかすれ声で言った。それからくるりと背《せ》を向け、出ていこうとした。

でも、そのていどの自由さえゆるされなかった。

サンドールが戸口に立ちはだかったのだ。

「あわてるな、奴隷」バルドラクが言った。「まだおまえに教えなければならないことが残《のこ》っている。謙虚《けんきょ》さ。尊敬《そんけい》。恥《はじ》だ」

男の子は、そこではじめてあたしを見たらしかった。黒い目がちらりと動き、こぎれいな胴着《どうぎ》の銀ホックをとらえた。そのとたんあたしは、こんないい服を着ていなければよかったと悔《く》やんだ。

「おまえのこと、聞いてるよ。魔女《まじょ》の目のこと。けど、おれはこわくない。恥《は》ずかしいことなんかなにもないからな」男の子は言った。

バルドラクはにやりと笑《わら》った。ゆっくりと悪意《あくい》をこめて。

「では見るとしよう」バルドラクは言った。「見てやろうではないか」

その子は力強かった。いまから肩《かた》はばがなみはずれて広く、何年かたてば屈強《くっきょう》な男になるだろうとわかった。また外側《そとがわ》だけでなく、心も精神《せいしん》も強かった。

でもそんなこと、役に立たない。あたしが相手では、勝ち目はない。

あたしは男の子の目をとらえ、むりやり目と目を見あわせた。すると動く絵が流れだした。

二頭のラバにひかせた物売りの馬車が、がたごと街道《かいどう》を進んでいく。馬車のうしろをはだしの男の子がふたり、息を切らしぎみに走っていく。ひとりは目のまえにいる鍛冶場《かじば》の男の子だ。力強く、たくましい。もうひとりはずっと小柄《こがら》でほっそりして、きゃしゃなつくりだ。小さいほうはべそをかいていて、二、三歩ごとに涙《なみだ》がほおを伝《つた》い落ちる。

「おい、よせよ、イムリク」大きいほうが言う。「おおげさだな」

小さいほうはさらにしゃくりあげる。「だって……足が痛《いた》むんだよ。ターノ、なあ、おまえ、ごめんって、言えないんか？」

「やだ」ターノは腹《はら》を立て、がんとしている。

「けど、ターノ、おまえさえ、ごめんとあやまってくれたら、おれたち、また、馬車に乗せてもらえるんだぞ」

「やだ。あんなばかやろうに、おべっかなんか使えるかい」

ふたりはしばらく走りつづける。

「ターノ……」

「今度はなんだよっ」

「ターノ……足から血が出てきた」

大きいほうが足を止める。「見せてみろ」

イムリクがターノに左足を見せる。石の端《はし》ででも切ったのだろう、かかとの傷口《きずぐち》から血がにじんでいる。

ターノが悪態《あくたい》をつく。たった十二才だけど、悪いことばならどっさり知っている。

「わかったよ」ターノはぷんぷんしながら言う。「あいつにあやまってやらあ」

イムリクの足をはなすと、胸《むね》をはる。「けど近いうちに逃《に》げだすからな。ごく近いうちにだ」

「ターノ、逃げるなんて、あぶないよ。おれ……おれ、おまえみたいに勇気《ゆうき》がないし」

「あるさ、もちろん」ターノはイムリクの細い肩《かた》に腕《うで》を回す。「それにさ、おれがめんどう見てやるから。最低《さいてい》百回はそう約束《やくそく》したじゃないか」

「うん」

「だろ。それで、おれって、約束を守らないか？」

「守る」

「ほうら、なっ。おれといりゃあ安心さ」

暖炉《だんろ》と室内のようすがゆっくりともどってきた。あたしはまだ鍛冶場《かじば》の男の子――いまではターノという名前だとわかった――のまえに立っていた。ターノの黒い目とあたしの目が合う。でもやましさにぬれる涙《なみだ》はなかった。床《ゆか》にはいつくばり、ゆるしをねがってもいなかった。

「つづけろ」うしろのどこかから、いらいらとかん走ったバルドラクの声が聞こえた。「つとめをはたせ、ディナ。わたしを怒《おこ》らせたくないだろう？」

そう。それはぜったいにいや。バルドラクがあたしに腹《はら》を立てたとき、タビスの身に起こったことを見てしまったから。

「**あたしを見なさい**」ターノに語りかけると、まえより深くさぐりにかかった。

鍛冶場の空気は、肺《はい》が焼《や》けるほど熱《あつ》い。火もごうごうと燃《も》えさかり、中心部では鉄が高温のあまり、ときに白く変《か》わる。巨大《きょだい》なふいごが、人間のではない力にあやつられ、たゆまず空気を送りつづける。大づちを上《あ》げたり下《お》ろしたり、上げたり下ろしたりするのも、人間の手や腕《うで》の力ではない。絶《た》え間《ま》なくおなじリズムで打ちおろし、また打ちおろしがつづくうち、音のひびきが血のなかにしみこんでいく。やがて夢《ゆめ》のなかでもその音を聞くようになる。どすん、どかん。どすん、どかん。何度も何度も。何度も何度も。人間はこれほどつかれを見せずに働《はたら》くことはできない。でも川はとどまることなく流れ、その川の流れが、ドラカーナの刀《かたな》鍛冶場のふいごと大づちに力をあたえるのだった。

鍛冶職人《かじしょくにん》の手は、剣《けん》の刃《は》を仕上げる芸術的《げいじゅつてき》な仕事のためにある。鍛冶職人はその技《わざ》のためにうやうやしくあつかわれ、仕事の報酬《ほうしゅう》も大きい。内弟子《うちでし》もまた、たいていまずまずのあつかいを受ける。でもただの下っ端《したっぱ》――父親も母親もちゃんとした親方《おやかた》もいないイムリクやターノのような子どもとなると、まるで話はちがってくる。

溶鉱炉《ようこうろ》から大づちまで鉄を運ぶのに、特別《とくべつ》な技術《ぎじゅつ》はいらない。大づちの頭が鉄をうちのばしてうすい板《いた》にする場所に鉄を置《お》くのにも、たいして頭はいらない。肝心《かんじん》なのは鉄を運べるだけ力が強いことと体が大きすぎないこと。だってそこはあまり広くないからだ。背《せ》が高いものは頭上の歯車《はぐるま》や心棒《しんぼう》にあたらないよう頭を下《さ》げなければならない。太ったものは……もし太りすぎていたり、もたもたしたりすると、機械《きかい》にひっかかってしまう。マリクの身に起きたのがそれだった。そして鉄を打ちのばすよう設計《せっけい》された大づちには、人間の皮や骨《ほね》や血肉《ちにく》の見わけなどつかない。マリクは悲鳴を一度上《あ》げたきりだった。

イムリクにはじゅうぶんな体力がなかった。でもターノとイムリクはふたりでひと組だったから、いつもターノがイムリクに目をくばっていた。でもある日……

「**やめろ!**」

ある日ターノは水おけに水を飲みに行った。そのあいだイムリクはひとりで、溶鉱炉から大づちまで鉄を運ばないといけなかった。これまで何度もやってきたことだった。ターノだって四六《しろく》時中《じちゅう》そばで助けてやるわけにいかない。そうはいかないのだ。そんなのはむりなことだ。

「やめてくれ。やめろぉ！」

イムリクは巨大《きょだい》なやっとこで鉄をつかみ、できるかぎりしっかりと持った。白熱《はくねつ》した鉄の棒《ぼう》を炎《ほのお》から取りだし、向きを変《か》えると――

「おれが悪いんじゃない！」

心棒《しんぼう》のわきをすりぬけようとした。でもそこで――

「助けようとしたんだ。助けようと。けど場所が遠すぎて――」

そこでやっとこがはずれた。白熱した鉄がすべりおち、イムリクはそれをよけようと飛《と》びのいた。そしてよろめき、足をはさまれ――

それ以上《いじょう》できなかった。イムリクの足が歯車《はぐるま》にはさまれたあとどうなったのか、もう見たくなかった。

目のまえで反抗的《はんこうてき》に立っていたターノが、いまはひざまずいていた。すすで真っ黒なほおに涙《なみだ》が光っていた。

「めんどう見てやるって約束《やくそく》したのに」ターノはつぶやいた。「約束したのに。百ぺん以上も」

ターノは顔をふせ、もう一度あたしと目を合わせるのを避《さ》けようとでもするように、両手でおおった。でもあたしはぼうぜんと立っていた。その馬車を持っていた物売りがだれなのか、イムリクとターノがどんな運命《うんめい》でドラカーナの刀鍛冶《かたなかじ》の下《した》っ端《ぱ》としてやとわれることになったのか、とつぜんにわかったのだ。あのちびの物売り。子どもを売った男。おとなしいほうに銀貨《ぎんか》十五マーク。ろくでなしに二十三マーク。年のわりにでかくて頑丈《がんじょう》だったんでね、って言ってたっけ。

あたしの心を読んだように、バルドラクがターノに口をきいた。

「わたしはおまえを買ったのだ、奴隷小僧《どれいこぞう》」バルドラクはささやいた。「おまえを買い、金をはらった。おまえはわたしの所有物《しょゆうぶつ》だ。飼《か》い犬だ。教えてやろうか。おまえはたいして高くもなかった。馬にはもっと高い金を支払《しはら》ったぐらいだ。このブーツも、おまえよりは高かった」

バルドラクは刺繍《ししゅう》入りのブーツを男の子の肩《かた》にかけると、大《だい》の字に押《お》したおした。「どうだ。これでいい子になったか？　尊敬《そんけい》という気持ちをおぼえたか？　おい、奴隷、おまえはよい奴隷か？」

最初《さいしょ》ターノは答えなかった。バルドラクはもう一度ブーツの足でつついた。「どうだ？」

「はい」ターノは小さな声で言った。「すいません。すいません。また馬車に乗っけてもらっていいですか？」

バルドラクとサンドールは目を見かわした。

「狂《くる》った」サンドールはつぶやいた。「小僧っ子め、正気《しょうき》をなくしたんだ」

「たいしたことではない。大づちをあつかうのに、たいして正気はいらん。鍛冶場にもどせ。こいつの反抗《はんこう》のおかげで、もう何時間もむだにしているのだ」

バルドラクは言うと、あたしの肩《かた》に手を置《お》き、やさしく髪《かみ》をなでた。

「よくやった、ディナ。一度は失望《しつぼう》させられるかと思ったが、もちろんそんなことはなかった。おまえはやはり宝《たから》の鳥だ」

あたしはほとんど聞いていなかった。頭がガンガンして、気を失《うしな》いそうだったのだ。とつぜんのどもとに吐《は》き気《け》がこみあげてきた。あたしは吐いた。緑色の苦《にが》い胆汁《たんじゅう》しか出なくなるまで、何度も何度も吐きつづけた。

絶望《ぜつぼう》のなかに、ほんの一点だけ明るい光がともっていた。なんとかがんばって、バルドラクの高価《こうか》な刺繍《ししゅう》ブーツに、胃《い》の中身を根《ね》こそぎぶちまけてやったのだ。

ディナ

17　石の少女

なめらかな白いシーツと緑の絹《きぬ》ぶとんにはさまれながら、あたしはみじめだった。こんな上等《じょうとう》のベッドで寝《ね》たのははじめてだ。真っ白でやわらかくてフリルがいっぱいで、空の雲とぼたん雪のまざりものみたいな気分になれる、こんなすばらしい寝間着《ねまき》を着たのだってはじめてだった。白樺村《しらかばむら》の水車小屋の娘《むすめ》シラが見たら、ねたましさに顔色を変《か》えたにちがいない。髪《かみ》の毛をのぞけば、あたしはローサの言う〝お嬢《じょう》さま〟、つまりなに不自由なく、あまやかされて幸《しあわ》せでいるのがあたりまえの女の子にまちがえられても、ふしぎはないかっこうをしていた。でも心のなかではなにかがくずれ、腐《くさ》りかけていた。

ドアを軽くたたく音がした。

「ディナ。起きてる？」

絹《きぬ》のふとんを頭までかぶり、聞こえないふりをしたかった。でも相手はマルテだ。ごまかせない。

「はい」言ってから、ひと息遅《おく》れて、「お入りなさい」と言うんだったと気づいた。あたしは人に命令《めいれい》したりゆるしをあたえたりするのに慣《な》れていない。

マルテはおしりでドアを押《お》し開けて入ってきた。朝食のお盆《ぼん》を持っている。

「すこしはよくなった？」

あたしは、毛虫になったような気分だった。外側《そとがわ》にごわごわみにくい毛が生えそろい、中身はぬるぬる気持ち悪い毛虫に。

「だいじょうぶ」

マルテは用心ぶかくあたしを見た。きのうバルドラクのブーツ全体に吐《は》き散《ち》らしたあたしをベッドに運んだのは、マルテだった。あのときはめまいがして、立ちあがることもできなかった。

「ちょっとは食べられそう？」マルテはベッドわきの小テーブルにお盆を置《お》いた。「食べたほうが体にいいよ」

あたしは無言《むごん》で首をふった。食べる気になれなかった。なにをする気にもなれなかった。

「今朝《けさ》パンを焼《や》いたの」マルテはなだめすかした。「まだあったかいの。はちみつもあるよ」

いやと言えなかったのは、パンが焼きたてだったからじゃない。マルテのためだった。とても心配してるようすだし、似《に》ているのは赤っぽい褐色《かっしょく》の髪《かみ》だけなのに、どこか母さんを思い出すのだ。がんばってパンをかじり、ゆっくりとかんだ。

マルテはおでこにひんやりした手をあててくれた。

「ちょっと熱《ねつ》があるみたいだね。このお茶を飲んで。薬草《やくそう》をまぜといたから。それから好《す》きなだけ横になってなさい。きょうは休んでいいと殿《との》さまがおっしゃってるから」

「ちょっとだけ外に出ちゃだめ？　ここだと息がつまりそうなの」

あたしがおねだりすると、マルテはとまどった。「殿さまはあんたが外に出るのをお望《のぞ》みでないのよ。わかってるだろうに」

あたしは首をたれた。涙《なみだ》が熱《あつ》く重苦しくほおをぬらした。それを手の甲《こう》でぬぐい去った。この緑の間《ま》はとても広いかもしれない。でも、ふかふかきらきらした緑のじゅうたんとカーテンとクッションと丸い房《ふさ》かざりに、窒息《ちっそく》させられそうだった。外の空気を最後《さいご》に吸《す》ってから二十日《はつか》もたつ。壁《かべ》が絹《きぬ》のタペストリーにおおわれていても、この牢獄《ろうごく》にずっと閉《と》じこめられているのは、つらかった。

「あれあれ、嬢《じょう》ちゃん、そうしょげないで」マルテはあたしのほおをなでて、心底《しんそこ》たまげたようだった。「そうだ。いい考えがあるよ。しばらくバラ園にすわっておいで。あそこなら日の光もさわやかな空気もあるし、それでいて屋敷《やしき》のなかみたいなもんだからね。殿さまに聞かれたってだいじょうぶ」

なにかお手伝《てつだ》いできないかとマルテに聞いてみた。キャベツをきざむとか、セロリの皮むきをするとか。でもマルテは耳を貸《か》さなかった。あたしは休まないといけない、それが殿《との》さまの命令《めいれい》だからって。そこであたしはバラ園の白いベンチに腰《こし》かけ、足をぶらぶらさせながら、なにもせずにすごした。それでも緑の間《ま》で足をぶらぶらさせてるよりずっとましだった。夏がおとずれていて、いちばん早咲《はやざ》きのバラがピンクの小花をつけ、あまいかおりで鼻をくすぐった。

このバラ園というのが、なんとも妙《みょう》な庭園だった。なにからなにまで見るためだけに植えてあるのだ。お料理に使ったり、病気にきいたりと、どんな小さな植物にも用途《ようと》がある母さんの庭とまるでちがう。ここにはラベンダーとツゲがすこしあるほかは、バラ、バラ、バラばかりだ。バラの生《い》け垣《がき》、バラのアーチ、大きいバラに小さいバラ、ツルバラに地を這《は》うバラまで。バラのあいだには砂利《じゃり》を敷《し》いた小径《こみち》がおおざっぱな円をいくつもえがいていて、迷路《めいろ》のようになっている。たぶんお屋敷《やしき》の奥《おく》さまやお嬢《じょう》さまたちが、屋敷を囲《かこ》む高い壁《かべ》の外に出なくても〝お散歩《さんぽ》〟ができるようにと、つくられたのだろう。

ところでそういうレディーがたはどこにいるのかしら。これまでひとりも見たことがない。サーシャがそうだというならべつだけど。でも絹《きぬ》のスカートをはいていても、サーシャが本物のレディーだとは思えなかった。いまは屋敷《やしき》のえらい人はバルドラクだけだ。あいつが、もともとの持ち主《ぬし》から取りあげたのかもしれない。

レディーであろうがなかろうが、円をえがく小径《こみち》を最後《さいご》に人が歩いてから、ずいぶん時がたつようだった。だってバラは手入れもされず好《す》き放題《ほうだい》に生《お》い茂《しげ》り、赤いトゲにスカートやそでをひっかけずには通れないところが、あちらこちらにあった。

屋敷のほうをふりかえってみた。見張《みは》っているものはいないみたいだ。バルドラクは〝休め〟と命じたらしいけど、バラのあいだをちょっとぐらい歩きまわったって、さしつかえないだろう。

立ちあがり、縞《しま》もようのスカートをなでつけた。それからゆっくりとバラの迷路《めいろ》を歩きはじめた。怒《おこ》った声に呼《よ》び止められることもなかった。

ふしぎだった。まわりにはぐるりと壁《かべ》があり、この庭もたいして広くないのはわかっている。それでも迷路をすこし奥《おく》に入ると、屋敷も壁も完全《かんぜん》に見えなくなり、魔法《まほう》のかかったイバラの森を歩いているようだった。バラは頭の上で、体のまわりで、巻《ま》きつき、からみあっている。あたりはつややかな濃《こ》い緑の葉、うす緑のツル、赤いトゲでいっぱいで、そんな茂みのなかを、にぶくかがやく小石の道が一本、白いリボンのようにつづいていた。

白い小径をたどり、ゆるやかなカーブにそって行きつもどりつしているうちに、迷路の中心に向かっていた。中心だとわかったのはバラの森に小さなあき地があらわれたからだ。小さな丸い広場にはベンチがふたつとそれから——あれはなに？　彫刻《ちょうこく》かしら。ツルが濃《こ》い緑の触手《しょくしゅ》となって巻《ま》きついているので、はじめは人の形をしているぐらいしかわからなかった。ところがツルを何本かはずしてみると、人でさえないことがわかった。ほっそりときゃしゃな女の子だけど、葉を取りのけると、角《つの》が生えていたのだ。ヤギや牛のみたいな大きな角ではなく、わかいシカのみたいなやわらかいぽつぽつがふたつ。

白い石の顔は絶望《ぜつぼう》にこおりついていた。まえに立って見ていると、きらきら光るコガネムシがちょうどほおを走りおりたので、一瞬《いっしゅん》女の子が涙《なみだ》を流したように見えた。

ぞっとした。なぜかはわからない。とたんに緑のツルが怪物《かいぶつ》の触手で、女の子をつかまえてゆっくりとしめつけているように見えてきた。もう見ていられなかった。あたしはくるりと背《せ》を向けると、迷路《めいろ》のなかへとかけもどった。

ツルのとげがかぎづめのようにおそいかかった。あたしは身をふりほどき、マルテの白いブラウスに大きなかぎ裂《さ》きをつくった。走《はし》りまわるような場所でないとわかっていたけど、止まれなかった。

そのときとつぜん、葉っぱではない緑のものが目に入り、足が止まった。

とびらだった。壁《かべ》に開いたとびら。もつれあうバラにほとんどかくれていて、もしもこのときのように小径《こみち》など無視《むし》して、どんなに強くひっかかれてもかまわずに、ただ無我夢中《むがむちゅう》でバラのなかを突《つ》きすすんでいるときでなかったなら、気がつかなかったにちがいない。そこにはどこか秘《ひ》密《みつ》めいた、禁《きん》じられた雰囲気《ふんいき》があった。だれもが使えるようにはつくられていないのだ。おそらく身分の高い紳士《しんし》が、人に見られることなく迷路《めいろ》にレディーをたずねてくるときのためにつくられたのだろう。でもあたしにとっては、来るためではなく、出るためのとびらだった。

バラのかたまりをちぎっていった。手はとっくにひっかき傷《きず》だらけで、さらに深い傷がくわわったけれど、あんまり気にしなかった。とびらだ。出口なんだ。取《と》っ手《て》は大きな鉄の輪《わ》で、さびついて回しにくかった。でもあたしはあきらめなかった。やがてようやく古いしかけが回るくぐもった音がして、とびらは開いた。

むこうには、かたく黄色い枯《か》れ草《くさ》が腰《こし》ほどものびている、小さな草原があった。草原のむこうは林だった。うっそうとした松林《まつばやし》だ。そして林のむこうは山だった。高地地方だ。

足はつぎの命令《めいれい》を待たずに動いた。とびらを閉《し》めもしなかった。あたしは背《せ》の高い草を、露《つゆ》にぬれながらかきわけていった。スカートはあっというまにびしょびしょになり、脚《あし》にべっとりまとわりついた。縞《しま》もようの生地《きじ》には細《こま》かい黄色い種《たね》がへばりついた。それでも林のはずれにたどりつくまで、時間はほとんどかからなかった。

松林のなかはうす暗く、しんとしずまりかえっていた。足は松葉の厚《あつ》い茶色のじゅうたんを、音もなくふんでいった。太陽の光はほんの二、三すじ、地面にとどくていどだ。午前というより

夕方のような雰囲気《ふんいき》だ。遠くに川の流れるとどろきと、水車のがたんがたん鳴る音が聞こえるが、もうどうでもよかった。あたしはもうドラカーナにはいないんだ。これから高地に向かうところだ。家に帰るんだ。

宝《たから》の鳥がかごから飛《と》びたったことをバルドラクが知るまで、どれぐらいかかるかな。最初《さいしょ》にマルテが気をもみだすだろう。バラ園にさがしに行き、たぶん名前も呼《よ》ぶ。遅《おそ》かれ早かれとびらが見つかり、残《のこ》りはみんなして判断《はんだん》するだろう。バルドラクは追《お》っ手《て》を集め、そして——

とたんに足が止まった。バルドラクがなにをするか、目に見えるようだ。サンドールを地下牢《ちかろう》に送り、タビスを連《つ》れて来《こ》させる。そして殺《ころ》す。

あたしは地面にくずおれた。ほんの一瞬《いっしゅん》だけ、タビスのことをわすれさっていた。ほんの一瞬だけ、あたしは自由だった。でもわながいま、かちりとあたしの足をとらえた。じたばたしてわなからのがれることもできるけど、現実《げんじつ》は変《か》わらない。タビスを置《お》いて逃《に》げれば、タビスは死ぬのだ。

足はいまも逃げだしたがっていた。どんどん、どんどん、松林《まつばやし》をぬけ、できるかぎりドラカーナをはなれるんだ、って。あともどりするのはとてもつらい。それもいますぐに、というのは、さらにつらい。でももどらなくては。できれば、あたしがすがたを消したとだれかに気づかれるまえに。

緑のとびらをくぐるかくぐらないとき、マルテが名前を呼《よ》ぶのが聞こえた。あたしはできるだけ急いで、迷路《めいろ》をぬけた。

「んまあ、聖女《せいじょ》マグダさまにかけて、あんた、なんてすがたなの？」あたしが目に入ったとたん、マルテはさけんだ。むりもない。ひっかき傷《きず》だらけの手、裂《さ》けたそで、ぬれたスカート――あきれた顔なのもあたりまえだ。

「お入んなさい。急いで。もっとまともな服に着替《きが》えないと。殿《との》さまがお呼びなの。これではどうしようもないわ」


「なぜこれほど時間がかかったのだ」バルドラクは冷《ひ》ややかに、また不機嫌《ふきげん》そうに、読んでいた手紙から顔を上《あ》げた。「呼んだときは、ただちにあらわれてほしいものだ」

「服を着替えないといけなかったので」もごもごと答えた。すくなくともほんとうのことだ。着替えたほんとうの理由まで言うことはない。

「そうか。サンドールと行け。わたしもすぐに行く」バルドラクは言った。

どこへ、かしら。でも聞かなかった。バルドラクは宝《たから》の鳥にいたってご満足《まんぞく》だけど、いまだに自分の決めた規則《きそく》は曲げなかった。だからバルドラクのまえでは、言われないかぎり口をきかなかった。

サンドールがドアを開けてくれた。「こちらへどうぞ」わざとらしい礼儀《れいぎ》ただしさで言った。ときどきあたしをどこかのご令嬢《れいじょう》みたいにあつかうのが、おもしろいらしい。

あたしはサンドールについて大理石《だいりせき》の間《ま》を出、玄関《げんかん》ホールをぬけて小石を敷《し》きつめた前庭に出た。ドラゴン公《こう》の紋章《もんしょう》入りかけものを鞍《くら》に置《お》いた、くたびれきった顔つきの馬を、馬丁《ばてい》が手入れをしてやっていた。バルドラクに手紙をとどけた使いが乗っていたのだろう。通りすぎると馬丁がこちらのほうにだまって会釈《えしゃく》した。

どうやらうまやのほうへ、でなければ馬具部屋《ばぐべや》に向かっているようだ。馬具や鞍がきちんとならべてかけてあり、革《かわ》と亜麻仁油《あまにゆ》と、ついでにかすかにほこりのにおいがした。床《ゆか》には大きな環《かん》がつき、かんぬきをかった引きあげ戸があった。サンドールはかんぬきをはずし、戸が開くまで環をひっぱった。見ているだけでもたいへんそうだ。サンドールはわざとらしい派手《はで》な身ぶりで、戸のほうに手をひらひらさせた。

「お先に、ご婦人《ふじん》」

ちっともありがたくない。だって、問題のドアが開くと、床下にははしごとしかいえない、せまい階段《かいだん》があるだけだもの。腐《くさ》りかけのカブを思い出させるむっとすっぱいにおいが、下からわきあがった。

「なんでここを下《お》りないといけないの？」規則《きそく》に反していたけど、聞いてみた。

「行けばわかる。さあ下《お》りろ」とサンドールは言った。

タビスの地下室のことを考えるときは、いつも屋敷《やしき》の下にあるんだと思ってた。まさか馬具部屋《ばぐべや》の地下だなんて思いもよらなかった。下はほぼ完全《かんぜん》なやみだった。タビスが二十日間閉《と》じこめられてたのはここじゃありませんようにと、切実《せつじつ》にねがった。でも、そうでないなら、地下に下りなきゃならない理由なんてあるかしら。

サンドールはがまんをなくしかけていた。「下りろっ」と怒《おこ》られては、それ以上《いじょう》ぐずぐずできなかった。

最初《さいしょ》はまるでなにも見えなかったが、すこしずつやみに目が慣《な》れていくと、かすかな光がちらちらと見えてきた。引きあげ戸からもれてくるのがほとんどだが、頭の上の雑《ざつ》に打ちつけた床板《ゆかいた》のすきまからの光もあった。片側《かたがわ》の壁《かべ》ぎわには、冬のたくわえをしまっておくような、檻《おり》に似《に》たでっかい木わくが一列にならんでいた。いちばん近くの木わくには、腐《くさ》らないようわらでくるんだキャベツが入っていた。それを見て、心がすこしなごんだ。ここはもう謎《なぞ》めいたやみの穴蔵《あなぐら》ではなく、白樺村《しらかばむら》にもあった地下の根菜蔵《こんさいぐら》みたいだった。ただこっちのほうがずっと広くて暗いけど。

火打ちの音がして、サンドールの囲《かこ》った両手のなかで、小さな炎《ほのお》がひらめいた。

「はずせ」サンドールは言って、引きあげ戸のわきのくぎにかかった角燈《かくとう》にあごをしゃくった。

言われたとおりはずして、四面あるすすまみれのガラスの一枚《まい》を上《あ》げ、なかのろうそくに火をつけられるようにした。しゅうっと音がして芯《しん》に火がつき、小さいけれどしっかりした炎《ほのお》が燃《も》えはじめた。

「あっちだ」サンドールは、今度は奥《おく》の壁《かべ》に向かって首をひねってみせた。

天井《てんじょう》は低く、サンドールは頭を垂木《たるき》にぶつけないよう、かがまないといけなかった。通りざまに木《き》わくのなかをのぞいていった。ほとんどはからっぽかそれに近く、三つめのに入ってたビーツは、とってもまずそうだった。腐《くさ》ったようなにおいはここから出ているようだ。

次に足が止まった。最後《さいご》から二番めの木わくには、キャベツがのっかっていたのようすいわらが敷《し》いてあり、そこにタビスが寝《ね》ていたのだ。ボールみたいに丸まって、角燈《かくとう》の光があたっても、顔も上《あ》げない。

「タビス……」おどろいてほとんど声にならず、吐《と》息《いき》に近かった。それでも聞こえた。タビスはふりかえり、目の上に手をかざしてこっちを見た。地下のやみで何週間もすごした人間にとっては、角燈のたよりない光でさえまぶしいのだ。

「行っちまえ」タビスは言ったが、その声には怒《いか》りよりおびえが勝《まさ》っていた。「ばか女。みんなおまえのせいだ」声はさけびつづけたあとのように、かれてざらざらしていた。

「歩け」サンドールがうしろから押《お》した。「殿《との》さまはきょうはこいつにご用はない」

殿《との》さまがご用があるのは、またあの頭のへんな浮浪者《ふろうしゃ》だとわかった。いちばん奥《おく》の木《き》わくにうずくまっていて、見たとたん、なぜ今度は大理石《だいりせき》の間《ま》に連《つ》れてこられなかったのかがわかった。打ちのめされて、立ちも歩きもできない状態《じょうたい》だったのだ。

「ただの頭のおかしい物乞《ものご》いでしょう。はなしてあげればいいのに」あたしはささやいた。

「自分の役目を考えろ」サンドールはどなりつけた。「おまえは言われたとおりにしてりゃいいんだ」

そのときだれかがはしごを下《お》りてくる音が聞こえた。だれかとはバルドラクで、しかも機嫌《きげん》が悪かった。手紙の中身がなんにせよ、気に食《く》わないものだったのだ。ブーツのかかとが床《ゆか》をふむのが、まるでむち打ちの音のようだった。サンドールは気をつけをする兵隊《へいたい》みたいに直立不動《ちょくりつふどう》になり、急に大あわてで木わくの入り口を開けて、浮浪者を地下室の床に引きずり出した。

「よし」バルドラクは、大声ではないが、肌《はだ》に感じるぐらいの冷気《れいき》をふくませて、言った。「この物乞いから真実《しんじつ》を引きだせ」

その浮浪者は大柄《おおがら》ではなかった。むち打ちされるまえから、猫背《ねこぜ》でやせぎすでよごれていた。いまはさらにひどいようすだった。顔ははれあがり、血がすじになってこびりついていた。息づかいもぜいぜいいって不規則《ふきそく》で、異様《いよう》だ。それでもバルドラクを見ると、しゃがれ声で歌いはじめた。

「悪魔《あくま》が正直者《しょうじきもの》に会いに来て、言ったげなぁ——うそのつきかたおぼえろとぉ——さすればおまえも日の出のいきおい——金で買えるぞ友だちがぁ……」

「たわごとはやめろ」バルドラクは言った。「狂《くる》っているのはただのふりだ。それごときでわたしはだまされんぞ。われわれがドゥンアークに送った荷物《にもつ》から、剣《けん》が二ダース消えていたという。いとこのドラゴン公《こう》は、そのわけを知りたいとおっしゃっている。わたしも知りたいものだ。ディナ、この男を見ろ」

あたしはつばを飲みこんだ。バルドラクがはしごを下《お》りてくる音を聞いたとたん、頭痛《ずつう》がぶりかえしていた。いままでは胃《い》の底《そこ》に吐《は》き気《け》が鉛《なまり》のようにわだかまり、口のなかが腐《くさ》ったようないやな味がした。気分が悪くてできませんと言いたかった。でもとうてい信《しん》じてもらえないだろう。

「あたしを見なさい」浮浪者《ふろうしゃ》に言った。相手の目がほんの一瞬《いっしゅん》あたしの目と合った。浮浪者の目ははれあがり、片方《かたほう》がようよう見えるくらいで、あたしは本気でサンドールとバルドラクをにくみながら立っていた。こんなあわれなお人好《ひとよ》しを、よくもむち打つことができるものだ。密偵《みってい》なんかであるわけがない。消えた剣についてなにを知ってるというの？

「妖気《ようき》のまなこが売り買いされてぇ——魔女は長者《ちょうじゃ》のお呼《よ》びに答える——はだかの乞食《こじき》は寒さがこわい——でも死に神はだれもがこわいぃ」

この歌はどこかでおぼえたんだろうか。それともさまようあいだにつくったんだろうか。でもむこうの茶色の目があたしの目と出会ったとたん、ほんとうの恥《はじ》あらわしはあたしではなく、相手だという気がした。

「あたし、魔女《まじょ》じゃない」あたしは目をふせ、つぶやいた。「どうしようもないんだもん」

「どうした、娘《むすめ》」バルドラクがあたしの腕《うで》をつかみ、しかりつけた。その指に骨《ほね》までつかまれた気がした。「こんなことに時間を取っていられないのだ。このクズから真実《しんじつ》を引きだせ。さもないと痛《いた》い目にあうものがいるぞ」

タビスのことだ。あたしのこめかみはうずき、吐《は》き気《け》が胃《い》のなかで生き物みたいにのたくっていた。今度はビロードの上着に吐いてやったら、こいつ、どうするかな？

「**あたしを見なさい**」もう一度言ってみると、今度は声がまえよりそれらしくなった。頭は死ぬほど痛《いた》み、目を開けているのがやっとだったが、それでも浮浪者《ふろうしゃ》のすんすんいう息づかいが、はっと止まり、乱《みだ》れたのが聞こえた。今度は自分の目と声が相手をとらえたのがわかった。

「ここでなにをするつもりなのか、聞け」宝《たから》の鳥がふたたび手のなかで従順《じゅうじゅん》な武器《ぶき》になったのを見て、おちついたバルドラクが言った。「なぜ鍛冶場《かじば》のあたりをかぎまわっていたのだ？」

「鋼《はがね》を研《と》いできらめく剣《けん》に――剣がつくったみなし子は何人？　刃《やいば》にふれれば氷の冷気《れいき》――高いか安いか、死人にお聞き」

べつの戯《ざ》れ歌を口からたれ流しながら、浮浪者はのどをひゅうひゅう鳴らした。でも〝剣〟と言ったとき、あたしたちのあいだになにごとかが起こった。剣《けん》の柄《つか》にかけたこの男の手と、敵《てき》のすがたが見えたのだ。ふたふりの剣はがっきと音を立ててぶつかった。

「乞食《こじき》の運は身をかむつらさぁ——お慈悲《じひ》とパンのおめぐみを——それがいやならためこみなされぇ——あわれな乞食は飢《う》え死ぬばかり……」

もはやその手に剣はなかった。たなごころを上にさしのべた手は、からっぽだった。でもかつてはたしかに剣があったのだ。この浮浪者《ふろうしゃ》はむかしは剣を持っていた。しかも使いかたを知っていた。この男は戯《ざ》れ歌とあほうのふりで煙幕《えんまく》をはり、真実《しんじつ》の物語をかくそうとしている。バルドラクの読みは正しい。この男は、頭がへんになりかかったあわれなお人好《ひとよ》しなんかじゃない。

「話しなさい、なぜ……」あたしがはじめたとたん、男にさえぎられた。

「だめだ」とてもしずかな声で、とてもおちつきはらって、男は言った。「やめなさい。あんたのしてることはまちがっている。そんなことはしなくていいはずだ」

まるで母さんに言われたように、そのことばは胸《むね》に深くこたえた。あんたのしてることはまちがっている。でもそうしないと……タビスが……そうしなかったら……

思いがぐるぐるうず巻《ま》き、それからぴたりと動きを止めた。心のなかでなにかが、きつくしめすぎたリュートの弦《げん》のように、ぷちんと切れた。湿《しめ》った地下の床《ゆか》にぺたんとよつんばいにたおれ、サンドールがどんなにひっぱりあげても、立つことができなくなった。

「気分が悪い」なんとか口からしぼり出した。「できません」

なかでなにかが折《お》れた。そのことを、骨《ほね》が折れたときみたいにはっきりと感じた。これでどうしたって、言われたようにはできなくなった。足が折れた人に歩けと言うのとおなじだからだ。そう思っただけで頭がくらくらして、せっかくマルテが気を使って食べさせてくれた朝食を残《のこ》らず吐《は》いてしまった。

バルドラクは飛《と》びのいて、さもいやそうに悪態《あくたい》をついた。

「ガキめ！」よく人が「ゴキブリめ！」と言うときの声で、言いすてた。

「この娘《むすめ》は病気ではないでしょうか」サンドールがおずおずと言った。「女の子であれ、なにもなしに吐くことはないでしょうから」

「そうだな」バルドラクは冷《つめ》たく言った。「わざとは吐くまい。この娘をベッドに帰せ。あしたもう一度試そう。それからアントンを呼《よ》べ。あれがこの娘から取りあげた首かざりがほしい」

「あのう……それは少々むずかしいかと」サンドールがこわごわつぶやいた。

「そのことばはどう取ればいいのだ？」

「アントンは連《つ》れて来られます。ですがあれは、首かざりを売りました」

「売っただと？」バルドラクの声はこおりつくようだった。聞いた人の耳に霜《しも》がつきそうなほどだ。そしてサンドールは、見るからに、言わなきゃよかったと後悔《こうかい》していた。「だれにだ？」

「ソルアークから来た女が、きれいだと思ったそうで。銅貨《どうか》二マークで買っていったと聞いております」

「その女をさがせとアントンに言え。三日のうちに首かざりを持ち帰らなければ、二度ともどらずともよいぞ。でなければ、なぜいとこのドラゴン公《こう》の望《のぞ》まれる品《しな》をお送りできないのか、そのわけを公に説明《せつめい》する役目を、アントンにゆずってやるからな」

これでもう二度と、恥《はじ》あらわしのしるしを目にすることはできないんだな。そう思うと、さらにみじめな気分になった。だけどバルドラクの手にもわたらないのがわかって、ちょっといい気《き》味《み》だった。

ダビン

18　死んだ羊をぬすんだものは？

真夜中だった。ケツ黒がうちの戸をどんどんたたいた。それとも真夜中だとこっちが思いちがいしてただけかもしれない。どっちにしても、まだあたりは真っ暗だった。

「カランはどこだ？」おれが戸を開けるなり、ケツ黒は言った。

「マウディんちじゃないかな」眠《ねむ》い目をこすりながら、答えた。「なんだよ。それになんでここにいると思ったんだ？」

「ゆうべ、おまえんちのおふくろさんといっしょんとこをキリアンが見たんだ」ケツ黒は息を切らしていった。「遅《おそ》くだったって。自分の畑にいないから、それじゃここかなと思って」

母さんはゆうべ、けが人が出たとかで、出かけた。斧《おの》で足を切りおとしかけたという話だった。待ちぶせをされて以来《いらい》はじめての外出《そとで》で、馬で行けばほんの近くだったけど、カランがつきそっていった。自分がついてなければ、母さんをどこにも行かせないと言って。

「うちにはカランを泊《と》める場所がないだろ。マウディんちにはあるけど。けどカランになんの用だよ」

「だれかがエビンの土地をおそって、羊をそっくりぬすんだんだ」ケツ黒はまた早くも鞍《くら》にまたがり、小柄《こがら》で頑丈《がんじょう》な高地馬をマウディの家に向けながら、どなった。「急げば盗人《ぬすっと》どもをとっつかまえられるかも」

「待ってくれ。おれも行く！」おれはわめいた。

ケツ黒はいったん馬を止め、いつもの「低地民を信《しん》じていいもんだろうか」という目つきをした。それからうなずいた。

「いいよ。けど急げ。ダンスで会おう。おれ、カランを呼《よ》んでくる」

ローサがうしろから戸口まで出てきていた。髪《かみ》はくしゃくしゃ、マウディの古い茶色のショールを肩《かた》に巻《ま》きつけている。

「どこ行くの？」まだ寝《ね》ぼけ顔でつぶやいた。

「ケツ黒とカランといっしょ。羊がぬすまれたんだ」

「母ちゃんに言ってかないつもり？」ローサは急にぴりぴりしはじめ、せめる顔つきになった。

「そんなひまない」いちばん厚《あつ》いセーターをかぶりながら言ったので、もごもごと聞きとりにくい声になった。ズボンは運よくケツ黒が来たときにはいていた。「かわりに言っといて」

　そのままローサをふりかえらず、庭を横ぎって、うまやに急いだ。うしろから恥《はじ》あらわしの力を持っているような、刺《さ》すような目でおれをにらみつけているのはわかっていた。でもありがたいことに、ローサにもメリにも本物の力はない。恥あらわしなんて、一家にふたりでじゅうぶんすぎるぐらいだ。

　そう思ったとたん、みぞおちに一発食《く》らったような気がした。ちがう。いまはひとりしかいないんだ。そしておそらくはこれからもずっと。おれはうまやの壁《かべ》を、ばんときつくたたいた。そうすればよけいな考えを追いはらえるとでもいうように。

　ファルクはご機嫌《きげん》ななめで、鞍《くら》を置《お》かれるまいとして、知っているかぎりのやり方でごまかそうとした。さっきもどったばかりなのに、またすぐ起こされて出発するなんて、だましうちだとばかりにすねてしまったのだ。でももううちの馬になって半年近いのだから、おれにはさからえやしない。行きたかろうとなかろうと、間もなくおれはファルクをダンスに向かわせた。

　おれが一番乗りだった。でもわずかの差《さ》だ。ケツ黒とカランはもう丘《おか》を上《のぼ》りにかかっていた。カランの顔はおれを見つけると、嵐《あらし》みたいな空もようになった。

「ここでなにをしてる?」

「いっしょに行きたかったんだ」

「行きたかった？　こいつはピクニックなんかじゃないんだ。それに、ぼうずにはもう剣《けん》がないじゃないか」

「弓を持ってる」

「持ってる、ときたかね」カランに借《か》りた弓を使ってるのをあてこすられた。「それにな……これから無法《むほう》ものやろくでなしを相手にするんだ。シカじゃない。おまえみたいな青二才《あおにさい》、殺《ころ》されるかもしれんぞ」

「ケツ黒は連《つ》れてくくせに！」おれはなにも考えずに言った。ケツ黒は気を悪くしてにらんだ。青二才なんて呼《よ》ばれるのが、気に食《く》わないんだ。

カランがじっと見た。「おふくろさんはこれ以上《いじょう》子どもをなくしたくないんじゃないのか？」おれはファルクの黒い首すじを見おろした。「いつまでも家に閉《と》じこもってられないんだよ、カラン。わかるだろ？」

実《じつ》をいうとそれほど家にいたわけじゃない。ディナがすがたを消してからというもの、おれはなにかと言いわけをつくっては、家を出ていた。そのことは承知《しょうち》してる。カランもだ。けどカランはそうは言わなかった。ためいきをついただけだった。

「よし、わかった。来たいなら来い。けどうしろにひかえてて、言われたとおりにするんだぞ」

おれはうなずいた。「そうする」

エビン・ケンシーはいささか変人《へんじん》だった。人間とより、飼《か》い犬といるほうがいいという、無口《むくち》なじいさんだ。ケンシー族の土地のはずれぎりぎりで暮《く》らすと決めたのも、それが理由なんだろう。メーディン山の五合目あたり、岩だらけの斜面《しゃめん》にはりついた耕地《こうち》の持ち主《ぬし》で、ケンシー郷《ごう》には年に二度しか下《お》りて来ない。春に羊毛を売りに来るときと、秋に冬ごしの食 料《しょくりょう》なんかを買いに来るときだけだ。

「聞いてくれ。じいさんを見たとき、おれぁほんとぶったまげた」エビンのいちばん近い隣人《りんじん》で、真夜中にじいさんの呼《よ》ぶ声で起こされたキリアン・ケンシーが言った。「ひでえかっこうなんだよ！　顔には血がだらだら流れてるし、よっぱらいみたいにふらふらでな。うちのアニーがじいさんをすわらせて、熱《あつ》い飲み物を飲ましてやった。それよりウイスキーが飲みたかろうと、おれは思ったんだけどな。けどじいさん、頭がおかしくなったみたいだった。荒《あ》れ狂《くる》ってた。おれとふたりで、この悪魔《あくま》どもを追おうって言うんだ。ふたりきりでだぜ。顔の切り傷《きず》など屁《へ》とも思わねえ。それに問題は羊だけじゃねえんだ。やつら、犬も一匹殺《ぴきころ》しやがったんだ。言っとくぜ。じいさん、そりゃもう荒れ狂ってた」

キリアンは男たちを二十人ばかり集めた。おれとケツ黒も入《い》れて。キリアンに言わせりゃ「悪魔どもに思い知らせる」のにじゅうぶんな人数だ。夜が明け初《そ》めるころ、一行はメーディンの、襲撃《しゅうげき》があった斜面《しゃめん》に着《つ》いた。最初《さいしょ》は悪魔《あくま》どもがどっちに向かったのか、すぐわかった。やつらは羊の群《む》れを連《つ》れてリンボクの茂《しげ》みをぬけ、枝《えだ》をふみつけて、あたりの藪《やぶ》に羊毛の房《ふさ》を残《のこ》していった。大あわてで逃《に》げていったらしく、ふみわけ道はまっすぐスケイヤ族の土地へと向かっていた。「エビンが言うには、悪魔どもはスケイヤのマントを着ていたらしい」キリアンは言った。「ちょっと信《しん》じられなかったんだがな。スケイヤは部族どうしの平和協定《へいわきょうてい》を破《やぶ》ったりしないはずだ、と心にたしかめたものさ。それに黒と青だ。やみのなかで色が見わけられるか？　だがエビンの言うとおりのようだ。ちくしょう、スケイヤの悪魔どもめ！」

「まあ待て。すぐにわかるさ」カランは間《ま》のびした高地なまりで言った。でも腹《はら》を立てて気をもんでるみたいだ。ラクランが母さんを待ちぶせたのではと疑《うたが》ったとき、カランがほかの部族の問題に口出しするのをことわったことが思い出された。

「ほんとにスケイヤのしわざなら、どうすんだ？」おれはケツ黒にささやきかけた。「このまま村にもどるのか？」

「知らねえよ」ケツ黒はカランに聞かれないよう気を使いながら、おなじようにささやきかえした。

歩きにくい地面を馬が進めるかぎりの速さで、ふみわけ道をたどった。午前のなかばにはケンシー領《りょう》の境界《きょうかい》を示《しめ》す石塚《いしづか》にたどりついた。カランは馬を止まらせた。

「ここから進《すす》むまえに、みんなから約束《やくそく》のことばがほしい」

「約束ってなんのだ？」キリアンがたずねた。

「人に向かって剣《けん》やナイフや弓矢を使わないって約束だ——おれがいいと言うまではな」

「だれがあんたを頭《かしら》に決めたんだよ」ひとりが不平《ふへい》の声を上《あ》げた。

「おい、うるせえぞ、バル」べつのひとりが言った。

この問題については、それでおしまいだった。だれもカランを頭に決めたわけじゃない。決めなくてももともとそうなのだ。それは不平屋のバルにもわかっていた。

ときどきカランがうらやましいと思ったりする。カランみたいな人間だったらと思う。

「さてと、キリアン。約束するか？」カランが言った。

キリアンは、あきらめ顔でうなずいた。「おうよ。するぞ」

カランはひとりひとり全員に、おれとケツ黒にまで、たずねた。全員が約束した。そうなってはじめて、スケイヤの土地に足をふみいれた。

だれかが魔法《まほう》のつえをふみわけあとの上でひとふりして、とつぜん消してしまったようだった。そこまでは商人の隊列《たいれつ》でも通れるほど幅広《はばひろ》くくっきりと道になっていたのに、次の瞬間《しゅんかん》、うそのようにかき消えてしまった。羊泥棒《どろぼう》たちはとつぜん証拠《しょうこ》かくしをはじめたらしい。ちりぢりに分かれ、水をわたり、岩をこえて行ってしまったのだ。

「根城《ねじろ》は近いぞ」

「キツネは巣穴《すあな》近くで用心ぶかくなる」キリアンが言った。

そこでもちろんおれたちも、ちりぢりに分かれることになった。

「おまえらはいっしょに来い」カランがおれとケツ黒に言った。

午前中いっぱいさがしたが、盗人《ぬすっと》も羊も、なにひとつ痕跡《こんせき》が見つからなかった。太陽が中天《ちゅうてん》にかかったとき、動きがあった。

ケツ黒が見つけたのだ。盗人どもではなく、羊を。リンボクの茂《しげ》みにほとんどかくされた、岩のせまい割《わ》れ目だった。

「いたぞ！」ケツ黒がわめいた。でもその声はどこかへんだった。得意《とくい》だとかうれしいとかって気持ちが、かけらもまじっていなかったのだ。近づいてみて、理由がわかった。

羊はみな死んでいた。

矢で射《い》られたのもいるが、ほとんどがのどをかききられていた。割れ目は死んだ羊でぎゅうぎゅうだった。そして早くもハエどもが黒い雲をつくってぶんぶんうなっていた。ふいに隊長《たいちょう》の話したソルアーク陥落《かんらく》のようすを思い出した。

「ハエが見えたんだ」ケツ黒が青ざめた顔で、言った。「そしたらこうなってた。みんな死んでる」それからわけがわからないという目で、カランとおれを見た。「死んだ羊をぬすむなんて、いったいなにものなんだ？」

もちろんぬすまれたとき、羊はまだ生きていた。でもケツ黒の言いたいことはわかる。なんでこんな苦労《くろう》をして羊をつかまえて、すぐに殺《ころ》してしまうんだ？　肉を取るためでもない。こんなふうに割《わ》れ目にほうりだしたら、一日足《た》らずで食用にならなくなる。ハイエナみたいな死肉食《く》らいならべつだけど。

「スケイヤに答えてもらおうか」死んだ羊を見たキリアンは、かんかんになっていった。「じいさんをおそい、犬を殺し、生計《せいけい》をうばう。この冬エビンはどうやって生きのびればいい？」

「マウディが飢《う》え死にさせないさ」カランは言った。「けどおまえの言うとおりだ。スケイヤに答えてもらおうか。何人かでスケイヤークの町に行かないとな」

もう羊を連《つ》れてる現場《げんば》をおさえられない以上《いじょう》、盗人《ぬすっと》どもをつかまえる機会《きかい》はなくなった。しばらく相談《そうだん》したあげく、ことの次第《しだい》をエビンとケンシーの村人たちに伝《つた》えに行くバルをのぞいて、全員がスケイヤークに向かうことになった。

着くころはほとんど夕方になっていた。そのあいだに、スケイヤ族に何人か出会い、村もひとつ以上通りぬけたけれど、カランは丁重《ていちょう》なあいさつ以上のことは言うなと、おれたちに口止めした。

「苦情《くじょう》はアストール・スケイヤに持ちこめばいい。礼儀《れいぎ》ただしく、おきてにのっとってな。おれたちが部族間の平和協定《へいわきょうてい》を破《やぶ》ったと言われたくない」カランは言った。

スケイヤークは、高地地方で唯一《ゆいいつ》の城塞都市《じょうさいとし》だ。そしてアストール・スケイヤは山岳地域《さんがくちいき》唯一の男の首長《しゅちょう》で、高地民にとっては領主《りょうしゅ》にいちばん近い人間だった。スケイヤークはスケイラー峠《とうげ》の入り口に位置《いち》する要所《ようしょ》だ。というのもあるていどの規模《きぼ》の馬車や隊列《たいれつ》でスケイラー山脈《さんみゃく》をこえるには、ここを通るしかないからだ。アストール・スケイヤの先祖《せんぞ》は、領主というより山賊《さんぞく》の親玉《おやだま》だったとうわさされている。だが今日《こんにち》スケイヤはまっとうな商取引《しょうとりひき》と、峠を崖《がけ》くずれや盗賊《とうぞく》などから守る代償《だいしょう》にアストールが取りたてる通行税《つうこうぜい》で、じゅうぶんに成り立っている。

スケイヤークは午後の日を浴《あ》びて、威容《いよう》を誇《ほこ》っていた。山脈そのもののように灰色《はいいろ》で巨大《きょだい》な町の壁《かべ》が、細い谷いっぱいに広がっている。そびえる三つの高い塔《とう》から、上が青で下が黒、中央《ちゅうおう》に黄金のワシがえがかれたスケイヤの旗《はた》じるしが、風にひるがえる。心配になって自分のいる小さな一隊に目をやった。十六人の汗《あせ》とほこりにまみれた高地民。夜の眠《ねむ》りから時ならずたたき起こされ、それからずっと馬に乗りつづけの連中《れんちゅう》で、だれが見てもよれよれだ。十六人のほこりまみれの高地民、とこのおれ。どう考えたってさえない軍団《ぐんだん》が、そそり立つ壁を見あげている。入りこんだとたん、クルミ割《わ》りにはさまれたクルミみたいに、スケイヤにひとたまりもなくつぶされるんじゃないか。スケイヤが本気で平和協定を破り、部族間に不和《ふわ》の種《たね》をまいて戦争《せんそう》を起こす気なら、かんたんだ。

「なにものだ？」町の門の衛兵《えいへい》が呼《よ》ばわった。

「ケンシーのものだ」カランがさけびかえした。クルミ割《わ》りにはさまれたクルミになった気分だったとしても、けぶりにも出さなかった。「アストール・スケイヤに伝《つた》える用件《ようけん》がある」

「それはなんの用件だ、ケンシー」

「部族の正義《せいぎ》だ」そうカランは言っただけだった。でもそれは鉄の声だった。

門が開いた。

「では、入るがいい、ケンシーよ」衛兵は言った。「部族の正義の名において」


アストール・スケイヤは、〝鷹匠《たかじょう》の庭〟で一行《いっこう》を出むかえた。これから狩《か》りに出るところで、革服《かわふく》に身をつつみ、重いハヤブサ用の籠手《こて》をはめていた。かたわらにはつややかな黒馬がひかえている。そのとなりのすこし小型《こがた》の馬には、いたってめずらしい乗り手がいた。足緒《あしお》でとまり木につながれ、羽根《はね》と宝石《ほうせき》をちりばめたずきんをかぶったワシだ。

「ケンシー、なんの用だ」アストール・スケイヤは、太陽に目を向けながらいらだたしそうに言った。「あまり時間がないのだ」

ワシを飛《と》ばす狩りは、昼間しかできない。早く出発したがっているのもそのせいだ。

「エビン・ケンシーが昨夜《さくや》、賊《ぞく》におそわれた」カランは言った。「犬が弓で殺《ころ》され、羊がぬすまれた。盗賊《とうぞく》はスケイヤのマントを着ていて、逃走路《とうそうろ》はまっすぐにスケイヤに向かっていた。われわれは羊をスケイヤの領地《りょうち》で発見した。残《のこ》らず死んでいた。アストール・スケイヤ、これはゆゆしきことであり、これに対《たい》する答えがほしい」

アストール・スケイヤはあごを上《あ》げ、見るからにいやそうに鼻にしわをよせてカランを見た。

「わが部族を羊泥棒《どろぼう》のとがでうったえるのか?」

「答えがほしい」

「では答えをやろう。スケイヤは羊泥棒ではないし、これまでもそうだったことはない。ごきげんよう」アストールはカランに背《せ》を向けると、待たせていた馬にまたがろうとした。

「そうせくな、スケイヤ」

はじめはカランがしゃべったんだと思った。だが声がちがった。ずっとかすれてて、にくしみにあふれている。鷹匠《たかじょう》の庭に馬で乗りいれたものがいたのだ。老人《ろうじん》がひとり。エビンにちがいない。長くのびた白髪《しらが》が四方八方につっ立ち、ひげにはまだすこし血がこびりついたままで、額《ひたい》にざっくりと深い切り傷《きず》があった。馬は全身汗《あせ》ぐっしょりで、いまのいまにもくずおれそうだった。それでもまだ主人にしたがい、エビンがアストール・スケイヤを見おろせるよう、よろよろと二、三歩前進した。

「エビン」カランが手をのばして止めようとしたが、エビンのほうはアストールしか見ていなかった。鞍《くら》のうしろの巻《ま》き毛布《もうふ》から、エビンは剣《けん》をぬきだした。長い年月のあいだに黒くさびた、古色蒼然《こしょくそうぜん》とした剣だった。

「アストール、とくと見ろ。この剣はわしの父親のだ。その父親のものでもあった。こやつはスケイヤの血を味わっておる。そしてまた味わうんだ。うちのモリーを射《い》た畜生《ちくしょう》をとっつかまえたときはな」言うと、エビン老人《ろうじん》はアストール・スケイヤの顔にぺっとつばを吐《は》きかけた。

一瞬《いっしゅん》、全員がかたずをのんだ。エビンだけはちがった。つかれた馬の向きを変《か》えさせると、それ以上《いじょう》ひと言も口に出さず、その場を去った。

アストール・スケイヤは、いま起きたことがまるきり信《しん》じられないようすで、顔に手を運んだ。

「モリー？」このときばかりは腹《はら》を立てるより一瞬とほうにくれたふうで、アストールは問いかけた。

カランはのどを湿《しめ》した。「犬の名前だ。殺《ころ》されたやつだ」

アストール・スケイヤはカランをにらみつけた。みるみる憤《いきどお》りが顔にあらわれた。

「犬だと？」怒《いか》りにふるえる声でアストールは言った。「わたしを侮辱《ぶじょく》し、おどしつけ、つばを吐《は》きかけたのは――犬のためだと？」

「とてもかわいがってたんだ」カランは、はじめてあやふやな表情《ひょうじょう》になった。スケイヤーク訪《ほう》問《もん》は、最初《さいしょ》の予定とまるきりちがったものになっていた。

馬丁《ばてい》があたふたとアストール・スケイヤに布《ぬの》を手わたしたので、アストールは顔をていねいにぬぐった。

「わかった。カラン・ケンシー、用件《ようけん》はしかと聞いた。では帰ってもらおう。それもすみやかにな。あしたの夜明け以降《いこう》、ケンシー族はだれも、スケイヤの地で歓迎《かんげい》されぬことになろう」

スケイヤークからそうはなれないうちに、エビンに追いついた。あわれな馬はひどくのろのろしか進めず、人間が降《お》りて歩くほうが早いくらいだった。

「エビン。あれはかしこいやりかたではなかったぞ」カランが言った。

エビンの顔はむっつりとかたくななままだった。

「わしの権利《けんり》だ」

カランはためいきをついた。「ほんとうにスケイヤの人間がやった場合はな。たとえそうでも……エビン、あんた本気で、スケイヤとケンシーに戦争《せんそう》をさせたいのか？　本気で部族どうし殺《ころ》しあいをさせたいのか？　犬一匹《ぴき》のために？」

「おう」エビンは言うと、そのまま進みつづけた。

帰りは長旅になった。馬も人もとっくに限界以上《げんかいいじょう》の辛抱《しんぼう》を強《し》いられていた。それでもだれひとり、アストール・スケイヤがとんでもなく本気なのは、疑《うたが》わなかった。夜明け以降《いこう》もケンシーがひとりでもスケイヤの地にいれば、命があぶない。エビンの馬は捨《す》てていかねばならなかった。そうしないと、夜明けまえにスケイヤ領《りょう》から出られなかったからだ。エビンはいま、だれより体重の軽いケツ黒の馬に相乗りしていた。

境界《きょうかい》の石塚《いしづか》に着いたとき、日はとっぷりと暮《く》れていた。冷《ひ》えこみ、星がぎらぎらと明るい。つかれきり、いまにも落馬しそうな仲間はひとりならずいた。それでもやみのなかで野営《やえい》するよりはキリアンの家まで向かうほうが楽《らく》だった。そういうわけでようやく横になれたのは、キリアン・ケンシーの納屋《なや》の干《ほ》し草のなか。頭を持ちあげるのもやっと、というぐらい消耗《しょうもう》しきっていた。そのくせ、横《よこ》になっても、眠《ねむ》りにつけないのだ。アストール・スケイヤの怒《いか》り狂《くる》った顔、エビンの、血がこびりつき、にくしみに青ざめた顔が、目にうかんでしかたなかった。

「ケツ黒、寝《ね》たか？」ささやいてみた。

「まだかも」寝ぼけ声が返ってきた。「なんで？」

「ケンシーとスケイヤは戦争《せんそう》になると、本気で思うか？」

「わかんね」干し草ががさがさ鳴って、ケツ黒はこっちに寝がえりを打った。「なるといいな。スケイヤには当然《とうぜん》の報《むく》いだ」

ケツ黒にむらむらと腹《はら》が立ってきた。自分がなにを言ってるか、わかってないんだ。戦争って、人が死ぬんだぞ。戦争《せんそう》になると、家に帰ったら真っ黒な焼《や》けあとと殺《ころ》された家畜《かちく》しかないんだぞ。ニレの木荘《きそう》みたいに。うちはそういう目にあったんだ。また一からやりなおすなんて、思うだけでもいやだ。しかも今度はディナがいない。

「おまえ、自分がなにを言ってるかわかってないんだろ」おれは言ったが、聞こえたとは思わない。どっちにしてもケツ黒は返事をせず、すぐあとに、いびきをかきはじめたのだった。

母さんは怒《おこ》ってると思ってた。すくなくとも心配でおろおろしてると。ローサにいやな仕事を押《お》しつけるんじゃなく、カランとケツ黒と出かけるんだと、自分で言うべきだった。ところがファルクのひづめの音が聞こえるなり、母さんはいきおいよく戸を開けた。そしてこっちが馬を下《お》りるか下りないかのうちに、両腕《りょううで》を広げ、おれをかたく抱《だ》きしめた。

「ダビン」泣《な》き笑《わら》いしながら、母さんは言った。「見て！　後家《ごけ》さんが送ってくれたの。見てちょうだい！」

母さんはおれの目のまえでなにかをふっていた。革《かわ》ひもを通したスズのペンダント。ディナの、恥《はじ》あらわしのしるしだ！

ダビン

19　希望《きぼう》と恐怖《きょうふ》とオートミールがゆ

戦争《せんそう》も死んだ羊も一挙《いっきょ》に頭からふっとんだ。

「これをどこで手に入れたって？」

「男の人が売って、それを……ううん、それより自分で手紙を読んで」母さんはうすくて小さい羊皮紙《ようひし》をわたした。小さい文字がすきまなくぎっしり書きこまれていて、ディナのペンダントをつつんだあとが折《お》り目になっていた。

手紙はこうはじまっていた。「メルッシーナさま。よろこばしいといえるお知らせがあります。ディナは生きているようです。また居場所《いばしょ》もわかったと思われます……」

おれはふいに腰《こし》を下《お》ろしたくなった。細《こま》かい文字はじっとしていてくれず、最初《さいしょ》の二、三行のあとは、なんにも意味がわからなくなった。もともと字を読むのは得意《とくい》じゃない。でもいまは、

読みかたそのものをわすれてしまったみたいだった。

「読んでくれない？　おれが読むと日が暮《く》れちまう」母さんにたのんだ。

「もうすこし読み書きの勉強をしたほうがいいわね」母さんはいつものきびしい口調《くちょう》をよみがえらせた。「武術《ぶじゅつ》をみがくのもたいへんけっこうだけれど、読み書きができて損《そん》はないのよ」

「読めるよっ」読めないのはいまだけだ。

母さんはおれの腕《うで》に手を置《お》いて、言った。「わかってる。ごめんなさい。こんなふうにかみつくつもりはなかったのよ。ただね……急になにもかもめちゃくちゃになって、うれしくて舞《ま》いあがりそうになったかと思うと、次の瞬間《しゅんかん》こわくて気がへんになりそうなの。はい。こっちへちょうだい。母さんが読んであげる」

そういうわけで羊泥棒事件《どろぼうじけん》の翌日《よくじつ》、妹がたぶん生きているとわかったのだった。後家《ごけ》さんは、隊長《たいちょう》といっしょに〝おなじふうに感じている〟（と慎重《しんちょう》な書きかたがしてあった）人々を集めにかかっていることを知らせていた。つまりドラカンを主君《しゅくん》とあおぐことに嫌気《いやけ》がさし、ドラゴン体制《たいせい》を終わらせたがっている人々だ。

「いまのところ、わたしたちにできることはあまりありません。ただ団結《だんけつ》し、いくらか武器《ぶき》を集め、目と耳を油断《ゆだん》をなく研《と》ぎすませているぐらいです。それに、相手の兵士の数を調べます。武器の数を調べます。ドラゴン体制の強みと弱みを見つけます」そう後家さんは書いていた。

強みのひとつは、明らかにドラカーナだった。できたばかりの新しい町で、ドラカンの配下《はいか》がアイディン川の水力を利用《りよう》して、これまでだれにもなしえなかったほど速くまた大量《たいりょう》に、布《ぬの》を織《お》り、剣《けん》を鍛《きた》えている。後家《ごけ》さんと隊長《たいちょう》はドラカーナに大《おお》きな関心《かんしん》を抱《いだ》いた。ドラカーナの秘密《ひみつ》がすなわち、ドラカンがこれほど短期間にここまで強大《きょうだい》な軍勢《ぐんぜい》をあげられた理由になるからだ。

不運《ふうん》なことにそこは、だれでもかんたんに入りこめる町ではなかった。そこにはドラゴン隊の男とその家族だけが住んでいて、男たちがドラカンのドラゴン隊でつとめをはたすあいだ、妻子《さいし》たちが機織《はたお》り場《ば》や鍛冶場《かじば》での大半《たいはん》の仕事をこなすのだった。

「そう多くはない機会《きかい》をつかまえては、ドラカーナから来た人に話しかけてみました。町はドラカンの母方《ははかた》の親戚《しんせき》にあたる、バルドラクなる人物に治《おさ》められています。そしてバルドラクは町の人々を冷酷《れいこく》なやり口で支配《しはい》しています。知人《ちじん》のご婦人《ふじん》が、この恥《はじ》あらわしのしるしをバルドラクの家来《けらい》から買いとりました。ディナのものにちがいありません。

バルドラクが魔《ま》の目を持つ少女を仕《つか》えさせているといううわさも流れています。もうすこしくわしく調べようとしているのですが、難航《なんこう》しています。というのも、残念《ざんねん》ながら、味方のひとりであるマーチンの友人が、つかまったようなのです。もう何日もなんの連絡《れんらく》もありません。

そういうわけで、メルッシーナ、希望《きぼう》がめばえてきました。恐怖《きょうふ》と危険《きけん》につつまれた希望ではありますが。もしその少女がディナなら、ディナは生きています。ただしドラゴンにとらわれているのです」

行かせてくれと母さんにたのむのがひと苦労《くろう》だった。はじめ母さんは、自分が行くと言ったが、それにはおれが強硬《きょうこう》に反対《はんたい》した。

「むこうでは恥《はじ》あらわしを火あぶりにするんだよ。隊長《たいちょう》の話を聞かなかったのか?」

「ダビン、あの子はわたしの子どもなのよ。それはおまえもおなじ。おまえたちふたりが危険《きけん》な目にあっているあいだ、わたしがここでのうのうとしていられると思うの?」

「そうしてくれないといけないんだ」おれはこわい声を出した。「だって母さんが人と目を合わせたとたん、おれたちみんなおしまいなんだから」

おれの言うとおりなのが、母さんにはわかった。母さんがわかってくれたことも、おれにはわかった。

「だけど、ダビン……どうしても行かないといけないの?」母さんの声はいつもとぜんぜんちがっていた。ずっとかぼそい。心配であふれている。聞くだけで胸《むね》が痛《いた》かった。「カランに行ってもらいましょう。わたしがたのめば、そうしてくれるわ。かならず行ってくれる」母さんはかきくどいた。

スケイヤと戦《たたか》いが起こりかねないいま、マウディにはカランが必要《ひつよう》だ。けれども、たしかに母さんの言うとおりでもあった。カランはもう、ケンシーだけの人間じゃない。ディナを連《つ》れ帰れなかった日、カランの一部は恥《はじ》あらわしの家のものになったのだ。母さんがたのめば、カランは言われたとおりにするだろう。たとえマウディがなんと言おうと。そもそもマウディはこのことを知っているのか？

「そんなことはしないほうがいい。マウディのことばにそむかせて、カランを行かせたりしてはいけないよ。それにおれのほうが適役《てきやく》だという理由があるんだ。まず、口をきいたとたんに高地民だとばれたりしない」

「ほかにもなまりのない人はいるわ」

「母さん。理由はもうひとつある。すごく大切なのが」

「いったいなんなの？」

「もしも行かなかったら――おれ、二度と母さんの目を見られなくなるんだ」

母さんは見るからにうろたえた。「ダビン……もちろん見られるわよ。いつだって。おまえはわたしの息子《むすこ》だもの」

おれは首をふった。「それは母さんに決められることじゃない。おれに決められることですらない。なるようにしかならないんだ」

母さんは長い長いあいだだまっていた。ひざに置《お》いた手は力なく指を開いたままで、いつになくよんどころないようすだ。母さんの手がそんなふうなときは、めったにない。いつも働《はたら》いているか、母さんがしゃべるのに合わせて空中で踊《おど》るように動いている。メリの髪《かみ》をととのえてやったり、ヤジュウが幸《しあわ》せそうにためいきをつくまで耳をかいてやったりする。

「わかりました」ようやく母さんは、からっぽの両手を見つめながら、聞きとれないほど小声《こごえ》で言った。「そこまで言うなら、行きなさい。でもダビン……」

「うん？」

「帰ってくると約束《やくそく》して。なにがあろうとも」

おれはうなずいた。「できるかぎりのことはするよ」

「**いけません。なにがあろうとも、です**」

そうか。死んだら、幽霊《ゆうれい》になって帰ってこないといけないんだ。それはだれにもさからえない声だった。

マウディから馬を借《か》りた。とりたてて美しくもない、にぶそうな茶色の雌《めす》だ。ヘラ、という名だった。ほんとはファルクを連《つ》れて行きたかったが、ラクラン郷《ごう》の宿でのように、恥《はじ》あらわしの馬と気づかれる危険《きけん》をおかしたくなかった。健康《けんこう》な四本の足とあつかいやすい性格《せいかく》をべつにすると、ヘラのいいところは、まだケンシー族の焼《や》き印《いん》をつけられていないことだった。マウディはわかい雄羊《おひつじ》何頭かとの交換《こうかん》で、ヘラを手に入れたばかりだったのだ。

「カランを行かせてやれなくて、ごめんね」マウディは言った。「でもカランがいないとこまるの。スケイヤとのあいだがああだからね」

「わかってます。いいんです」そう言ったものの、正直《しょうじき》な話、ほんとはカランにうしろについててほしかった。ゆるぎない強さと冷静《れいせい》な良識《りょうしき》の持ち主《ぬし》のカランに。

「それじゃあ」マウディはおれの肩《かた》をぽんぽんとたたいた。「がんばりなさい、ぼうや。どうか気をつけてね」

「そうします」

最後《さいご》に荷物《にもつ》を結《むす》んだ革《かわ》ひもをたしかめ、すわりごこちのいいヘラの背《せ》に飛《と》びのった。

手紙とペンダントを運んできた低地民のマチアスが、月毛《つきげ》馬《うま》の上ですこし背すじをのばした。

「いいか？」

「いいよ。行こう」おれは答えた。

そしておれたちは出発した。低地地方へ、ドラカーナに向かって。

たき火がぱちんとはげしくはぜ、一挙《いっきょ》に飛び散《ち》った火花が、風にのる小鳥のように煙《けむり》にのって舞《ま》った。おれは手持ちの毛布《もうふ》を残《のこ》らず体に巻《ま》きつけて横になったばかり。眠気《ねむけ》が重くのしかかるのをおぼえていた。たき火のむこうでマチアスはまだ起きている。炎《ほのお》の明かりを受けて、目がきらっと光るのが見える。

おれの横では気持ちよさそうに、ケツ黒がいびきをかいている。いまこうしていても、おどろきは冷《さ》めなかった。出発してすぐに、こいつは気がへんになったようにわめきながら、馬を全速《ぜんそく》力《りょく》で駆《か》ってあとを追ってきたのだ。

「待てよ。待ってくれよお！」

おれを送っていくと決めた、「とりあえずおまえが高地にいるあいだはな」とケツ黒は言った。低地の空気をひと息吸《す》いこんだら、その場で毒《どく》にあたってたおれそうな口ぶりだった。でもケツ黒に会えてうれしかった。おれは低地民だったりするけど、こいつとは思ってたより親友になれてたのかもしれない。それにとにかく、ろくに知らない他人のマチアスとならんで進んでいくのは、妙《みょう》に気づまりだった。このマチアスおやじは、いたって無口《むくち》なんだ。もし急に口がきけなくなっても、何週間もたたないと気づかれないにちがいない。たとえば薪《たきぎ》を拾えと言いたいときは、だまって指さすだけ。相棒《あいぼう》が大幅《おおはば》に遅《おく》れているなと思うと、ただふりかえって、あの気色《きしょく》の悪い黄色い目でじいっと見つめるだけ。そうされると相棒は、馬を急がせて追いつかなくちゃとわかるわけだ。

マチアスはのっぽでやせっぽちで、足がめちゃくちゃ長いから、足先が馬の腹《はら》のはるか下でぶらぶらしている。でもひょろ長いからと言って、不器用《ぶきよう》なところはかけらもない。ことばだけじゃなく、体力も節約《せつやく》すると決めているように、どんな動きもきっちりきっちりしてるのだ。どことなく大型《おおがた》の肉食鳥に似《に》ている。黄色い目といい、油断《ゆだん》なく首をかしげるしぐさといい。気を張《は》っていないと、ちょっとしたことでもどきっとさせられる。

いっぽうケツ黒は、ひっきりなしにしゃべっている。おかげで考えこまずにすむからありがたい。ヘラは岩のようにゆるぎなくマチアスの馬についていくので、乗ることにそれほど気持ちを集中《しゅうちゅう》させなくていい。だからケツ黒が追いかけてきてくれなかったら、おれはマチアスの動作《どうさ》を見のがさないよう気をつけ、ディナの心配をすることで午後いっぱいを使ったことだろう。

バルドラクがディナを仕《つか》えさせてるって、どういうことなんだ？　あのいじっぱりの妹が、それもよりによってドラカンの親戚《しんせき》に仕えるなんて、想像《そうぞう》もできない。

とにかくケツ黒がいてくれるのは、いいことだった。たとえいびきをかいて、寝言《ねごと》を言うにしても。いまのいま足で背中《せなか》をぐいぐい押《お》されていても。

はっと見るとマチアスが顔の上にそびえていた。誓《ちか》ってもいいが、さっきまでたき火のむこうで毛布《もうふ》にくるまって寝ていたはずだ。どんな魔術師《まじゅつし》よりすばやく動けるんだろうか。それともおれがうとうとしてたのかな。マチアスはおれの肩《かた》に手をかけ、どう見ても「起きろ！」と合図《あいず》するふうにあごをしゃくった。

「なにか？」とおれは聞いた。というか、聞こうとした。でもこっちが口を開いたとたん、マチアスは自分の口のまえに指を立て、だまれと身ぶりで示《しめ》した。

心臓《しんぞう》が速くなった。なにがあったんだ？　毛布《もうふ》をぬけだし、起きあがる。マチアスは火のむこうの、さっきまでいた場所を指さした。ずっとそこにいたはずだと思ったのもふしぎはなかった。毛布をなにかに巻《ま》きつけて、人が寝《ね》ているような形にしてあったのだ。おれは荷物《にもつ》と、たき火わきの薪山《まきやま》から丸太《まるた》を一本取り、マチアスの作品をまねた。マチアスは火明かりがとどく範囲《はんい》のすぐ外側《そとがわ》で待っているので、ほとんどすがたが見えない。おれはだまってケツ黒を指さしたが、マチアスは首をふった。どうやらふたりだけでやろうと言っているらしい。マチアスは茂《しげ》みのなかに消え、おれもあとにつづいた。

おれたちが野営《やえい》していたのは街道《かいどう》からそう遠くない小川のほとり、木イチゴやひょろひょろのカバの木がはびこっている窪地《くぼち》だった。真っ暗やみのなか、うすい色の幹《みき》が白々《しらじら》とかがやいている。マチアスは木イチゴのあいだにしゃがみこむだけで、すっかり気配《けはい》を消していた。おれもすぐ横に腰《こし》を落とし、目で問いかけた。マチアスは耳に手をかざした。聞け、ってことだな。で、耳をすました。さっきより目がさめてきたせいだろう、はっきりと聞こえた。がさがさかきわける音、枝《えだ》が折《お》れる音。けっこうひびく。なにかがたき火の光にさそわれて、近づいてくる。大きいやつ。クマ、かな？

クマだって……弓は火のそば、おれの寝《ね》すがたに似《に》せた毛布《もうふ》のかたまりの横に置《お》いたままだ。カランならどなりつけただろうな。でももちろんマチアスは、なにも言わなかった。

がさっ。ばきっ。音は近づいてくる。茂《しげ》みが動く。それから音がぴたりと止まり、夜はしずまりかえった。あんまりしずかで、鼻をぐすぐす鳴らすような音が聞こえた。クマってあんな音を立てたっけか。

おれたちは待った。うずくまっているここから、弓が見える。見えたところで、月に置いてきたも同然《どうぜん》だ。おれって、どうしてこんなにばかなんだ。

ケツ黒が寝たままもぞもぞ動き、意味のわからないことばを発した。聞きとれたのは「ブルーベリーパイ」ということばだけ。夢《ゆめ》でも見てるんだろう。無防備《むぼうび》でせまる危険《きけん》も知らず、ほっとかれたままなのが、急に心配になってきた。クマがとつぜんこの場所をおそう気になったら、ケツ黒が食《く》われるまえに止めることができるだろうか。

茂みがまたもや動いた。

マチアスも動いた。

耳をつんざく悲鳴が聞こえ、枝《えだ》がゆれたり折《お》れたりざわめいたりする音であふれた。スタートに遅《おく》れはとったが、おれもマチアスの助太刀《すけだち》をしようと、茂みに飛《と》びこんでいった。マチアスはなにかに飛びかかり、地面におさえつけようとしていた。暗やみのなかでは、目より耳がたよりだ。そしておれは、ようやくマチアスと、マチアスが格闘《かくとう》している正体不明《しょうたいふめい》のものに重なった。なんにしてもクマじゃない。クマにはおさげはついてない。

おさげ……？

「ローサ？」試しに聞いてみた。「おまえか、ローサ？」

「はなしてよっ」わめき声がした。「はなしなよ、ろくでなしっ！」それでもマチアスがはなさないので、「はなせったら！　気をつけなよ。こっちにはナイフがあるんだ！」

ああ、やっぱりローサだった。

「マチアス、はなしてやって。こいつ……義理《ぎり》の妹なんです」マチアスにわかってもらうには、ほかにどう呼《よ》べばいいかわからなかった。

マチアスはローサを立たせ、茂《しげ》みから引きずり出して、野営地《やえいち》まで連《つ》れて行った。ついていこうとふりかえったとき、よく薪《まき》を運ぶのに使うような大きなかごにむこうずねをぶつけた。かごだって？　ローサのにちがいない。それにしても運びきれないほど大きな薪かごなど、なにに使うつもりだ。おれはかごを野営場所まで引きずっていった。かごは金物屋《かなものや》一式が入ってるみたいに、がらがらがちゃがちゃ鳴った。

ローサのようすは悲惨《ひさん》だった。金髪《きんぱつ》には葉っぱや小枝《こえだ》がからみつき、両手両ひざと顔の片側《かたがわ》が真っ黒によごれている。土ぼこりにまみれた顔に涙《なみだ》が白いすじをつけていた。鼻をぐすぐす鳴らすような音に聞こえたのは、ローサの泣《な》き声だったんだ。

「クマかと思ったんだ」つい口に出てしまった。ローサはすごい目でにらんだけど、なにも言わなかった。片手《かたて》で顔をこすって涙《なみだ》をぬぐおうとしたが、手が真っ黒なのでかえってきたなくしただけだった。

「こんなとこでなにをしてる？」おれは聞いた。

「なんだと思うのさ？」ローサはぺっぺと何度かつばを吐《は》いた。おれをどう思うか態度《たいど》で示《しめ》したのかもしれないし、口に入った土を出したかったただけかもしれない。ローサは泣きながら、同時に腹《はら》の底《そこ》から怒《おこ》っていた。けどなんでそんなに腹を立ててるのか、さっぱりわからなかった。

「ローサ、むりだろう、こんな――」

「むりかどうかは、自分で決めるよっ」ローサはさえぎった。「あたしだけ家にいて、あんたひとりに低地をうろつきまわらせとくなんて、むりなこった。ディナはね、あたしの友だちなんだよ。みんなわすれてるみたいだけどさっ！」

ずきんときた。耳が痛《いた》かった。最近《さいきん》はみんな、ローサのこと、ローサの気持ちを、あんまり考えていなかった。とにかくおれはそうだった。ローサはただそのへんにいて、母さんを手伝《てつだ》ったり、家畜《かちく》にエサをやったり、料理《りょうり》や皿洗《さらあら》いとか、いろいろやっていただけで……。それにしても……。

「なにもこんなふうに押《お》しかけてくることはないだろ。しかも真夜中にさ。母さんがどう思うか。いまごろ心配でどうかなってるぞ」

「あんたが言う？」ローサはせせら笑《わら》った。「すくなくともあたしは手紙を残《のこ》してきたもんね」

取りあわずにおいた。どっちが母さんを心配させたかで言いあいなんかはじめないほうが、かしこいってものだろう。

「ここで一泊《ぱく》するのはいい」問答無用《もんどうむよう》の口調《くちょう》で言った。「けど夜が明けたら家に帰れ。ケツ黒が送ってくれる」

ローサは反抗的《はんこうてき》にぎろりとにらんだ。「あんたには関係《かんけい》ないこった」言うと、頭をぐいとふったので、うしろでおさげが踊《おど》った。

「ローサ、馬も連《つ》れて来てないじゃないか」

「歩けばいいんだろ？　自分の足がいちばん安あがり、ってね」

おれはマチアスに目でうったえた。そんなわけにいかないと、この子に説明《せつめい》してよ、って。けどマチアスはハヤブサみたいな黄色い目でおれたちを見つめるばかりで、口を出すきざしも見せなかった。ローサは火のまえにうずくまり、かごに手をつっこんで、毛布《もうふ》を取りだした。むりに帰らせるには、ケツ黒の馬にくくりつけるしかないだろう。女の子と取《と》っ組《く》みあいするなんて、およそ気が乗らなかった。その女の子がローサなら、なおさらだ。それに、こいつが本物のナイフを持ってること、おれにはわかっているしな。

「夜が明けるまでだぞ」できるかぎりきっぱりと言いわたしてやった。「それ以上《いじょう》は一分もだめだ！」

ローサはふんと鼻を鳴らした。「ちっとは寝《ね》なくていいの？　あしたは長い一日になるよ」言うと、ごろんと横になって、毛布《もうふ》をぴっちり巻《ま》きつけた。にらみつけてやろうとしたが、おれは恥《はじ》あらわしの目を持っていない。そういう目でもないかぎり、ローサはこんりんざい動かせないだろう。

「硝石《しょうせき》を使うほうがいい」とつぜんケツ黒が、はっきりと大きな声で言った。おれはふりかえり、じっと見つめた。でもやつの目は閉《と》じていて、はるかな夢《ゆめ》の国にいるようだった。クマ狩《が》りのさわぎと、ローサとおれのけんかもものともせず、まぶたもふるわせずに眠《ねむ》りつづけているのだった。

焼《や》きソーセージのうまそうなにおいが鼻にとどいて目がさめた。目が開くまえににんまりしてしまう。なにせきのうは昼も夜も、かさかさのパンと、マチアスがつくった、ダマだらけでおまけにあまみなしのオートミールがゆだったから、なおさらだ。ケツ黒がブルーベリーパイの夢を見たのも、そうおかしくないかも。

むっくりと起きあがった。太陽が暗い茂《しげ》みごしにななめにさしこみ、小さなたき火のまえではローサがしゃがんで、ソーセージをひっくりかえしていた。おまけにフライパンでうす切りにしたじゃがいもまでいためている。口につばがわいた。

「あれ、起きたの?」ローサは少々愛想《あいそ》たっぷりすぎに笑《わら》いかけた。「やかんに入れたてのお茶があるよ。コップは持ってるんだよね?」言うと、火のわきの、平らな石に置《お》いた小さいスズのやかんにうなずきかけた。やかんの口からは蒸気《じょうき》が上《のぼ》っている。

たしかにコップは持ってきた。まさかフライパンややかんやソーセージやじゃがいもを持ってくるなんて、考えもしなかったけど。この荷物《にもつ》じゃ、茂みをぬけてくるときにクマみたいな音を立てたのももっともだ。いったいケンシー郷《ごう》からここまでどうやって運んでこられたのか、謎《なぞ》だった。

「どっからこれだけのもんを調達《ちょうたつ》したんだ」と聞いてみた。母さんのフライパンをくすねてきたんでないことは、わかる。

「ニコが手伝《てつだ》ってくれたんだ」ローサは言った。

「ニコが? おまえを?」信《しん》じられなくて、目をむいた。なんでまたニコが、ローサの家出を手伝うんだ。だってそういうことになるんだろ? 母さんがゆるしたわけ、ないんだから。

「ニコが言うにはね、ディナを助けだすんだったら、せめてひとりはまともな常識《じょうしき》を持った人間がいなくちゃいけないって」

「おまえはだれも助けだsない。家に帰るんだ」おれは言った。

「朝ごはんのまえ？　それともあと？」ふたたびにっこり。さっきよりさらに愛想《あいそ》たっぷりだ。しかもおれの腹《はら》はなんの力にもならず、よりによっていま、大きくうめきやがった。

「朝めし？」ケツ黒が寝《ね》ぼけて体を起こしながら、つぶやいた。「朝めしできたのか？」

ローサの顔を見たとたん、ケツ黒は晴《は》ればれとほほえんだ。

「ローサ！　それにソーセージ焼《や》いてくれたんだな。またオートミールかと思ってたよ」やつめ、死よりもおそろしい運命《うんめい》から救《すく》ってもらったような声を上《あ》げた。

おれたちは茶を飲み、ソーセージといためたじゃがいもを食べた。はじめはなにも食べないつもりだった。次にひと口かじってみた。それから自分の分けまえを食べた。つくってしまったものは、しかたがない。最高《さいこう》にうまかった。

「けどフライパンで気を変《か》えられるなんて思うなよ」ソーセージをほおばりながら、言ってやった。「みんなが食《く》ったら、おまえは帰るんだ」

ローサは鼻を鳴らした。「ニコがなんて言ったか知ってる？　フライパンは剣《けん》よか役立つことがあるってさ」

「そりゃ言っただろうさ」おれはむっとしていった。ニコは剣をばかにしてるんだ。「それでも家に帰るんだっ！」

おれたちは荷物《にもつ》をまとめた。マチアスはあっというまに終えていた。おれとケツ黒《ぐろ》はすこし長くかかり、ローサはもちろんビリだった。なにしろあれだけの道具をきれいにして、しまわなくちゃいけないんだから。

「ケツ黒、ローサを送ってくれるか？」

おれがたのむと、ケツ黒は答えた。「おう。おまえが本気で言うんなら。けどおれ、もうすこしついて行くつもりだったんだけど」

「あたしのことはおかまいなく。ひとりでだいじょうぶだからさ」ローサは言うと、かごの持ちひも一本ずつに腕《うで》を通し、よいしょと立ちあがった。あんまりでっかいので、うしろから見るとかごに足が生えてるように見えた。

「帰り道はわかんのか？」聞いてやった。

「おかまいなく」ローサはくりかえした。そういうことか。家に帰る気はないんだな。でもなにはともあれ、追っぱらうことはできる。あの荷物じゃあ馬に乗った三人についてくるなんて、ぜったいにむりだ。これなら遅《おそ》かれ早かれあきらめて、帰ってくれるだろう。そのほうが、むりやりケツ黒の馬に乗せるより、まだましだ。

「じゃ、行こう」ヘラに乗りながら、おれは言った。そして一行は出発した。もちろんローサはついてきた。

「ついてくるぜ」しばらくして、ケツ黒が言った。

「わかってる」おれは歯を食《く》いしばって答えた。「すぐにあきらめるさ」

ついてきているのは音でわかった。ローサが一歩ふみだすたびにかごががちゃつき、おれの頭にはフライパンとスズのやかんがうかんだ。ソーセージとじゃがいももだ。でもおれはがんとしてふりかえらなかった。

時間は進み、ローサも進んだ。ローサは何キロも何キロもついてきながら、どんどん引きはなされていった。最後《さいご》にはまっすぐな道のうしろにぽつんと見えるだけになった。地平線《ちへいせん》の小さな働《はたら》きアリだ。ばかでっかいかごを背負《せお》ったちびアリだ。

「待ってやんないのか？」ケツ黒が聞いた。

「待たない」おれはあごが痛《いた》くなるほど歯を食いしばった。「ひとりでだいじょうぶって言ったんだ。そうしてもらわなくちゃな。手を貸《か》したら最後、ぜったい追っぱらえないぞ」

「だな。けど……やっぱ、あいつって……なあ、あいつ、女の子だぞ」

「だから？」

「だから、べつに」ケツ黒はもごもご言った。それでも、もうローサのすがたは完全《かんぜん》に見えなくなったのに、何度も何度もふりかえっていた。気持ちはわかる。道のむこうにいるとわかってるだけで、首すじが妙《みょう》にちくちくするんだ。

暑《あつ》い日で、馬も人も汗《あせ》まみれになった。道はそう広くなく、小型《こがた》の荷馬車《にばしゃ》が通れるくらいで、地面がカラカラにかわいていた。一歩進むごとに黄色いほこりがもわっと舞《ま》いあがり、馬の足や腹《はら》や人間のぬれた肌《はだ》にへばりつく。しゃくにさわる黒い小バエがぶんぶんしつこく飛《と》びまわり、ヘラはハエを追いはらおうと頭としっぽをふりつづけていた。ローサが重いかごを背負《せお》って苦労《くろう》していることを、考えまいとした。でもむずかしかった。

「前方に小川があるぞ。あそこでひと休みしないか？　おれ、ほこりまみれだよ」ケツ黒が言った。

マチアスがだまってうなずいた。すぐに小川がすがたをあらわした。馬はなにも言われなくても足を止め、ほこりがすじになった鼻づらを冷《つめ》たい水につっこんだ。おれもほっとして地面に下《お》り、顔と首すじに水をかけた。ケツ黒は単純《たんじゅん》に頭を川につっこむと、犬みたいにぷるぷるふって、たてがみみたいな赤毛から、水しぶきをそこらじゅうに飛《と》ばした。

マチアスはべこべこのなべを小川につけて、水をくんだ。そこにオートミールを投げこみ、かきまわし、そのまま日にあてた。

「火を入れないの？」灰色《はいいろ》のべとべとを見つめながら、おれはたずねた。

「火はいらん」マチアスはカバの木かげに横になった。「待ってろ」言うと、あぶらじみた革《かわ》の古帽子《ふるぼうし》で目の上をおおい、あっというまに眠《ねむ》りこんだ。そうだろうなあ。つづけてあれだけことばをしゃべったんだ。きっとマチアスみたいな人間には、ものすごくつかれる仕事だったんだろう。

ケツ黒はなべをのぞきこんだ。そして悲しそうに言った。

おれはうなずいた。

「またオートミール？」

ケツ黒はためいきをついてもっと悲しそうになった。「ソーセージのかけらぐらい残《のこ》ってない？」

「ない。文句《もんく》言うことはないだろ。オートミールは旅人には、栄養《えいよう》のあるすばらしい食べ物なんだ。それに実用的《じつようてき》でもある。見ろよ。火もいらない」おれは言って、なべの中身をかきまぜた。オートミールはすでに水を吸《す》ってふくらみはじめていた。一時間もすれば、かゆは食べられる状《じょう》態《たい》になるだろう。口には入るさ。

マチアスは当分どこにも行くつもりはなさそうだったので、おれは長靴《ちょうか》をぬいで、流れに足をひたした。ケツ黒はそのへんをうろついていたが、やがてブルーベリーをすこしつんでもどってきた。すごくすっぱくて熟《じゅく》してるとはいえないが、すくなくとも口のなかのほこりの味を消してくれた。

一時間ほどしてかゆをつめこむことになった。きのうもたいしてうれしいと思わなかったが、きょう冷《つめ》たいのが出てくると、さらに心がしずんだ。オートミールはかゆともいえない代物《しろもの》で、ぐじゅぐじゅのべとべとだった。おまけにはちみつやリンゴなど、あまみをつけるものがなにもなかった。マチアスは塩をすこしふりかけてから、だまって塩袋《しおぶくろ》をまわしてくれた。かけるとちょっとましになった。ほんとにちょっとだけど。どうにか自分の分はかっこんだ。腹《はら》がへってたのもあるが、早く旅をつづけたかったからだ。ぐずぐずしてるとそのうちローサが——

「元気ぃ？」

ぎょっとしてふりかえった。まさかこんなに早く追いつくとは思わなかった。けどたしかにローサがいた。汗《あせ》とほこりを全身にべったりこびりつかせていた。かごの重さに引きずられないよう前かがみなので、歩くたんびにおさげが右に左にゆれた。それでもローサは勝ちほこった笑《え》みをうかべていた。

ローサを見ると、ケツ黒はうれしそうに顔をかがやかせた。

「元気だよ。あのソーセージ、まだ残《のこ》ってる？」

「ううん。でもチーズならすこしあるけど、いる？」ローサは言った。

ケツ黒は立ちあがった。「おう。ありがたい。手伝《てつだ》わせてくれや」言うと、かけよってかごを引きうけ、ここまでの短い距離《きょり》を運んだ。そして間もなくケツ黒とマチアスとローサは、パンとチーズで腹《はら》を満《み》たしていた。

「ダビン、ほんとにいらないのぉ？」ローサはやわらかい黄色いチーズを突《つ》きつけて、愛想《あいそ》よく聞いた。

「いらない」おれは暗い声でつぶやいた。「オートミール食《く》ったところだ。それにさ、もう出発したほうがいいんじゃないか？　すごくいそがしいんだから」

「急ぐことないさ」ケツ黒は、パンとチーズにかぶりつきながら言った。食べながらずっと、まるでローサが天から自分だけのためにつかわされた天使でもあるように見つめていた。ケツ黒のハートは、まさに胃袋《いぶくろ》に直結《ちょっけつ》してるのだ。

ようやく出発したとき、ケツ黒はしんがりだった。そしてローサのかごがケツ黒の馬にのっかるまで、それほど時間はかからなかった。

はじめおれは見ないふりをしていた。けどすこししてふりかえり、ローサが相乗りしているのを見ると、堪忍袋《かんにんぶくろ》の緒《お》が切れた。おれはしかりつけた。

「そいつを下《お》ろせ。ピクニックじゃないんだぞ。それに女は連《つ》れて行かない」

「おれが帰るまで乗せてやってもいいだろう？」ケツ黒は言うと、ローサそっくりの反抗的《はんこうてき》な目でにらんだ。「それにさ、おれの馬に乗せる人間を、おまえがつべこべ言えるのか？」

こりゃだめだ。ふたりをどなりつけてひともんちゃくは起こせるけど、そんなことをしてもどうにもならない。ローサは自分のしたいようにするし、ケツ黒もそのつもりのようだ。おれは思い知らされた。カランは生まれついての大将《たいしょう》で、おれはそうじゃないってこと。

「わかったよ。けどおまえが帰るまでだぞ。文句《もんく》は言わせないからな！」

「おう。わかった」ケツ黒が言った。でもローサはなにも言わなかった。おれは暗くなった。ローサは低地までずうーっと、しつこいダニみたいに食《く》らいつくつもりなんだ。ケツ黒がいようといまいと。馬があろうとなかろうと。

その夜ローサは、ケツ黒がパチンコでしとめた茶色の小ウサギで、シチューをつくった。ケツ黒が皮をはいで内臓《ないぞう》を取ってやり、ローサがかごの底《そこ》をかきまわしてタマネギと干《ほ》しキノコを取りだした。だれもオートミールについては口にしなかった。

ダビン

20 ドラゴンに仕《つか》える

ドラカーナ潜入《せんにゅう》はかんたんではなかった。

「ひじをどけろよ。あばら骨《ぼね》にあたってる！」ドラゴン兵《へい》の巡回《じゅんかい》が通りすぎたので、ケツ黒に小《こ》声《ごえ》で怒《おこ》った。

ケツ黒はまずひじを、すぐあとに骨ばった体をどけた。体を起こせると、ほっとする。こんなやせっぽちでもこんなに重いなんて、信《しん》じられない。

「あぶなかったね」ローサも言いながら、ゆっくりと起きあがり、ショールから松葉《まつば》をつまみとった。「もうちょっとで見つかるとこだったんだよ。わかってる？」

おれのせいみたいに、にらみつける。

「文句《もんく》を言うなら勝手に行っちまえ」おれはかみついた。「いてほしくなんかないんだからな」

正直《しょうじき》なところ、ローサを追いかえすためにあらゆる手をつくした。でも羊毛から草ノミをとりのぞくみたいなものだ。きりがない。

「男ってさ」ローサは言うと、目をぐりぐりさせた。「どうしてなんでもかんでもションベン飛《と》ばしみたいな競争《きょうそう》にしたがるんだか」

ケツ黒のいるところから、ゲッとググッの中間みたいな妙《みょう》な音が聞こえた。こういうしゃべりかたをする女の子をあまり知らないんだろう。ローサはケツ黒の腕《うで》に手を置《お》いた。

「アリン、あんたのことじゃないの。ないからね。あんたはべつ。そこがいいとこなのよ」

ケツ黒はひきつったような笑《わら》いと、てれくさそうな表《ひょう》情《じょう》を同時にうかべた。見てるだけで吐《は》き気《け》がしそうだ。ケツ黒のやつ、ローサに小指であしらわれてることに、気がついていないんだろうか。たとえばだれもがケツ黒と呼《よ》ぶのに、アリンと呼んだりさ。それに食《く》い物。ローサはいつもやつにだけちょっとうまいものを分けてやり、まるで王子さま相手みたいに愛想《あいそ》よくする。例《れい》これがきくんだ。そのあげくケツ黒のやつめ、四六時中《しろくじちゅう》ご奉仕《ほうし》ひとすじ。馬には乗せてやる、例のばかげたかごは持ってやる、寝床《ねどこ》用の松《まつ》の枝《えだ》ややわらかい草を集めてきてやる。こいつがいなけりゃ、ローサなんかとっくのむかしに追いはらってた。おまけにローサめ、ケツ黒をとうとう低地地方まで連《つ》れてきたもんだ。

なにもかも頭に来ることだらけだけど、いまはもっと重要《じゅうよう》な問題があった。二日まえにマチアスと別《わか》れてから、おれたちはすがたを見られずにドラカーナに潜入《せんにゅう》しようとがんばりつづけた。その結果《けっか》、最大限《さいだいげん》近づけたのが、いま身をかくしている尾根《おね》なのだが、まだ町の水車や建物《たてもの》から二キロ近くもはなれている。ドラゴン兵《へい》ときたらまったく、ドラカーナ全体にうじゃうじゃいるから、町の手前にある、見通しのいいわずかな野原をどうやってこえたものかわからない。ましてぐるりと町を取りまく兵営《へいえい》用テントの群《む》れをひそかに突破《とっぱ》し、壁《かべ》をこえるか門から入るかして侵入路《しんにゅうろ》を見つけるなんて、まるでお手あげだ。たったいまおれたちを見のがした巡回兵《じゅんかいへい》なんて、手をのばせば馬の足にさわれるぐらい近くを通った。もちろんおれがその気になっていれば、そしてすがたを見られては一大事と飛《と》びこんだ羊歯《しだ》の茂《しげ》みで、おれの上にケツ黒が乗っかったりしていなければ、の話だけど。

「馬が見つかったらどうなるの？」巡回兵が見通しのいい、にくらしい野原をこえていくのを心配そうに見張《みは》りながら、ローサが言った。

「いい馬を二頭なくす。そしてやつらには、だれかが町にしのびこもうとしているとわかる」

「このままじゃだめだよ。なにか計画を立てなきゃ」

「けっこうですな、才女《さいじょ》のローサさま。いい考えでも？」

「すがたを見られずに入りこむのがむりなら、わざとすがたを見せてやるのはどうなのさ」

「うわあ。最高《さいこう》だ。そうだなあ。真っ昼間にみんなして町の門までならんで歩いて、礼儀《れいぎ》ただしく声をかけるってわけだ。『すみません、ドラゴン隊《たい》のおえらい騎士《きし》さま、ひょっとして、うちの妹を監禁《かんきん》していらっしゃいませんか』ってね。ふむふむ。それこそ名案《めいあん》だ」

「このとんま。そんなこと言ってんじゃないよ。下の町には、人がいるんだろ？　あの水車小屋で働《はたら》いてる人たち。まっとうな人たちだよ。もしかして仕事がもらえるんじゃないかな。いったんなかに入っちまえば、聞き歩くのもずっとかんたんになるんじゃない？　それに聞かなくてもいいかもしれない。ディナみたいな子って、ほら、目立つだろ。きっとうわさが聞けるよ」

みとめるのはつらい。けどたしかに悪い考えじゃなかった。とにかく、おれにはこれ以上《いじょう》のことは思いつけない。

「わかった」ようようおれは言った。「まあやってみるか」

おれたちは、町から相当《そうとう》はなれた森のなかに、ケツ黒と馬を残《のこ》した。歩いて町に入るほうがいいと考えたのだ。街道《かいどう》で行き会った人は、たいていそうしていた。すくなくともドラゴン隊の制《せい》服《ふく》を着てない人はそうだった。

ケツ黒はひとりで置《お》いてかれるのをよろこばなかった。

「なんでおれだけここにいないといけないんだ。三人いっしょじゃ、どうしてだめなんだよ」

そこでおれは言ってやった。「だれかが馬の世話《せわ》をしないといけないからさ。それにまずいことなったら、だれかが馬で高地にかけもどって、ケンシー一族や……そのう、ほかの人にも知らせないと。だろ？」

もしほんとうにまずいことになったとき、だれにしろ母さんに知らせるはめになる人が気《き》の毒《どく》だ。ケツ黒がそうならないよう、祈《いの》りたい。

「けど、おまえらがぶじだってどうしてわかる？　だいたいどうして、ようすがわかるんだよ」

「毎日夕方になったら、きのういた尾根《おね》のところまで来て。会いに行けるようなら、どっちかが行くから。でもむりなら……」ローサは言うと、かごのなかをごそごそかきまわした。「見て。この赤いスカーフ。これなら遠くからでも見えるでしょ。日没《にちぼつ》のすぐまえに、あたし、広場の、そっから見えるところにいる。あたしがスカーフを着けてたら、まるきり問題なし。もしも着けてなかったら——そんときは馬に飛《と》び乗って、あたしたちの居場所《いばしょ》をみんなに知らせて」

そういうわけで、ケツ黒が暗い松林《まつばやし》のどこかにひそんでる一方、おれたちふたりは真昼の暑いさなかをとぼとぼ歩いてるってわけだ。おれはローサの化《ば》け物《もの》かごを運んでいた。

「なんでこんながらくたをそっくり持って来なきゃいけないんだよ」おれはぶうぶう言った。

「いいフライパンがいつどこでいるか、わかんないでしょ。でも重すぎるっていうんなら、あたしが持つよ」ローサは言った。

おれの目の黒いうちは、そんなことさせるもんか。

「へっちゃらさ」こいつがどんなに重いかとか、持ちひもがどんなに肩《かた》に食《く》いこむかとか、死んだっていうものか。ケツ黒が献身的《けんしんてき》な夢《ゆめ》の騎士《きし》になるまで、ローサがどうやってこいつを運んでたのか、いまだに見当もつかない。

うしろからひづめの音が聞こえてきたので、ふりかえって見た。ドラゴン兵《へい》の一隊《いったい》が、全速力《ぜんそくりょく》で馬をかけさせ、こちらにやってくる。ローサもおれも道ばたのみぞに飛《と》びこまないといけなかった。今回はかくれるためじゃなくて、単《たん》にふみつぶされないためだ。乗り手たちはこっちにろくろく目もくれず、速さをゆるめることもなかった。一行《いっこう》が通《とお》りすぎると、おれたちは泥《どろ》まみれの松葉《まつば》まみれだった。

「もうっ。足がびしょぬれだ」ローサが言った。

おれもおんなしだった。ゆうべ雨が降《ふ》ったので、みぞにはまだ雨水があふれていた。おまけにシャツの胸《むね》の真ん真ん中に泥のかたまりがあたり、茶色のでっかいしみがついてしまった。

ふたりしてまた街道《かいどう》に上《あ》がった。

「ひっどいなあ」いつもはおれ用にとってあるものすごい目つきで、ローサははるか遠くに行ってしまった乗り手たちをにらんだ。

「なにを期待してたんだ。あいつらドラゴン兵だぞ」

「だからって、人をふみつぶしていいってもんじゃないだろ」

おれは肩《かた》をすくめた。「行こう。仕事をやっつけようぜ」


近よってみると、ドラカーナはびくつくほどのものではなかった。たしかに壁《かべ》には囲《かこ》まれてるが、スケイヤークの壁の高さと厚《あつ》さにはおよびもつかない。塔《とう》もたしかに、川の両側《りょうがわ》にひとつずつある。でもただの木造《もくぞう》で、クローネストと呼《よ》ばれるてっぺんだって、ただの見張《みは》り台《だい》でしかない。それでも心臓《しんぞう》が、明らかにいつもより速く打ちはじめた。

「名前は？」門の衛兵《えいへい》が呼ばわった。

「マーチン・ケルク」とうそをついた。ローサとダビン・トネーレです、と答えるのは、やっぱりまずいだろう。「これは妹のマヤです」

名前はこれにしたいんだ、と言ったとき、ローサはおれをからかったっけ。「マーチン？　そう名乗れば隊長《たいちょう》さんみたいな豪傑《ごうけつ》になれると思ってるの？」

言われて、ほおがかあっと熱《あつ》くなった。

「ただの偶然《ぐうぜん》だよ。マーチンなんてどこにでもある名前だろ。なにも関係《かんけい》ないさ」ほんとはあったんだけど。

「なんの用だ？」衛兵はたずねた。

「仕事がほしいんです。ここにくれば仕事があると聞きました」

「あるかもしれんが」おれたちを冷《ひ》やや《ね》かに値ぶみしながら、衛兵《えいへい》は言った。「だがここに来る流れもの全員がありつけるわけではないぞ」

「けど、おれたち――」

「待て、小僧《こぞう》。たのむ相手がちがう」控《ひか》え室の戸に首をつっこむと、衛兵は大声でさけんだ。「アルノー！　このふたりを雇用長《こようちょう》に会わせてやれ」


雇用長は机《つくえ》について、長い名簿《めいぼ》に書きこんでいた。

「名前は？」顔も上《あ》げずに言った。

「マーチン・ケルク。でもさっき――」

「娘《むすめ》のほうは？」

「ロ――っと、マヤです。マヤ・ケルク。妹です。でも……」

「機織《はたお》りはできるか？」

「はい。えっと、そう――」もうすこしで、そう思います、といいかけた。でも一瞬《いっしゅん》の差《さ》でふみとどまった。ローサが妹なら、機織りができるかどうか知ってるはずだもんな。でもローサと暮《く》らしたこの一年弱、うちには機織り機《き》がなかったし……。

「わたし、機織《はたお》りの腕《うで》はよろしゅうございます」ローサは、とても礼儀《れいぎ》ただしい、腰《こし》の低い言いかたをした。別人《べつじん》かと思った。

「ふうん。で、そっちの若造《わかぞう》のほうは？　剣《けん》は使えるか？」

「すこしは。でも――」

「剣は持っていないと？」

「あの……こわれてしまって。でも――」

「わかった。ここで支給《しきゅう》される備品《びひん》はもうすこしていねいにあつかうように」雇用長《こようちょう》は名簿《めいぼ》の一枚《まい》におれの名前を書きつけ、ペンをさしだした。「そら。サインをするんだ。字が書けないなら、×じるしだけでいい」

おれは×じるしをつけた。庶民《しょみん》はたいてい字が書けないから、注目を引かないほうがいい。

「おまえは門を出たところの青旗隊《あおはたたい》に出頭《しゅっとう》せよ。娘《むすめ》はむこうの水車工場《こうば》に行け。とびらに緑の文字が書いてある建物《たてもの》だ」

「でも……」

「なんだ？」

「実《じつ》は……ふたりで水車工場で働《はたら》きたいんですが。ふたりいっしょに」

「だめだ。あそこは女と子どもしか取らん。どうしたんだ、いいわかいものが？　ドラゴン隊に入るには、上品《じょうひん》すぎるとでも？　それともおくびょうすぎるのか？」

口のなかに苦《にが》い味がこみあげた。といってなにができる？

「いいえ」おれはがんばって熱《ねつ》のこもったふりをした。「おれはドラゴン隊員《たいいん》になりたいであります っ」

「ようし、いいぞ。では行け」

「けっ」雇用長《こようちょう》の部屋《へや》を出ると、おれは小声《こごえ》で毒《どく》づいた。「こんちくしょうめ。おれは壁《かべ》の外側《そとがわ》でおしまいになるんだ。ドラカンのきたねえ制服《せいふく》を着てな」

「そうだね」おそらくは門番に見せるためだろうけど、ローサはほおに短いさよならのキスをすると、こう言った。「やっぱりあたしを連《つ》れてきて、よかったでしょ？　ちがう？」


二日たった日没《にちぼつ》のすぐあとまで、ローサのすがたは見なかった。

「元気ぃ、兄さん？」あんまりくたびれてへんな声だったので、はじめは人ちがいかと思った。金髪《きんぱつ》はすっぽり黒のスカーフにおおわれ、見たこともない灰色《はいいろ》のスカートとブラウスを着ていた。首にはすべて問題ないとケツ黒に知らせるために、赤いスカーフを巻《ま》いているが、全身で色といえるのは、それだけだった。肩《かた》をがっくりと落とし、腕《うで》を落っことさないかと心配でもしているように、両ひじをかかえて立っていた。

「元気だよ。かわいい妹」痛《いた》む腕《うで》を下《お》ろし、そう答えた。おれの目のまえには、はてしないように思われる鞍《くら》と馬具《ばぐ》の列がつづき、よごれ落としと油塗《ぬ》りとみがきを待っている。正午からずっと馬具長がおれをつばさのもとに、というより実際《じっさい》は長靴《ちょうか》のもとにつかまえていた。肩《かた》は痛くて悲鳴を上《あ》げたいほどだし、指先は干《ほ》しプルーンのようにしわしわで、ついでにおなじぐらい黒かった。ドラゴン兵《へい》の生活がこんなものだとは思ってもみなかった。でももっとひどいことになったかもしれない。いや実際ひどかった。きのうなんか便所《べんじょ》そうじをさせられたのだ。そういうのが、新入《しんい》りにあたえられる英雄的任務《えいゆうてきにんむ》なのだ。

「ちょっと歩かない？」ローサはめんどくさそうにあごをしゃくった。兵営《へいえい》から、人の耳からはなれなくては。

おれはまだ仕上がっていない馬具の山を、うんざりとながめた。全部仕上げるまではもどるな、と馬具長は言った。でもどうせこの調子では、夜明け近くまでかかるだろう。ローサと短い散歩《さんぽ》に出たって、どっちみち大きなちがいにならない。

「いいよ。ちょっとここから出よう」おれは言った。

「ディナは町にいるよ」兵営の外に出るなりローサは言った。「水車工場《こうば》でみんながうわさしてる。みんなディナのこと、こわがってるよ。とくに子どもたちが。子どもが思いどおりにてきぱき仕事をしないと、あの男がディナを使って、罰《ばっ》するんだって」

「だれが？　バルドラクか？」

ローサはうなずいた。「みんなディナのことを、化《ば》け物《もの》かなにかみたいに言ってる」ローサは気がかりそうにおれを見た。「なんであの子、そんなことをするの？　あいつはどんな力を使って、あの子にそんなことさせられたんだろ？」

おれは無言《むごん》で首をふった。ディナにそんなことをさせられる人間がいるなんて、想像《そうぞう》もできない。あの妹がそんなふうに自分の力を悪用するわけがない。ただどう考えても、しているみたいだけど。

「ディナはどこにいるんだ？　そのうわさも聞いたかい？」おれはたずねた。

「あの大きな家に住んでるんだって。バルドラクが住んでる、すてきなお屋敷《やしき》。考えたんだけど……いつか夜になったら、ふたりで入りこんでみない？　早いほうがいい。あの水車工場《こうば》でこれ以上働《いじょうはたら》いたら、あたしの腕《うで》はもげちまうよ」

ローサの気持ちはわかった。おれも馬具《ばぐ》や便所《べんじょ》のそうじをしてあと何日もすごすなんて、ごめんだった。おれは言った。「今夜にしよう。いっそ今夜やっちまえ」

ドラカーナの壁《かべ》をこえるのが、第一の問題だ。新兵《しんぺい》は町に入ってはいけないと聞かされた。でもなにはなくても、そうじのつとめをはたしたおかげで、川堤《かわづつみ》に関《かん》してはくわしくなれた。なにしろ水を何度もなあんども、くみに行かなきゃならなかったのだ。

町の壁《かべ》は川までつづいている。だけどもしもアイディン川の激流《げきりゅう》をものともせずに飛《と》びこむ勇《ゆう》気《き》があれば、川をさかのぼってなかに入ることができるはずだ。ただし流され、岩だらけの岸に打ちつけられて肉だんごにされたりしなければの話だが。そういうろくでもない想像《そうぞう》は、なるたけしないことにした。そして用心のためにある品物を持っていった。馬具長《ばぐちょう》の備品《びひん》からくすねた長いロープだ。一方の端《はし》を自分の腰《こし》にくくりつけ、もう一方は松《まつ》の若木《わかぎ》の根もとに結《むす》んだ。ロープの助けを借《か》りて、まずけわしい崖《がけ》を伝《つた》いおり、それから冷《つめ》たい水に身をしずめた。

とたんに足もとをすくわれた。まるで大きな氷の手につかまれて、流れに引きずりこまれたみたいだった。しかもめざすのと逆《ぎゃく》の方向に。いざとなったら泳げると思っていた——泳ぎは得意《とくい》だし、大きな川で泳いだこともある。でもこいつはなつかしい白樺村《しらかばむら》を流れるドゥン川の、のんびりした泥水《どろみず》ではない。こいつは大うずだ。氷のようなうずまきが、まるで雪どけ時の小川にうかぶ枯葉《かれは》のようにおれを引きずりこみ、もてあそんだ。

ばしっ。川に流され、大きな石にたたきつけられて、とたんに肩《かた》がしびれて感覚《かんかく》がなくなった。すぐになんとか手を打たないと、体の残《のこ》りの部分もおなじ運命《うんめい》に見舞《みま》われる。ロープにしがみつき、ひと引きひと引き、流れにさからってもどっていった。指は冷《ひ》えきり、ざらざらしたロープの麻《あさ》の繊維《せんい》をようやく感じとれるていど。腕《うで》の力はどんどんぬけ、いうことをきかなくなっていく。重すぎる荷物《にもつ》をひかされている牛のように、息を切らしてあえぎながらも、ようよう水を這《は》いでて崖《がけ》を上《のぼ》り、元いた松《まつ》の根方《ねかた》にたどりついた。しばらくはぜえぜえあえぎ、寒さにふるえながらその場に横たわっていた。

　こんなのむりだ。この川を泳ぐなんて人間の力では不可能《ふかのう》だ。すくなくとも、ドラカーナじゅうの水車の原動力になるほど流れのはげしいこのあたりでは、だめだ。

　でもほかにどうすればいいのだろう。もう体の芯《しん》までぐっしょりぬれて、どんな言いわけをひねりだしても門を通らせてもらえるチャンスはなくなった。どんなににぶい衛兵《えいへい》だって、おぼれかけたカワネズミみたいなこのすがたを見たら不審《ふしん》に思うだろう。しかもローサがおれを待っている。すがたをあらわさなかったら、気をもむだろう。あせりまくって、あしたの夜ケツ黒に緊《きん》急信号《きゅうしんごう》を送るかもしれない。

　川に入らずに壁《かべ》のむこうに行く方法《ほうほう》はないだろうか。岸壁《がんぺき》はとてもけわしくて、ほとんどの場所で垂直《すいちょく》に近い。でも、ロープを使ってみたら――わずか二十歩ていどの距離《きょり》だ。実行可能《じっこうかのう》かも。

　もう一度川べりを、今度はずっと慎重《しんちょう》にすべりおりた。足がかりをさぐりながら、じりじり進む。よしっ。岩に小さな割《わ》れ目があった。ちょうどつま先が入るくらいだ。ロープから片手《かたて》をはなし、体をかたむけて、べつの割れ目に生えている草のかたまりをつかむ。足を切られたクモみたいに、ゆっくりゆっくり川岸を上流に向かい、壁《かべ》のむこう側《がわ》へとカニのように横に這《は》いすすんでいった。頭上をあおぎ見る。壁は深い紺色《こんいろ》の夜空を背景《はいけい》に、ぎざぎざの黒いかげとなってそびえていた。とりあえずその瞬間《しゅんかん》には、壁の上に人かげはなかった。いまのところだれにも見られていない。

とつぜん右足がすべった。とっさにおれはこわばった指で岩面にへばりつき、だらんとぶらさがった。小石が足もとのやみに雨となって降《ふ》りそそぐ。ただありがたいことに、ごうごうとはげしい水音が、そのていどの音はかき消してくれた。じたばたあがいてようやくべつの足がかりを見つけた。下《お》りるまえに長靴《ちょうか》をぬぐことを思いつかなかったなんて。はだしなら、もっとうまくいったはずだ。冷《ひ》や汗《あせ》と川のしぶきがまじりあって顔を流れ落ちる。目をしばしばさせてそれをふりはらった。小さな岩棚《いわだな》でもあればなあ。または手でつかめるような柳《やなぎ》の若木《わかぎ》とか。もう一度見あげてみる。よおし、壁のむこうに出たぞ。あとはしっかりかわいた地面にもどるだけだ。

言うはやさしい。そうだろう？　そこで急に立ち往生《おうじょう》だ。どの方向にもにっちもさっちも進めない。岩をあたふたとひっかいてみたが、ひっかき傷《きず》をつくって爪《つめ》を一本折《お》っただけ。いまでは壁のむこう側に残《のこ》ったロープは、この際《さい》なんの役にも立たない。どうあがいても、地面に上《あ》がる方策《ほうさく》が見つからなかった。指は痛《いた》み、肩《かた》ははりつめてぶるぶるふるえている。地面に上がる方法《ほうほう》が見つからないと、このままはりついているしかなく、やがて力がつきて落ちるしかない。そしたらもういっぺんはじめからやりなおしだ。それも落ちるあいだに骨《ほね》の一本か二本、折《お》らずにすめばの話だ。

「ダビン?」

川のざわめきにまぎれて、ようよう聞こえるぐらいの低い声だった。おれは顔を上《あ》げた。月の光に青白く丸くうかぶ顔が、岸壁《がんぺき》からのぞいている。ローサだった。

「上がれないの?」

よくわかっていらっしゃる。おれは吐《は》き捨《す》てるように言った。

「ああ。上がれたら、もう上がってるさ。そうだろ?」

ローサが手をさしのべたが、ふたりのあいだは遠すぎた。考えてみれば、かえってそれでよかったのだ。おれのほうがローサよりかなり重いんだから。この上ローサまで岸壁の上に引きあげるはめになるなんて、いい作戦《さくせん》とはいえない。

「待って。エプロンがあるよ……これならとどくかな」

「どっかに結《むす》びつけろ」指が燃《も》えるようなのを気にしないようにして、言った。いままでは曲がったかぎ爪《つめ》みたいにかたまっていて、もう死ぬまでのびないんじゃないかと思いはじめていた。

やわらかいものが手をなでた。ローサのエプロンのひもだ。こいつがおれの体重にたえられるか? でも試してみるしかない。これ以上《いじょう》岩にしがみついていられない。そろそろと左手を岩の手がかりからはずし、エプロンのひもをつかんだ。ぐっとひっぱってみる。すこしのびたが、もちそうだ。それに上までは思ったほど遠くない。右手もはなし、全力でエプロンにしがみついた。

「がんばれ、ダビン」ローサが上からささやきかける。声がうわずっているので、衛兵《えいへい》が近づいているんだなと感じた。おれは身をねじり、のたくりながら、両手で交互《こうご》にエプロンをたぐり、じりじりと上《あ》がっていった。最後《さいご》にローサはおれのえり首をつかみ、漁師《りょうし》がカレイを陸《りく》あげするときのように、おれを地面に引きあげた。そしてささやいた。

「早く。人が来る！」

ローサは結《むす》び目をほどく手間《てま》もかけなかった。エプロンのひもをナイフですっぱり切りはなしたのだ。それから靴下《くつした》はだしの足でほとんど音を立てず、中腰《ちゅうごし》で走って逃《に》げた。おれは息を切らしながら、立ちあがってあとにつづこうとした。だがふいにひっぱられてバランスをくずし、もうちょっとでまた川に落ちるところだった。あわてていたので腰にロープを結んだままなのをわすれていたのだ。

「早くっ！」ローサがものかげから怒《おこ》った声《こえ》でささやいた。いまではおれにも長靴《ちょうか》の足音が近づくのが聞こえた。おれはロープを切って川に投げこみ、できるだけ音を立てないようにして、あとを追いかけた。

ダビン

21　奇妙《きみょう》なピクニック家族

黒っぽい木造建築《もくぞうけんちく》にかこまれて、屋敷《やしき》の白い壁《かべ》は月光を受け、真珠《しんじゅ》のようにかがやいていた。ただし窓《まど》は暗い。ひとり残《のこ》らずふとんをかぶって、すやすや寝《ね》ていてくれますように。おれは心底《しんそこ》祈《いの》った。

「兵隊《へいたい》がいると思う？」ローサがささやきかけた。

「すがたは見えないな。兵隊は水車工場《こうば》と鍛冶場《かじば》を守ってる。それにもちろん倉庫《そうこ》も。バルドラクのお屋敷にこそ泥《どろ》に入るようなばかはいないと思ってるんじゃないかな」

おれたちはうまやの端《はし》に積《つ》んだ薪山《まきやま》のかげにうずくまっていた。頭の上にはニワトコの枝《えだ》が広がっていて、あまいけれどもぴりっと苦《にが》いその白い花のかおりで、鼻がむずむずした。くしゃみが出そうだ。

「どうすんのよ？　入る？」ローサが言った。

おれはためらった。「ディナがどこに入れられてるのか、わからないんだろ。見つけるまでに屋敷《やしき》じゅうのドアをあけるはめになるかもしれないぞ」

「もっとましな考え、あるの？」

「ない」みとめるしかなかった。

「そ。じゃ、行こう」

「ちょっと待て。とりあえず長靴《ちょうか》をぬぎたい」

おれはぐしょぐしょの長靴をぬぎ、薪《まき》のかげにかくした。はだしでふむ地面は、冷《つめ》たくじっとり湿《しめ》っていた。でもはだしのほうが音を立てずに歩ける。森ナメクジみたいにぬれたあとを残《のこ》してしまうのが玉にきずだけど、とりあえずさわがしいナメクジにはならずにすむ。ドラゴン兵《へい》のぬれた制服《せいふく》もぬぐほうがいいだろうか？　やめよう。とにかく服は黒だし。はだかの胸《むね》をさらしたら、幽霊《ゆうれい》みたいにやみにうかびあがるだろう。

屋敷の正面に広い石の階段《かいだん》があるが、玄関《げんかん》からのこのこ入っていくのは、いくらなんでも無謀《むぼう》すぎる。

「あそこだ。つきあたりにドアがある」

今度はローサがためらった。

「もしつかまったら、どんな目にあわされると思う？」かすかに声をふるわせて、聞いてきた。

「知るもんかい」意外にきつい声が出てしまった。「相手はドラカンの手下《てした》だぞ。とにかくつかまらないようにすることだ」

ローサは、それぐらい自分にもわかってる、みたいなことを、もぞもぞつぶやいた。全部は聞こえなかったけど、「とんまやろう」ということばだけがはっきりきわだって聞こえた。ふしぎだなあ。この危険《きけん》と緊張《きんちょう》のただなかでローサと口げんかするのが、ゆかいにさえ思えるなんて。まるで家にいるみたいだ。

「待ってろ。鍵《かぎ》がかかってるか見てくる」おれは言った。

薪山《まきやま》のかげから首を出し、左右をたしかめる。人っ子ひとりいない。深く息を吸《す》いこんで、はだしで丸石敷《じ》きの中庭をつっきり、屋敷《やしき》の外壁《がいへき》からのびるかげに飛《と》びこんだ。かけ金《がね》をはずし、ドアをつんと軽く突《つ》いてみた。開いた。錠前《じょうまえ》もなし、かんぬきもなし。たしかにドラゴン隊《たい》の半分に家を守られてたなら、鍵をかける必要《ひつよう》なんてないだろう。

ゆっくりと押《お》しつづけ、ドアを開ききった。はじめはまるきりなにも見えなかったが、目がやみに慣《な》れるにつれ、ぼんやりとものの形が見えてきた。どれも人間には思えない。聞こえる音といえば、ぽたん、とゆっくり水の落ちた音だけ。おそるおそる足をふみだし――とつぜんつんのめった。ひどくかたい床《ゆか》にいきおいよく顔を打ちつけ、おかげで歯ががたがた鳴った。悪態《あくたい》をつくにも、息ができなかった。外じゃなくてなかに段差《だんさ》を置《お》くなんて、いったいだれのしわざだよ。だれがこの屋敷《やしき》を建《た》てたか知らないけど、まったく。

おれはすりへった階段《かいだん》を三段落っこちて、冷《つめ》たい石床《いしゆか》にのびていた。なんの部屋《へや》だ？　ぬれて、ぬるぬるして、かすかにカビくさい。浴場《よくじょう》、か？　いや、洗濯場《せんたくば》だ。いまではでっかい銅《どう》の入れ物が見える。下で火をたいてわかし、熱《あつ》い湯でシーツやリネン類《るい》をまとめて洗濯するための、大きなたらいだ。川に洗濯物を持っていくうちの洗《あら》いかたより、ちょっと高級《こうきゅう》な方法《ほうほう》だ。もっともこの屋敷とうちとじゃ大ちがいだけどな。こんなに大きな屋敷を見たことがあっただろうか。ヘレナ・ラクランの屋敷が、ちょっとは近いかもしれない。

ふいにラクラン郷《ごう》のあの部屋があざやかによみがえり、いまもそこにいるような気がした。あの部屋にいて、カランが自分の足もとに目をくぎづけにしたまま、夜が明けたら池をさらうと話していているようすがうかんだ。涙《なみだ》が目じりにじんわりとにじんできたので、目を乱暴《らんぼう》にしばしばさせた。ディナはおぼれたのでない、ちゃんと生きているとわかってるのに、なんでこんなところでめそめそしてすわりこんでるんだ。ディナはここに、この屋敷のなかにいて、もうすぐ見つけてやるんじゃないか。おれはぬれたそでで目をこすると、這《は》うようにして立ちあがり、ローサを呼《よ》びに行った。

「足もとに気をつけろ」おれは注意した。

ローサは一歩一歩ふみしめて下《お》りると、ささやいた。

「これ、なに？」

「洗濯場《せんたくば》だよ」

「へんっ」ローサは鼻を鳴らした。「けっこうなとこだこと」

しのび足で洗濯場をぬけ、階段《かいだん》を二、三段上《あ》がってドアをぬけると、そこは大きな台所だった。鉄のかまどにはまだ火が残《のこ》っていて、イーストまじりのうまそうなにおいであふれている。朝のパン焼《や》きにそなえて、なべいっぱいのパン種《だね》をふくらませているのだ。

暗やみでテーブルにぶつかったので、なべかまやつぼがちゃがちゃ鳴った。

「しーっ」ローサにしかられた。

おれはこおりついたように立ちすくみ、耳をすました。屋敷《やしき》はしずまりかえっている。足音も人声も聞こえない。音はまるきり――あれっ、これっていびきの音か？　そうだ。どこか近くから、ふがふがと鼻息が聞こえてくる。

ローサがおれの腕《うで》をつかみ、ひっぱりながら台所をぬけ、奥《おく》のドアから外に出た。入ったとたん、これはほかとはちがう部屋《へや》だという感じがした。大きくてがらんとして、天井《てんじょう》ははるかに高く、やみの奥《おく》に消えている。大きな張《は》り出し窓《まど》からは、月光が黒白二色のタイル床《ゆか》にさしこみ、長くのびるらせん階段がやみに向かって上《のぼ》っていた。

「料理女はたいてい台所のとなりで寝《ね》るんだよ」ローサがささやいた。「さっきのはきっとそうさ。ここを上《のぼ》ってみるのがいいんじゃないかな。こういうお屋敷《やしき》では、使用人は屋根うらで暮《く》らすんだ。あの子にご主人の家族の部屋《へや》をやるとは思えないからね」

「なんでそういろいろ知ってるんだ？」とおれはたずねた。

「母ちゃんが洗濯《せんたく》仕事をしてたお屋敷の人たちは、そんなふうに暮らしてたんだ」ローサは言った。「わかった？　じゃあ、上《あ》がってみる？　それとも、つぼをもうちっとばかりこわしてみたい？」

「こわしてなんかいないやい」おれはつぶやいた。こいつってほんと、うっとうしいことがある。だけど、打ち明けるつもりなんかないけど、いまはこいつがいっしょにいてくれてうれしかった。

階段《かいだん》がきしまないかとひやひやしながら、ゆっくりと上がっていった。最初《さいしょ》の踊《おど》り場《ば》についたとき、おれはまよったが、ローサはまっすぐ天井《てんじょう》を指さした。

「ずうっと上がるんだ。屋根うらに着くまで」

おれたちはもう二階分上がった。最後になると階段はずっと粗末《そまつ》でせまかった。ここまで来ると、ほとんどかんぺきなやみだ。高価《こうか》なガラスのはまった窓《まど》はなく、よろい戸を閉《し》めた風ぬき口のへりから、かすかな月の光がすじになってさしこんでいるだけだった。

行く先が見えないので、足を止めた。ローサがうしろからぶつかり、いきおいあまってたおれかけ、おれの腕《うで》をつかんだ。でも今度ばかりは耳に痛《いた》いことばもなく、たおれずに立ちなおったあとも、ローサは腕をはなさなかった。

コウモリが飛《と》びながら上《あ》げるような、キイっと、うす気味《きみ》悪い声が聞こえた。

「あれ、なんなの？」ローサはあえいだ。

「だれかが寝《ね》てるんじゃないか？　人間って、寝てるとすごく妙《みょう》な音を立てるもんだから」と言ってみた。

「どっちかというと、コウモリみたいだった」ローサは言った。「もしかしたらいまにも睡眠中《すいみんちゅう》のドラゴン兵《へい》につまずくかもしれないのに、それよりコウモリのほうがこわいらしい。女の子ってへんだ。

音がどこから来るのか、はっきりしなかった。慎重《しんちょう》に片足《かたあし》を出し、一歩進み、また次の一歩を……まだなにも見えない。片手をまえにのばし、もう一方の手を壁《かべ》にそわせて、さぐりながら進んだ。指がざらざらした板《いた》をかすったと思ったら、次にやわらかい、麻布《あさぬの》のようなものにさわった。カーテンらしい。コウモリ音《おん》はカーテンの奥《おく》から聞こえる、とあたりをつけた。ディナの立てる音ではなさそうだ。ただどうも、奥に眠《ねむ》っているのは、ひとりではないらしい。カーテンをそっとかきわけ、なかをのぞいた。よろい戸が半開きになっているせいで、すこしだけ明るい。そこにはディナよりずっとごつくてでかい体があるのが、見わけられた。

そのとたん、コウモリの鳴き声がやんだ。おれはそのままの姿勢《しせい》でこおりついた。そして祈《いの》った。そのまま眠《ねむ》るんだ。眠ってくれ。ここにはだれもいないよ。眠ってくれぇ。

そいつが身動きしたので、ベッド板《いた》がきしんだ。心臓《しんぞう》がどきんと飛《と》びあがった。でも男は起きあがらなかった。おれはかぎりなくゆっくりした動作《どうさ》でカーテンを下《お》ろした。そしてローサとおれは、おなじぐらいゆっくりと、もと来たところへしのびでた。しばらく階段《かいだん》に立ったまま、耳をすました。まだなにも起こらない。きっと眠ったままなのにちがいない。

「上にはディナはいないらしいよ」ローサの耳もとに口を近づけ、できるだけ声を落として言った。

「カーテンひとつしかのぞいてないでしょ。もっとあるのに」ローサがささやきかえした。

「あれは、女の子の使用人じゃなかった。ドラゴン兵《へい》だったんだ」

「だから？　ひょっとしたら見張《みは》り役かもしれないじゃないのさ」

「見張り役にしちゃ、少々怠慢《たいまん》じゃないかな」

ローサは言いかえそうとしかけたようだった。でもそうせず、気のぬけたようなためいきをついた。

「ほかにどこをさがせばいいの？　こんな大きいお屋敷《やしき》には、何十も部屋《へや》があるのに」

「おれ、思いついたことがあるんだ。部屋のドアをひとつひとつ開けていかなくても、いいんじゃないかな。鍵《かぎ》のかかってるドアをさがしさえすりゃいいんだよ」

二階《かい》に来て、鍵のかかったドアを発見した。それも鍵穴《かぎあな》に鍵がささったままの、外から閉《し》めてあるやつだ。

「これだと思う」おれは言った。やにわに口のなかがカラカラになった。「ディナでなきゃ、どうして外から鍵をかけるんだ？」

「開けなよ」じれったさに声をとがらせて、ローサは言った。「そこでぼうっと立ってないでさ。開けなってば」

言われて鍵を開けた。ドアを開いた。

なかは屋根うらとおなじぐらい真っ暗だった。窓《まど》はある。ガラスがたくさんはまった大きな窓ばかりだ。でも厚《あつ》くて黒っぽいカーテンですっぽりおおわれている。部屋《へや》に一歩ふみこむと、はだしの足は厚いふかふかのじゅうたんにそっくりうずまった。生き物をふんでるみたいだ。

自信《じしん》がなくなって立ち止まり、状況《じょうきょう》を考えてみた。ここはとらわれ人がもらえる部屋には見えない。それでいて、ドアは外から鍵がかかっている。自分でも言ったように、ディナの部屋でなきゃ、どうして外から鍵をかけるんだ？

ビロードのカーテンで閉《と》ざされた巨大《きょだい》なベッドが見わけられるようになった。

「ディナ？」おそるおそるささやいた。答えはない。カーテンを引いてみた。でもベッドはどう見てもからっぽだった。

そのとき目に映《うつ》ったのだ。重いカーテンになかばかくされて、窓《まど》ぎわの腰《こし》かけに丸まっている女の子が。見えるのは白くて長い寝間着《ねまき》を着た、ほっそりしたすがただけだったけど、それでも見たとたんディナだとわかった。

三歩で部屋《へや》を横ぎった。それから急にふれるのがこわくなって、ふれたら指のあいだで幽霊《ゆうれい》みたいに消えてしまうのじゃないかと心配で、足を止めた。

「ディナ……」

ディナは目を開け、眠《ねむ》そうにまばたきした。

「ダビン」ディナはおれがここにいてもちっともふしぎではないように、まったく平静《へいせい》な声で言った。「もうそんな時間に――」それからびくっと身をかたくして、完全《かんぜん》に目ざめた。「ダビン！」

ディナはぴょんと飛《と》びあがり、おれの首に腕《うで》を巻《ま》きつけた。力いっぱいしがみつくので、こっちは息ができないくらいだ。まえよりやせていたが、それをのぞくと元気そうに見えた。

どんなふうに感じたか、あらわすことばが見つからない。とても悪い夢《ゆめ》からさめたみたいな、とでもいうのかな。心のなかがこわれていたけど、いまはなおった、みたいな。それでいて、お

れはディナにものすごく腹《はら》を立てていた。なぜかなんて聞かないでほしい。ふいになにもかもが、母さんとメリとローサとおれが味わってきた、つらいあのときこのときが、みんなディナの責任《せきにん》だった、みたいな気持ちになったのだ。

「どこへ行ってたんだよっ」逃《に》げられるのを心配しているようにディナに食《く》らいつきながら、おれはしかりつけた。「みんながどんなに心配したか、わかってるのかっ？」

ディナはしゃくりあげるみたいに、切れぎれに息を吸《す》いこんだ。

「怒《おこ》らないで」その声は涙《なみだ》でしゃがれていた。「ダビン、おねがい。怒らないで……」

そう言われたとたん、自分が世界一のばかものだ、最悪《さいあく》の兄貴《あにき》だと思ったのも当然《とうぜん》だろう。だっていままでディナがたえてきたことを思えば……なのにようやくさがしあてたとたん、妹を泣《な》かせるなんて……

「しいっ」ディナの髪《かみ》にほおよせながら、おれは言った。「もういい。いいんだ。こうして見つけたろう？　さ、涙をふけよ」おれはそでをさしだした。

ディナはおれの腕《うで》に手を置《お》いた。それからくすくす泣き笑《わら》いにむせびだした。

「ダビンってば。これ、びしょぬれよ。どうやって涙をふけって言うの？」

おっしゃるとおり。おれはそでだけでなく、全身びしょぬれだった。

「あたしのハンカチ、使いなよ」ローサが言った。

「ローサ！」ディナはおれをはなして、ローサに抱《だ》きついた。「ここでなにをしてるの、ふたりとも。どうやって見つけてくれたの？」

「ええっと……助けあい、ってやつかな？」ローサが言った。やみのなかでもからかうような笑《え》みが見えた。白い歯がちらっとうかんで、消えた。それからまたまじめな声にもどった。「だけどディナ、急がないと。見つかるまえにここを出なきゃいけないよ」

ディナはローサをはなした。急にしずみきった顔になった。

「出られない」ひどく無表情《むひょうじょう》な声だった。

「なんでっ？」ローサとおれの声がほとんど重なった。

「いっしょには行けないの」

あぜんとした。「行けないって？　どういうことだよ。行けるにきまってるだろっ」

ディナは首をふった。「だめ。もし、あ……あたしが……逃《に》げたら、タビスが殺《ころ》される」

「タビス？」そんな名前は度《ど》わすれしてて、だれのことやらわからなかった。

「タビス・ラクラン。いっしょにいた男の子のこと」

そうだった。ヘレナ・ラクランの孫《まご》だ。そいつの母親が〝黒い手〟でおれの額《ひたい》をなぐったんだ。

あんたは命を取りに来た、と言われたっけ。

「どこにいる？」おれは聞いた。

「地下室。うまやの馬具部屋《ばぐべや》の下にあるの」ディナは言った。

「じゃあそいつも助けに行ったほうがいいな」


タビス・ラクランのちびすけは、おれたちを見てもうれしそうには見えなかった。助けに来たんじゃなくて、のどをかっ切りに来たとでも思ったんだろう。

暗い地下室なので、はじめはタビスのすがたも見えず、気配《けはい》も聞きとれなかった。引きあげ戸のわきのくぎに角燈《かくとう》はかかっていたが、火をつけるのははばかられた。明かりを見とがめて調べに来られたら、おれたちは袋《ふくろ》のネズミだ。出入り口はひとつしかない。見つけた人間は外からかんぬきをかけるだけでいい。それで一巻《いっかん》の終わり。

「タビス……」ディナが小声《こごえ》で呼《よ》びかけた。「起きてる？」

どこかで動物が寝《ね》わらをかきまわすような、がさがさという音がした。

「なんの用だよ」おびえてすねた声がやみからひびいた。「行っちまえ。うすぎたない裏切《うらぎ》り者が！　おれから秘密《ひみつ》なんて引きだせないからな！」

うすぎたない裏切り者ぉ？　おれの妹にそんな口をきくなんて、こいつ、自分をなにさまと思ってやがんだ。ディナがなにか言うのを待った。だけどディナはぼうっと立ってるだけで、しかもその息づかいから、また泣《な》きだしかけてるとわかった。おれは心底頭《しんそこ》に来た。で、かみついてやった。

「おいっ、このガキ。よくもそんな口の――」

だけどディナはおれの腕《うで》をおさえてだまらせた。そしてささやいた。「やめて、ダビン。これには……わけがあるの」

どういうことだ？　ディナの身になにかあったんだな。勘《かん》でわかった。ディナは……ディナは、まるで人が変《か》わったみたいだ。屋敷《やしき》のとんちきども、妹になにをしたんだ？

「タビス、あたしたち、あんたを逃《に》がしに来たの」ディナが言って、タビスが閉《と》じこめられている木のわくのかんぬきをはずしたので、木と木がこすれる音がした。「出てきて。みんなで家に帰るの」

ちょうどそのときだれかが歌いだした。おれは飛《と》びあがり、もうちょっとで頭を天井《てんじょう》にぶつけて割《わ》るところだった。

「街道《かいどう》は長くぅ、山道は細いぃ――よりどころのない心は重いぃ――暖炉《だんろ》のそばで体はぬくもる――そこはわが家《や》、やすらぐところぉ」

鼻にかかる耳ざわりな声。タビスの声じゃない。気のふれた人間の声だな。まともな人なら、こんな歌いかたはしない。

「ああ、この人をわすれてた」ディナがためいきをついた。

「だれだ。だれなんだ、ディナ。こいつ、だれだよ」

「浮浪者《ふろうしゃ》。だけど……ちがうかも。話せば長くなるけど、ダビン――この人も連《つ》れてかなくちゃ」

「ディナ……それはむり――だって、こいつがまともじゃないのは、だれが聞いてもわかるだろ。こいつを連れて、門の見張《みは》りのまえなんか通れっこない。兵営《へいえい》だってぬけられない。こいつのせいでばれてしまうぞ」ディナとタビスだけでもじゅうぶんたいへんなのに。

「ここに置《お》いといたら、バルドラクに殺《ころ》されてしまうもの」ディナの声はあまりにもおなじみの強情《ごうじょう》さにあふれていた。「それにこの人は……そこまでおかしくなってないと思うの。口をきいちゃいけないときは、だまってるはずだよ」

「けだかいレディー……」鼻にかかるぶきみな声がささやきつづける。「この世に取る道、わずかなりぃ――乞食《こじき》は乞食の道をゆくぅ……」

やみのなか、手さぐりで浮浪者の檻《おり》をさわってみた。すると指が冷《つめ》たい金属《きんぞく》にあたった。重い鎖《くさり》が檻の前面をがっちりとめている。

「ディナ、そもそも檻を開けるのがむりだ。この鎖、おれの手首ぐらい太いよ」

ディナが横に来て調べた。

「鎖なんかほっとけばいい。横木はただの木でしょ？　二、三本、へし折《お》れない？」

おれをなにものだと思ってるんだ。素手《すで》でドラゴンを地面にたたきふせる、正義《せいぎ》の鉄拳騎士《てっけんきし》かい？　でも、兄貴《あにき》はそういうことができるものだと思ってるから、こんなことを言うのかなあ。それにたしかに横木は、ただの木なんだけど。

「明かりがほしいな」おれは言った。「危険《きけん》は危険だけど、でも手もとが見えなかったら、もうぜったいにむりだよ」

「引きあげ戸の横に角燈《かくとう》があったけど、あたし、火打ち箱を持ってない」ディナが言った。

おれも持っていない。たとえ持ってても、いまごろずぶぬれだろうし。

「あたし持ってる」ローサが言った。

「はいはい。あんたはなんでも持ってるよ……」おれはつぶやいた。

角燈を下《お》ろしてきて、ローサが火を起こし、灯心《とうしん》に火をつけた。地下室にやわらかな黄色い光が広がった。

「ローサ、見張《みは》っててくれるか？　だれか来たら、すぐに明かりを消すから」

ローサはうなずいた。「人が来たら、口笛を吹《ふ》くよ。こんなふうに」ローサは唇《くちびる》をとがらした。するととつぜん、地下室にクロウタドリそっくりの音色《ねいろ》がひびきわたった。猫《ねこ》を見つけたクロウタドリだ。

「どこでそんな芸当《げいとう》、おぼえたんだ」おれは言った。「まるでそっくり……本物の鳥みたいだ」

ローサはきまり悪そうだった。「うん、ちょっと……練習《れんしゅう》しただけ」そしてくるりとうしろを向くと、はしごをするする上《のぼ》っていった。

「なんで急にあわてたんだろう」

おれが聞くと、ディナはほほえんだ。とても青白いかすかな笑《え》みをうかべ、こう言った。「ローサが見張《みは》りをするのは、これがはじめてじゃないんだと思う」

言われて、ローサがどこに住んでいたか思い出した。どぶ板横町《いたよこちょう》。ドゥンアーク一きたなくてまずしい界隈《かいわい》だ。たぶんそこでは住民の半分が、生きるためにこそ泥《どろ》や密輸《みつゆ》をしてるんだろう。そしてローサのろくでなしの兄貴《あにき》が正直《しょうじき》なほうの半分でないことは、かけてもいい。不法《ふほう》な〝稼《か》業《ぎょう》〟をするあいだ妹に見張りをさせるなんて、あの兄貴には日常茶飯事《にちじょうさはんじ》なんだ。

「角燈《かくとう》を上《あ》げてくれ」

ディナが明かりをかかげた。おれは木の檻《おり》を調べてみた。横木どうしのあいだは手ふたつ分ほどで、浮浪者《ふろうしゃ》はやせっぽちだ。一本折《お》るだけでじゅうぶんだと思えた。うしろに下《さ》がり、片足《かたあし》で立って、力のかぎりにけってみた。苦労《くろう》は報《むく》われず、かかとが痛《いた》んで、トゲが何本かささっただけ。長靴《ちょうか》はうまやの端《はし》の薪山《まきやま》に置《お》いてきてしまった。いまこそ入《い》り用《よう》だってのに。

「くそっ！」歯を食《く》いしばってもう一度やってみた。結果《けっか》はおなじ。

「こりゃまずい」かかとをさすりながら言った。「こわれたのは、おれだけだ」

「ナイフを貸《か》して」ディナが言った。「ちょっと切れ目を入れてみたら……」

「ローサのにしろよ。あっちのほうが切れる」

ディナははしごの上に消えた。おれは自分のナイフを出し、板《いた》に刃《は》をあてて、何度か細くけずってみた。なかなかはかがいかない。浮浪者《ふろうしゃ》は檻《おり》のなかにすわりこみ、うさんくさそうに遅々《ちち》としたおれの作業《さぎょう》を見守っている。なにかべつのことをしていてくれればいいのに。湿《しめ》った地下室はかなり冷《ひ》えこむのに、汗《あせ》が目に流れこむ。たしかにローサが見張《みは》っているけど、でももしも……もしもだれかが光を見て、引きあげ戸を閉《し》めに……

ディナがもどった。

「はい」ローサのナイフをわたしてくれた。小さくてさびてるけど、すっごく切れるナイフ。かわりにディナはおれのを受けとり、ふたりして木をけずりだした。木っ端《こっぱ》が床《ゆか》にちらばった。

「急げ」タビスが言った。どうやらおれたちはうすぎたない裏切《うらぎ》り者ではなくなったらしい。

「急いでよ！」

「できるだけがんばってるつもりだよ」おれは歯を食《く》いしばりながら答えた。けずりつづけてるせいで、すでに手首はずきずき痛《いた》み、いまにも首すじをだれかにひっつかまれそうな気がして、首のうしろの神経《しんけい》がぴりぴりしてかたくなっていた。

「もう一度やってみて。だいぶうすくなったから」ディナが言った。

そこでもう一度やってみた。二度めのけりで、木はめりめりと割《わ》れた。そのあともひねったりひっぱったりしないといけなかったが、それでもようやく、やせっぽちの浮《ふ》浪者《ろうしゃ》がすりぬけられるだけの穴《あな》があいた。しかもまだローサから、クロウタドリの警報《けいほう》は聞こえなかった。

おれは浮浪者に手を貸《か》して立たせてやった。角燈《かくとう》のかすかな明かりでも、浮浪者は目をしばしばさせていた。

「おありがとうございます」浮浪者は小声《こごえ》で言った。「おありがとうございます。おえらいだんなさま」

あわれをさそうすがただった。どうしようもなくよごれていて、腐《くさ》りかけたビーツの臭気《しゅうき》を圧《あっ》倒《とう》するほど、そいつの体はくさかった。顔には固まった血のすじがこびりつき、鼻もあごもひどくはれあがっているので、声が聞きとりにくいのも、鼻をぐずぐず鳴らすのもあたりまえだった。たたきのめされたのだろう。それもとてもひどく。浮浪者は手をはなせばたおれるとでもいうように、必死《ひっし》に壁《かべ》にしがみついて立っていた。

解放《かいほう》された囚人《しゅうじん》の一団《いちだん》をながめた。青ざめたちびのタビス。もう二度と人の目を見ないと決心《けっしん》したように、顔をふせたままのディナ。それにぼろぼろのかかしみたいな浮浪者。こんな団体を門から連《つ》れだせるわけがない。

「まずいよ」おれはディナに言い聞かせた。「おまえ一人ならなんとか門をぬけられるかもしれない。けど三人だぞ。ぜったいにむりだ」

ディナは首をふった。「だいじょうぶ。いいところを知ってるの。秘密《ひみつ》のとびら」

そう言うと、さらに顔をふせた。わからないなあ。なにをそんなに恥《は》じてるんだ？

「よかった。どこだ？」

「一度屋敷《やしき》にもどらないと」ディナは言った。

おれの好《この》みの逃走路《とうそうろ》とは、ちょっとちがう。お休み中のドラゴン兵《へい》でいっぱいの屋敷だなんて。もしかしたらドラゴン兵は、もうそれほどぐっすりお休みでないかもしれない……

「外を回っては行けないかい？」

「だめ。バラ園に入らないといけないの」

バラ園だって？　そう言われても、ちっともぴんとこない。

「たしかか？」

「きのう見つけたの」くたびれた声でディナは言った。「とびらをね。とびらをぬけると、草原に出るの。草原のむこうは林になってる。壁《かべ》もないし、見張《みは》りもいない。歩いていけば林に入れるの」

じゃあなんでおまえは？　そう頭にうかんだが、ことばにしては言わなかった。きっとタビスがいるので、出ていけなかったんだ。

「わかった。じゃあやってみるか」おれは言った。

屋敷《やしき》に入るのがドラカーナから出る道だなんて、むちゃくちゃもいいとこだ。しかも五人そろって。あの頭のへんな浮浪者《ふろうしゃ》がずっと口を閉《と》じててくれるよう祈《いの》るばかりだ。屋敷のなかにいるあいだに、またばかげた歌を歌いだしたら、長靴《ながぐつ》でしこたまぶんなぐってやる。ここにくるとちゅう、薪山《まきやま》からまた拾ってきたんだ。ただしはいてはいなかった。いまはなにより音なしが大切なことだから。

まず洗濯場《せんたくば》へと道を進めた。まえもってみんなに階段《かいだん》があると警告《けいこく》したので、今度はだれも落っこちなかった。真うしろで浮浪者がぐすぐす息をするのが聞こえる。しずかななかにひびきわたるが、どうしようもなかった。まさか息をするなとは言えない。

用心ぶかく台所のドアを開け、二、三歩歩いたところで――こおりついた。ありゃなんだ？ 料理女の気持ちよさげないびきじゃなくて、ほかの音だ。暗い台所で目をこらしたが、かすかに赤いかまどの火が見えるだけだ。さっき聞こえた音がなににせよ、いまあたりはしずまりかえっていた。ひょっとしたら錯覚《さっかく》だったのかな。神経《しんけい》が、もうすりきれそうだから。

うしろを手さぐりしてディナの肩《かた》をさがしあて、軽く押《お》した。ここにいろ、という合図《あいず》だ。ディナはわかったしるしに、おれの手にさわった。指はおそろしく冷《つめ》たくて、まるで幽霊《ゆうれい》にさわられたみたいだった。

しのび足であと二、三歩進んだ。まえのほうにさっきぶつかった大テーブルが見わけられた。かまどのおきの光が、大きな鉢《はち》のうわぐすりに反射《はんしゃ》している。もう一度足を止めて、耳をすました。やっぱりぐすぐすという浮浪者《ふろうしゃ》の息づかいしか聞こえない。はだしの足は石床《いしゆか》でまったく音を立てない。料理女ももう、いびきをかいていない。

危険《きけん》はなし、と判断《はんだん》して、うしろのみんなを手まねきしようとふりかえった。

ふりかえったとたん、なにかにぶつかった。

なにか大きいもの。息をしてるものに。

ぎょっとして飛《と》びすさったら、またもやテーブルにぶつかった。鉢ががたがた鳴った。

「しいっ」おれがぶつかったなにかは言った。「起こしてしまうじゃねえか」

一瞬《いっしゅん》頭がこんがらがって、仲間のだれかかな、と思った。けどクマみたいにでかいやつなんてだれもいない。こんな太くて荒《あら》っぽい声のやつも、だれもいない。かまどを背《せ》にして立っているので、おれはさっきより目がきいた。するといま目のまえにいるのは、ドラゴン兵《へい》だとわかった。上着のボタンは開けっぱなしで、片手《かたて》にハム、片手にナイフを持ったすがたは、いかにもだらしない。でもどう見たって兵隊《へいたい》だった。

それじゃなんで、おれに「しいっ」と言ったんだ？　なんで大声で知らせないんだ？

兵隊《へいたい》も頭がこんがらがってるみたいだった。こっちをじろじろ観察《かんさつ》していた。

「おまえ、見なれない顔だな。ここでなにをしてる？　どこの隊のものだ？」

あっ、そうか。おれ、ドラゴン兵の制服《せいふく》を着てたんだ。きっとおれもハムをこっそりいただきに来た仲間だと思ったんだな。だけどこいつも、そのうちへんだと思うだろう。それに洗濯場《せんたくば》には、どう見たってドラゴン兵にまちがわれない連中《れんちゅう》が四人もいるんだ。

おれは長靴《ちょうか》をふりまわし、そいつの鼻に一発食《く》らわした。

「なにを――」そいつは言いかけた。でも、それ以上口《いじょう》をきかせなかった。おれは片手《かたて》でそいつの手首を、もう一方でのど首をつかみ、出そうとしたさけび声をにぎりつぶした。そいつはあおむけにたおれ、おれが上に乗る形になったが、事態《じたい》はすこしもよくならなかった。そいつはナイフを持っている。でものどもとから手をはなすわけにはいかない。わめかれたとたん、一巻《いっかん》の終わりだ。しかもそいつはハムでなぐりだした。ごいん！　目のまえで光る点々がちらちら踊《おど》った。そいつは死んだブタのかたまりでおれをなぐりつづけ、おれの手はゆるんできた。それにどう見たってこいつのほうが強い。そいつは身をもぎはなすと、大きく息を吸《す》った。

「えいへ……」でもそこまでだった。ゴングを鳴らしたときみたいな、ごわん、という妙《みょう》な音がした。そのとたんそいつは、肉屋にやられた子牛みたいに、おれの上にくずおれたのだ。

ようやくそのときになって、ローサが両手ににぎりしめたものが見えた。

「だから言ったでしょ」息を切らせぎみに、ローサは言った。「フライパンはいつでも役に立ってさ」

ディナはたおれているドラゴン兵《へい》を見つめた。

「サンドールだ」低い声で言うと、ディナはそいつにつばを吐《は》きかけたいような顔をした。「バルドラクのお気に入りよ。死んでる？」

首すじをさわってみた。まだあたたかい。それに皮膚《ひふ》ごしに鼓動《こどう》を感じる。

「いいや。気絶《きぜつ》してるだけだ」

「やっちまえ」タビスが小声で言った。「ナイフでぶすっと刺《さ》しちまえよ」

おれはぎょっとした。こいつって、八才？　九才ぐらいか？　そんな子が気絶してる男にナイフを突《つ》き刺せとあおるなんて。高地民の子どもが、そんなに血に飢《う》えているとは思わなかった。でもこの子にはそれなりの理由があるんだろう。この子を連《つ》れだした地下室は、快適《かいてき》な住《す》まいとはとても言えなかったものな。

「だめだ。しばりあげておこう。洗濯《せんたく》ひもか洗濯物を縄《なわ》にして、それから――ここに食料置《しょくりょうお》き場《ば》みたいなものはあるかな？」おれはディナを見《み》た。

「ここ」ディナは床《ゆか》のはねあげ戸を指さした。「ここに小さな果物貯蔵庫《くだものちょぞうこ》があるの。ここに入れたら、見つかるまで時間がかかると思うよ」

地下貯蔵庫《ちょぞうこ》はサンドールを寝《ね》かせるのにぎりぎりの広さだった。おれはしわだらけの冬リンゴと、念《ねん》のために本人の靴下《くつした》かたっぽを、サンドールの口につっこんだ。タビスもリンゴをひとつくすね、がつがつかじりだした。あの地下室では、食べ物もたっぷりとはいかなかったようだ。

小さな男の子がうらみを持つとしたら、原因《げんいん》は食べ物でしかない。

「ハムを持っていこう。家までは遠い。食べ物がいるよ」おれは言った。

階段《かいだん》のある玄関《げんかん》ホールへ出るドアを開けた。とたんにおれは動けなくなった。目のまえに見たこともない美少女がいたのだ。

髪《かみ》は夜のように黒く、絹《きぬ》のようにつややかだ。目の色は深く、それでいて星のきらめきを宿《やど》している。顔はこわれもののように上品《じょうひん》で、本物とは思えない。なにかの名画のようだ。しなやかな手には重そうな黄金の燭台《しょくだい》を持ち、ほっそりした体にまとうのは、えりに緑と金のドラゴンを刺繍《ししゅう》した、かがやく青緑のドレス。

おれたちふたりは一瞬《いっしゅん》おなじように息をのみ、見つめあった、ような気がする。それから美少女は口を開き……悲鳴を上《あ》げようとした。

「サーシャ、聞いて」ディナが思いつめた声で言った。「あたしに、ここにいてほしくないんでしょ、ちがう？」

少女はとまどった。それから口を閉《と》じ、うなずき、耳をかたむけた。

「あたしたちを見なかったことにして」ディナはかんでふくめるように言った。「ベッドにもどるの。あしたになったら……あたしはもういない。なにもかもが、あたしが来るまえとおなじになるの」

少女の頭のなかを、考えが水車の歯車《はぐるま》みたいにぎしぎし音を立てて回るのが、目に見えるようだった。ようやく少女はうなずいた。

「お行き。出ていって。二度と帰らないで」

「約束《やくそく》する」ディナは言った。「あたし、二度と帰ってこないから。自分からはね」ぜったい守りやすそうな約束だった。

美少女はおれたちを通すためにわきにのいた。こっちが何人いるかわかったとき、ちょっとびっくりしたみたいだったが、なにも言わなかった。ただ階段《かいだん》へ足を運び、背《せ》をぴんとのばし、燭《しょく》台《だい》を頭の上にかかげて上《のぼ》りはじめた。まるで王女のようだった。

まさか浮浪者《ふろうしゃ》があんなにすばやく動けるとは、思いもしなかった。だけどなにをするつもりかもわからないうちに、階段を上《あ》がっていた。そして片腕《かたうで》を少女の腰《こし》に巻《ま》きつけるなり、また階段を引きずりおろした。少女が燭台を落とし、炎《ほのお》がふっと消えると、あたりは急に真っ暗になった。それでも少女があばれる音、必死《ひっし》でさけぼうとするようすなどが、聞きとれた。どうやら手で口をふさがれたらしい。

「なにやってんだよ」小声《こごえ》で怒《おこ》った。「はなしてやれよ。おれたちを逃《に》がしてくれるのに」

浮浪者《ふろうしゃ》は首をふり、あばれる少女にかけた手の力をゆるめなかった。

「とらえたヘビは、しっかりつかめぇ——怒《いか》りの牙《きば》にかまれぬように——おろかな男は——」

「わけわかんない歌はやめろっ」おれは歌う浮浪者《ふろうしゃ》をハムでぶんなぐりかけた。

すると浮浪者はとつぜんにやりと笑《わら》い、一瞬《いっしゅん》まるきり正気《しょうき》にもどったようだった。

「わたしらが外に出たとたん、この子は裏切《うらぎ》るぞ。連《つ》れて行くほうがいい。とりあえずはじめのうちは」男は言った。

どんどん手に負《お》えなくなっていく。村を出たときは、妹を救出《きゅうしゅつ》するだけのはずだった。ところがいまは、まるでピクニック家族だ。この子もドラゴン兵《へい》みたいにしばりあげたらどうだ？ だけど果物貯蔵庫《くだものちょぞうこ》にはもう場所がない。おまけに時はどんどんすぎていく。玄関《げんかん》ホールは、ついさっきよりずっと明るくなっていた。夜明けが近いのだ。

「いまはなしたら、こいつは悲鳴を上《あ》げるぞ」あいかわらず完全《かんぜん》にまともな口調《くちょう》で、浮浪者は言った。

「わかった。それじゃその子も連れて行く。さあ、今度こそ、ここを出ていくぞ！」

ディナ

22 緑と白

雨だった。玉のように大きなしずくが、枝《えだ》から枝へ落ちていく。木々がぎっしりとよりあい、濃《こ》い緑のかたまりみたいに生えてるので、雨つぶが地面にとどくまで時間がかかるのだ。それでも最後《さいご》に地面にとどくのは変《か》わらず、あたしたちはひと足ごと、しずくひとつぶごとにぬれていった。

目のまえの勾配《こうばい》のきつい小径《こみち》で、タビスが足をすべらせた。転ばないように、あたしは腕《うで》をつかんでやった。そしたらタビスは、あたしを見もせず、わざと力をこめて身をふりほどいた。きっとあたしみたいな〝裏切《うらぎ》り者〟に助けてもらいたくないのだ。

大空のもと、松葉《まつば》と松ヤニと夏の雨のかおりのする空気をかぎながら歩いているのが、自分で信《しん》じられないぐらいだった。ぬれるのだってすばらしかった。とりあえずはじめのうちは。

ダビンがあたしを見つけてくれた。ダビンとローサが。そしていま家に向かっているのだ。まえではダビンと浮浪者《ふろうしゃ》が、小枝《こえだ》にひっかけたサーシャのそでをはずしてやるために、立ち止まった。ところがタビスよりもっと手助けがほしくないらしい。絹《きぬ》のドレスが破《やぶ》れるのもかまわず、乱暴《らんぼう》にひっぱって小枝からそでをはずした。浮浪者はかがやく青緑色の糸を、小枝から一本一本ていねいにはずしている。サーシャはわざとやったにきまってる。あたしたちが見つかりやすいようにしているのだ。

「この子をここに置《お》いてくわけにいかないの？」あたしはたずねた。大声を上《あ》げるのはいやだった。まだ追《お》っ手《て》の気配《けはい》は見えも聞こえもしていない。たぶん逃《に》げだしたことがまだばれていないのだ。だけどそんなうれしい状況《じょうきょう》が長くつづくはずはないし、わざわざ危険《きけん》を呼《よ》びこむ理由もない。「木にしばりつけとこうよ。きっとすぐに見つけてもらえると思うよ」

浮浪者はその案《あん》が気に入ったみたいだった。だけどダビンの態度《たいど》は、とってもあやふやだった。サーシャは目を大きく見ひらいて、おびえた表情《ひょうじょう》をうかべた。

「いやあ。やめて。そんなことしないで。オオカミに食べられてしまうわ」サーシャは悲しげに言った。

あやしいもんだ、ドラカーナのこんな近くで、とあたしは思った。恐怖《きょうふ》にふるえる顔だって、ほとんどお芝居《しばい》にしか見えない。

「この子をずっとひっぱってくわけにいかないでしょ。機会《きかい》さえあれば、すぐに裏切《うらぎ》るよ」あたしは言った。

サーシャは黒い大きな目をしばたたいた。すると——あれは、涙《なみだ》？　そう、キラキラかがやく涙がひとつぶ、すべすべのほおをほんとうに流れ落ちたのだ。

「裏切るものですか」サーシャは誓《ちか》った。「みなさんは、どんなにおそろしいことからわたくしを救《すく》ってくださったか、わかっていらっしゃらないのよ。あの男は……」涙をさそうためいきをつくと言った。「……あの男は悪人よ」

悪人なのはこれっぽっちも疑《うたが》っていない。だけどこのあいだふたりが顔を合わせたとき、サーシャはあいつを殿《との》さまと呼《よ》んで、あこがれのまなざしで見とれていなかった？

「べつにしばりあげることはないよ。ただ逃《に》がしてやればいい。ちがうかい？」ダビンが言った。

サーシャはダビンの腕《うで》に手をそえると、目をまん丸にしてダビンを見つめた。

「おねがい。いっしょに連《つ》れて行ってちょうだい。もうあの男の顔は見たくないの」

これはいくらなんでもやりすぎだから、うちのおばかな兄貴《あにき》だって、うのみにしないだろう。と思ったけど、ちがった。ダビンたら、サーシャを真綿《まわた》にくるんで、抱《だ》いて運んであげたい、とでも言いたそうだ。

「ダビン、だめだよ。その子はうそついてる。うそついてるのがわからないの？」

「この子をあの怪物《かいぶつ》のもとに送りかえすなんて、できないよ」ダビンは反対《はんたい》した。「いやがってるんだから。ディナ……サーシャを見るんだ。もしほんとうのことを言ってるのなら……そしたら、ついてこさせればいい。もし必要《ひつよう》なら、高地までも」

ダビンにおなかをけられたみたいな気分だった。

あのことはほとんどわすれていた。ダビンとローサにさがしあててもらってとても幸《しあわ》せで、そのあとあれだけあぶない目にあって、ようやく自由の身に、と目まぐるしかったから。なのにいままた一撃《いちげき》を食《く》らった。あたしはサーシャの目を見られない。ううん。見るだけは見られる。ただ、なにも起こらないだけ。あたしが母さんから受けついだ力はだめになってしまった。消えた。消えてしまった。なくした首かざりみたいに。

あたしはもう、恥《はじ》あらわしじゃないんだ。

「ディナ、どうしたんだ?」ダビンがさぐるような目で見た。あたしは首をたれた。

「べつに」兄さんにはとても打ち明けられない。「ダビン、あの子、うそついてる」

「目を見てもいないじゃないか。きちんと見ろよ。見もしないでどうしてそう決めつける?」

あたしは力なく肩《かた》をすくめた。「むりだもん」そして歩きだした。「好《す》きにして」

「ディナ!」ダビンは腹《はら》を立てた。じれてとまどって、声がけんか腰《ごし》だ。

「好きにしてよ」あたしはふりむきもせず、くりかえした。

一時間ほどあと、ケツ黒が馬とかくれている場所に着いたときも、サーシャはいっしょだった。だれにも見られてないと思ったときに一度、あたしに勝ちほこったあざけり笑《わら》いを投げつけた。

馬は二頭しかいなかったので、旅はいくらもはかどらなかった。でもすくなくとも交代《こうたい》で足を休めることはできた。サーシャはあれやこれやと手を使い、しょっちゅう一頭の馬を独占《どくせん》した。タビスは足が短いのと、地下室に何日も入れられて体力がおとろえていたのとで、これまた一日の大半馬に乗っていた。けれども実際《じっさい》はだれよりぐあいが悪いはずの浮浪者《ふろうしゃ》だけは、がんとして乗らなかった。

「森の男がかくれるときはぁ――自分の足が一番さぁ」そう歌うのだった。足を引きずり、息は苦しそうなのに、浮浪者はびっくりするほど歩くのが速かった。みんなの足をひっぱるのは、断《だん》じて浮浪者じゃなかった。

浮浪者は……って、いつまでもこう呼《よ》ぶわけにいくまい。

「名前はなんていうの?」ならんで歩きながら、あたしは聞いた。

浮浪者はにっこりした。きらりと光った歯が、まぶしいほど白く見えた。でもそれはただ、ほかの部分が日にさらされ、またよごれてるせいで黒いからだと思う。

「その名はハグレ、心もハグレ」歌が返事だった。

「ハグレ？　それ、どういう名前なの？　人の名前じゃないみたい」

ハグレは肩《かた》をすくめた。

「ここずっとこの名前さ」

「しーっ、なにか聞こえたような気がする」ダビンがみんなをだまらせた。

全員が足を止めた。ダビンの言うとおりだ。音が近づいてくる。遠いけど身の毛のよだつ音。猟犬《りょうけん》がほえる声だ。

ひと言《こと》も発さずにみんな動きだした。足を速め、できるだけ音を殺《ころ》して。

狩《か》りがはじまったのだ。


ハグレがいなかったら、百ぺんはつかまっていた。この人って、アナグマと、たぶんキツネもまじってるんじゃないかしら。しかもキツネは木に登らないけど、この人は登った。

ハグレはいくつものにせの逃《に》げあとをこしらえた。いくつも近道やかくれ場所をさがしてくれた。ぜったいに通れそうにない荒《あ》れ野のなかにも道を見つけた。岩や水や倒木《とうぼく》など、何百もの障《しょう》害物《がいぶつ》で道のうしろをふさいだ。一度はつかまえた野ウサギを使って、猟犬をまよわせた。追《お》っ手《て》の野営地《やえいち》にスズメバチの巣《す》を投げこんだことまである。おかげで馬の半分が逃《に》げだし、つかまえるのに連中《れんちゅう》は何時間もついやした。

それでもドラゴン兵《へい》はしつこく追ってきた。数がやたらに多いうえ、一睡《いっすい》もしないようだった。いつでもやつらは近くにいた。うしろだったりまえだったり。しかもようやくかくれ場所を見つけて数時間の眠《ねむ》りをむさぼったところで、また寝床《ねどこ》から引きはがされ、逃亡《とうぼう》をつづけなければならなかった。

「ろくに眠れないと、頭が悪くなる」ダビンが目をこすりながらぼやいた。「ものを落としたり、行く手をたしかめるのをわすれたり」

「天のめぐみのそのなかでぇ――眠りはなによりあまいものぉ」ハグレはつぶやきながら、ふたつ残《のこ》った水筒《すいとう》のひとつから、長々《ながなが》と飲んだ。きのうケツ黒が、自分の水筒をなくしてしまったのだ。たぶんだれも名前を知らない細い激流《げきりゅう》をわたったときだと思う。

二日めには馬を失《うしな》った。そのときサーシャもいなくなったのだが、こっちのほうはあまり気にしていない。なぜそうなったのかを、話そう。

そのときはそろそろ高地に近く、地面が岩がちでけわしくなっていた。あまりかくれ場のない岩だらけの山脚《やまあし》をこえなければならず、狩り手《かて》たちとの距離《きょり》を広げるため、ハグレがあらたなにせ逃走路《とうそうろ》をこしらえた。追っ手《おて》たちが取るはずのにせ道の片側《かたがわ》に、ダビンとケツ黒とサーシャが、馬といっしょにかくれることになった。

「あの子をよく見張《みは》っててね」ローサとタビスとあたしが、道の向かい側の、ずっと上の安全なかくれ場に向かうまえに、あたしはダビンに念《ねん》を押《お》した。

「疑《うたぐ》りぶかいなあ。あの子がおれたちになにか悪いことをしたか？」ダビンは言った。

べつになにも。腹《はら》が立つほどのろくさ動くのや、青緑色の糸を風景一面にちりばめるのを、勘《かん》定《じょう》に入れなければね。そう言いたかったけど、口には出さなかった。

「とにかく気をつけて」あたしが言うと、ダビンはうんざりとためいきをついた。

「わかってるよ」

そこであたしたちはふた手に分かれてかくれ、バルドラクの部下たちがあたしたちに気づかず通りすぎてくれますように、とねがっていた。

「来たよ」ローサがあたしの手を痛《いた》いほどにぎってささやいた。「犬の声が聞こえる」

「わうううううううう、ほうううううううう」

ほんとだ。もうはっきりと聞こえる。においをかぎつけたとき、ドラゴン隊《たい》の猟犬《りょうけん》がたてる、長く尾《お》を引く独特《どくとく》の遠《とお》ぼえだ。さあ、最初《さいしょ》の一頭があらわれた。ふつうに四本足で立っていても子どもとおなじくらいの背《せ》がある、灰色《はいいろ》ぶちの長毛種《ちょうもうしゅ》だ。タビスは小さくうめき声を上《あ》げ、目をぎゅっとつぶった。タビスは猟犬をこわがり、よく夢《ゆめ》にも見るらしかった。寝《ね》ながらけったりさけんだりするようすで、そうだとわかった。そんなときはローサが肩《かた》を抱《だ》いてやった。タビスを元気づけるのが、あたしよりずっとじょうずだ。タビスはまだあたしを信用《しんよう》していない。

あたし自身、申《もう》し分なくおちついているとはいえなかった。てのひらは汗《あせ》でじとじとだ。でも犬たちは道の下のほうで地面に鼻をこすりつけ、一心不乱《いっしんふらん》だった。頭を下《さ》げ、しっぽを上《あ》げて、はねるように進んでいく。そのうしろに馬に乗った兵《へい》がつづいた。軽快《けいかい》な足どりで進む、八人、いや、九人のドラゴン兵。息をするのもわすれてしまいそうだ。追《お》っ手《て》にこんなに近いなんて、胸《むね》が苦しくなる。でも兵隊《へいたい》たちも、犬たち同様《どうよう》にせの道に目をくぎづけにしているようだった。

これならきっとうまくいく。ハグレって、ほんとうにこのゲームにかけては魔術師《まじゅつし》だなあ。

だけどそこで予想外《よそうがい》のことが起こった。にせ道の向かい側《がわ》の茂《しげ》みを、馬が二頭ふみしだいてあらわれたのだ。あたしたちの馬だ！　一頭にはきらめく青緑の人かげが乗っていた。

「兵隊っ」サーシャが声のかぎりにわめいた。「兵隊、止まって！　ここにバルドラク殿《との》さまの敵《てき》がおります！」

そしてダビンは、あのばか兄貴《あにき》は、サーシャを追いかけたのだ。

「ダビン」あたしはさけんで立ちあがりかけた。でもローサが力いっぱいスカートをひっぱり、あたしをすわりなおさせた。

「口をきくな！」ローサは小声《こごえ》でしかりつけた。「あんたまでつかまったら、なんにもならないじゃないかっ！」

猟犬《りょうけん》は進みつづけたが、乗り手たちははげしく手綱《たづな》を引いた。ダビンはようやく、自分が敵のふところにまっしぐらに飛《と》びこみかけていると気づいた。それにサーシャを止めるにはもう手おくれだ。そこでダビンはくるりと向きを変《か》え、木のあいだをジグザグに走りながら、逆方向《ぎゃく》に消えていった。まるでシカのように軽やかな走りかただったが、木がそう茂《しげ》りあっていないため、兵《へい》たちはダビン確保《かくほ》に動いていた。いましもひとりが矢をつがえ――

「すわってなってば」ローサがまたひっぱりながら、怒《おこ》った。自分が立ちかけているなんて、気もつかなかった。

ダビンのすがたが消えた。胸《むね》に矢が刺《さ》さってたおれたのか、自分から身をふせたのかわからない。とにかくもうすがたが見えないのだった。そして同時ににせ道でなにかが起こった。犬たちがもどってきたのだ。それもなにかを追って。犬たちのまえを、黒っぽくてがっちりしていて、丸い背中《せなか》のものが走ってくる。ひづめと牙《きば》を持った、黒い怒《いか》りのつむじ風だ。

「イノシシだ」ローサはうやうやしくささやいた。「どこで見つけたんだろ。あの人って、ほんもんの魔《ま》法使《ほうつか》いだねえ。動物と話ができるんじゃないかな」

もちろん「あの人」とは、ハグレのことだ。

兵隊《へいたい》たちはダビンをわすれるしかなかった。四分の一トンもある怒り狂《くる》ったイノシシが向かってきたら、目がほかに向くわけがない。

「おいで」ハグレがどこからともなく背後《はいご》にあらわれ、そっと声をかけた。「おろかものはわめくがいいさ——かしこい人はさっさと逃《に》げる、ってね」

言えてる。あたしたちは逃げた。

ハグレがダビンとケツ黒を連《つ》れ帰ったのは、午後も遅《おそ》くだった。ダビンは借《か》りてきた猫《ねこ》のようだった。

「あの子に枝《えだ》でなぐられた。まさか信《しん》じられない。あの子が……あんなことをするなんて」肩《かた》を矢がかすったあとに、血のにじんだすじができていた。でもそれをのぞくと無傷《むきず》だった。

「あの子がブスならよかったのに」傷口《きずぐち》から血がにじまないよう、コケをあてながら、あたしは言った。「あの子がブスなら、信用《しんよう》しなかったくせに」

「そんなこと、関係《かんけい》ないだろ」ダビンはむくれて、反抗《はんこう》した。でも関係はあったのだし、あたしたちふたりとも、そうだとわかっていた。

ひざが痛《いた》んだ。足が痛んだ。肺《はい》も痛かった。つい先ごろまでは、走って、転んで、また起きて、走って、走って、這《は》いずって、よじのぼって、また走って、転んで、なんてことをしない時期があった。つい先ごろまで、自分の世界はぬれた松林《まつばやし》や、岩だらけの坂や、ぬかるみや、ひづめの音や、恐怖《きょうふ》や、逃亡《とうぼう》などと縁《えん》のない時期があったものだ。むかしのことで、ほとんど思い出せないけど。

いまでは馬を二頭ともなくしてしまった。ひづめの音はみな敵方《てきがた》のものだ。そしてサーシャが寝《ね》がえって以来《いらい》、敵の息づかいは首すじにかかるほど近く、おかげで眠《ねむ》る時間もない。ほんのかりそめの休憩《きゅうけい》以外、なにをする余裕《よゆう》もない。飲めるときに飲んでおく。冷《つめ》たい水だけはどっさりあった。きのうハムを食べきってからは、なにも口に入れていない。

なぐさめはひとつ。高地はもうすぐだ。苦しい思いをして斜面《しゃめん》をひとつ上《のぼ》りきるたび、一族の土地に近くなる。あたしたちが高地に着いたとたん、バルドラクは部下を呼《よ》びもどしてあきらめる、なんてことを望《のぞ》むのはあますぎるだろう。いままでも、部族のおきてにはなんの敬意《けいい》も示《しめ》していないから。それでもあちらにもどれば助勢《じょせい》がいる。ケンシーを背負《せお》ってあたしたちを助けてくれる、部族の男たちが。

「だれか見える?」あたしはすこし上のほうで、岩のでっぱりに腹《はら》ばいになったダビンに声をかけた。

「ううん。でもまだ完全《かんぜん》にふりきってはいないと思う。それは望《のぞ》みすぎってもんだよ」

「こんな地形では、もう馬は役に立たないでしょう?」

「うん。けどそのかわり、こっちにもかくれる場所がない」

「ちょっとでいいから、休めない? ダビン、あたしたち、休まなきゃ。でないとだれかが、つかれたというだけで、崖《がけ》から落っこちそう」

ダビンはうしろに這《は》いずりおり、むこうから見えない場所にもどってから、起きあがった。赤っぽい髪《かみ》を雨と汗《あせ》で黒くしたダビンは、くたびれ、よごれ、苦しんでいた。額《ひたい》に落ちかかった髪をかきあげてあげ、抱《だ》きしめてあげたかった。でもそうしなかった。むこうはしてほしくないだろうから。かわりにあたしはローサをさらにしっかりささえた。ローサはすこしまえにあたしの肩《かた》に頭をもたせかけ、ぐっすり眠《ねむ》りこんでいた。ケツ黒は岩に背《せ》をもたせて、うつろに宙《ちゅう》を見つめている。さっきタビスを運んで上《のぼ》らされたので、力を使いきっていた。ハグレはどこにもすがたが見えない。いつものようにわが道を行っているのだ。

「おなかへった」タビスが言った。といって食べ物をほしがったわけではない。顔にも声にも希《き》望《ぼう》の色などまるでなかったから。

「なにもないのよ」あたしは言った。

「知ってる」タビスはためいきをついた。「だけどもしもあるんだったら……パンとはちみつがいいな。でなきゃトリのもも肉。皮がパリパリのトリの丸焼《まるや》き。それか……それかスープでもいいや。うん。ぜったいスープだ。具《ぐ》は髄骨《ずいこつ》とにんじんと肉だんごと――」

「うるさい、だまれ」ケツ黒がうめいた。「やっと腹《はら》の虫がおとなしくなったとこなのに」

「進もうか」ダビンが言った。「敵《てき》はせまってる。こっちがもうすこし山奥《やまおく》に入れれば、なんとか――」

そこでことばを切った。あたしたちは顔を見あわせた。あたしにも聞こえたのだ。ひづめのひびきだ。それも下からではない。上からだ。山のなかからだ。

あたふたとあたりを見まわした。あたしたちはここまでたどってきた山道からひっこみ、大きな岩ふたつにかくしてもらっている。下からだと見えないのはたしかだ。だけど上からは？

かけこむ場所はどこもない。のびた草むらにひそむ小ウサギみたいに、岩のうしろでちぢこまるしかない。できるだけうまくかくれて、待ち、幸運《こううん》をねがうだけ。

ひづめの音は近づいてくる。たくさんの音だ。一小隊《しょうたい》分ほどにも聞こえる。でもほんとうにバルドラクの兵隊《へいたい》たちかしら。どうやってまえに回ったんだろう。

音は通りすぎていく。鉄のくつわが岩がちの道にぶつかって音を立て、馬が一頭鼻を鳴らしてぐらりとした。用心ぶかく、そう、できるかぎり用心ぶかく、地面すれすれの高さで、岩のむこうに首を出してみた。

一行は十二人ほどだ。くたびれた男たち。馬に乗った姿勢《しせい》でわかる。ほとんどが制服《せいふく》に血のあとをつけ、ひとりならず手や腕《うで》によごれた包帯《ほうたい》を巻《ま》いている。だけど息をのんだのは、そのせいではなかった。

一行は部族のマントを身につけている。緑と白のマントを。

「ケンシーだ」ことばがうまく出なくて、声がうらがえった。「ダビン、ケンシーが！」

ダビンははね起き、両腕《りょううで》を頭の上でふりまわし、狂《くる》ったようにさけんだ。

「ケンシー、おーい、そこのケンシィィィ！！」

全員で立ちあがった。騎乗《きじょう》の一隊《いったい》は足を止め、きびすを返し、こちらにもどってきた。緑と白のマントが、旗《はた》のように風にひるがえる。

まさか信《しん》じられなかった。ケンシー一族だなんて。あたしたちをさがしに来たの？　それともこれは偶然《ぐうぜん》？　なんて信じがたい幸運《こううん》だろう。

もう安心だ。やっと安心できるんだ。

あっというまにくたびれた男たちと馬に囲《かこ》まれていた。

「いったいおまえらはなにものだ？」ひとりがたずねた。背《せ》の高い赤毛の男で、ちょっとカランを思い出させる。「ここでなにをしている？」

「おれたちもケンシーなんです」ダビンが熱《ねつ》をこめていった。「まあ、そんなようなもんです。このうちひとりは。ケツ黒、事情《じじょう》を話してくれよ――」

でもケツ黒は男たちを見つめるばかりだった。その目はだれかをさがすように、あの顔、またこの顔、とせわしなく動いた。それからささやいた。

「ダビン。この人、知らないよ。知ってる顔はひとつもない」

ダビンの笑《え》みが消えた。「どういうことだ？」

「こいつらケンシーじゃない」ケツ黒は言った。きっぱりと、でも恐怖《きょうふ》にあふれて。

なにを言っているのかのみこむまでにしばらくかかった。そのしばらくが長すぎた。あたしは背《せ》を向けて逃《に》げようとした。でもひとりに腕《うで》をつかまれ、汗《あせ》まみれの馬の上になかば引きずり上《あ》げられた。足が地面をはなれ、あたしは釣《つ》りあげられた魚のように、宙《ちゅう》でぶらぶらゆれていた。

「つかまえろ」カランに似《に》た男は言った。「バルドラクの殿《との》さまは、本物のケンシーがお入《い》り用《よう》のはずだ」

ディナ

23 バルドラクの復讐《ふくしゅう》

「うまくやったはずだったんだ」ダビンが表情《ひょうじょう》のない声で言った。「すぐそこまで来てたのに。やつから逃《に》げおおせたと思ったのに」

あたしはなにも言わなかった。言うことばがなかった。

にせケンシーたちは、とくに急いでいなかった。バルドラクがもうすこしふもとであたしたちをさがして山狩《やまが》りをしていることを、知らなかったからだ。彼《かれ》らは獲物《えもの》をとらえたと知らせるため、使いを送りだした。そしてドラカーナめざして東に馬首《ばしゅ》を向けるかわりに、ほぼ真南に向かい、高地辺境地帯《へんきょうちたい》にそって、どこか知らないが〝本部〟と呼《よ》ばれている場所をめざしていた。

彼らは、あたしたちがなにものか知らない。知ってるのは、うち何人かがほんもののケンシーだというぐらい。ケツ黒は自分の出《で》をかくせない。口を開くたびにそのしゃべりかたでいやでも高地民だとわかる。タビスはたっぷりおばかだから、自分はいやしいケンシーなんかじゃなくて、ヘレナ・ラクランその人の孫《まご》だと吹聴《ふいちょう》する始末《しまつ》。そういえばはなしてもらえるとでも思ったのかしら。思ったんなら大まちがい。いまではひとりだけ特別《とくべつ》きびしく見張《みは》られている。

にせケンシーたちはあたしたちをしばりあげたほかは、別段《べつだん》ひどいことはしなかった。といって、楽《らく》な思いをさせてくれるつもりもなかった。あたしたちはやっかいものだった。賞金《しょうきん》のためだけにがまんしているやっかいものだった。水は飲ませてくれたけど、野宿《のじゅく》をしたその夜、食べ物をくれる気はなかった。でもくたびれきっていたので、地面は冷《つめ》たくて、しばられた手足はしびれてたけど、すくなくともしばらくは眠《ねむ》った。目がさめているあいだはダビンの背中《せなか》にぴったりよりそい、寒さを避《さ》けようとした。そしてふたたびバルドラクの手に落ちたとき、どんな目にあわされるのか考えないようにした。

はじめはハグレがつかまらずにすんで、ちょっとほっとしていた。たぶんみんなを逃《に》がす方法《ほうほう》を思いついてくれるだろう、魔法使《まほうつか》いのハグレ。きっとそのうち、やみに乗《じょう》じて野営地《やえいち》にしのびより、縄《なわ》を切って逃がしてくれるだろう。それとも敵《てき》のやつらの馬をこわがらせてくれるかも。それとも……。だけど夜はすぎていくのに、ハグレのかげも、魔法の妙技《みょうぎ》も、気配《けはい》すらあらわれなかった。朝のまぶしい光のなかで考えると、まるでありっこない望《のぞ》みに思えてきた。頭のおかしな物乞《ものご》いひとりが、戦《たたか》いなれた十三人の男にどう対抗《たいこう》できるというの？　どんなに森にくわしいハグレでもむりなことだ。ハグレはさっさと逃《に》げたのだ。せめるわけにはいかない。

にせケンシーが野営地《やえいち》をかたづけ、きょうの行軍《こうぐん》の準備《じゅんび》をしていると、山道からひづめのひびきが聞こえ、ドラゴン隊《たい》の制服《せいふく》すがたの男がこちらに向かってきた。

「バルドラクどのからの伝言《でんごん》だ」声がとどく距離《きょり》に来るなり男は呼《よ》ばわった。「捕虜《ほりょ》は豚《ぶた》ケ谷に連行《れんこう》し、そこでバルドラクどのご自身の手に引きわたすように。ただちにだ」

「なぜそれほど急に？」カランにちょっと似《に》た男が言った。モルランと呼ばれている。「すでに強行軍《きょうこうぐん》をつづけてきたんだ。それなのに不案内《ふあんない》な道をまた何キロも来いというのか。こいつらがほしいんなら、自分で連《つ》れに来ればいいだろう。もちろん見あった値《ね》と引き替《か》えにだが」

「豚ケ谷に」使いはくりかえした。「ただちにだ。心配するな。よい値をはらってくださる。あんたがたがつかまえたのは金の小鳥だからな」

モルランはうなった。でも〝よい値〟ということばが明らかに効《こう》を奏《そう》したようだった。

「馬に乗れ」モルランは声をかけた。「おえらいさんが宝《たから》の鳥にいくらはらってくれるか、たしかめようじゃないか」

あとすこしで豚ケ谷というところで、ドラゴン兵《へい》の小隊に出くわした。たった四人の隊だ。縦《じゅう》隊《たい》の先頭にいたモルランが手を上《あ》げて、こちらの隊を止まらせた。あたしは身をくねらせ、痛《いた》む背中《せなか》と足を楽《らく》にしようとした。なのにあたしが相乗《あいの》りしている馬の〝ケンシー〟やろうは、腰《こし》をつかむ手に力をこめた。

「じっとしてろ。いまでもこの馬ではつらいんだ」男はしかりつけた。

モルランはすこし前進して、ドラゴン隊《たい》の隊長と顔を合わせた。

「ほう。ではモルランがとらえたわけか」ドラゴン隊員が言った。「すばらしい。ここからはおれが引きつごう」

「そうせくな。もう命令《めいれい》は受けているんだ」モルランは言った。

そうでしょうとも。賞金《しょうきん》をのがす気なんてないんだもんね。

「命令とはなんだ？」

「捕虜《ほりょ》を豚《ぶた》ケ谷に連《つ》れて行くことだ。いま向かっているところさ」モルランはまずまえを、次に左手の、これから入っていくせまい谷間を指さした。

「豚ケ谷？　そんな話は聞いていないぞ」ドラゴン隊員はモルランと部下たちを疑《うたぐ》りぶかげににらんだ。「なぜそこなんだ？」

「知ったことか」

「モルラン、おまえがなにをふざけてるか知らんが――」

「おれのことばを疑《うたが》うのか？」

ドラゴン隊員《たいいん》はいかにもいやそうに鼻にしわをよせた。「おまえのことば？　にせの旗《はた》を立て、にせのマントをはおっているというだけで、なんでおまえのことばまで疑《うたが》う？　もしかして、うらがあるのか？」

「こいつめ」モルランはうなり声を上《あ》げ、剣《けん》に手をかけた。「目にもの見せて――」

「バルドラクさまが着かれたあかつきには、いったいなにを見せてくれるかね。合図《あいず》の笛を！」

すると隊員のひとりがたずさえていた角笛《つのぶえ》をかかげ、音をいくつか吹《ふ》き鳴らした。笛の音《ね》は谷間にこだました。

モルランは剣の柄《つか》をはなした。目はまだぎらついていたが、もうけんか腰《ごし》のことばは出なかった。

「賞金《しょうきん》をもらう約束《やくそく》なんだ」そう言っただけだった。

ドラゴン隊員はうなずいた。「だろうな、モルラン。報酬《ほうしゅう》はいただけるだろうよ」

あたしは鞍頭《くらがしら》の角《つの》にくくられた自分の手を、しょんぼりとながめた。勝手にけんかしてるがいい。バルドラクがあたしたちとここで会おうが、谷まで下《お》りてこようが、なんのちがいがあるの？　どうせ結果《けっか》はおなじなのに。

四人はどうやらただの斥候《せっこう》だったらしい。ほどなくおおぜいのドラゴン兵《へい》が、目のまえの尾根《おね》にすがたをあらわした。八人の兵と――バルドラクが。

バルドラクは森のなかで、文明《ぶんめい》の利器《りき》に囲《かこ》まれたふだんの生活から何日もはなれていたようだ。ぱりっとした感じが失《う》せていて、冷《つめ》たい怒《いか》りが手に取れるようだった。兵隊《へいたい》たちはまえにまわらないよう、ぴりぴりしていた。

ぎらつく視線《しせん》は集合した隊列をかきわけ、あたしのところでぴたりと止まった。

「そうか」声に勝ちほこった調子はなく、ただただ冷たいばかりだった。「ようやくな」

バルドラクがメフィストに乗ったまま、混《こ》みあった山道をまっすぐに進んでくると、人も馬もあわててまえからのいた。目にもとまらないほどの速さで、バルドラクはあの鎖《くさり》をはずし、ふりあげた。鎖が空《くう》を切る音がして、あたしの顔にふりおろされようとした。ただ、あたしの乗っている馬はメフィストではなかった。馬はおびえて飛《と》びのいたので、鎖の端《はし》の輪《わ》がふとももにあったただけですんだ。それでも火のすじのような痛《いた》みが走り、目が涙《なみだ》で熱《あつ》くなった。

ダビンのさけび声が聞こえたが、目をしばたたいて涙を飛ばそうとしても、あたりがくもってなにも見えなかった。

「馬をじっとさせておけ」バルドラクは言い、ふたたび腕《うで》をふりあげた。あたしはしばられた手を上《あ》げることもできず、顔をそむけてなるたけふせるだけでせいいっぱいだった。鎖は首すじの、耳のちょうどうしろにあたった。氷のうす刃《ば》で切られたようで、最初《さいしょ》は冷たく、次に焼《や》けるように熱《あつ》くなった。血がにじみだし、首すじを流れ落ちるのがわかった。

バルドラクのナイフが光った。なかば刺《さ》されていいと覚悟《かくご》しながらも、あたしはすくんだ。でも鞍頭《くらがしら》の角《つの》につないだ綱《つな》を切っただけで、バルドラクはあたしの腕《うで》をつかむと、馬から引きずりおろした。足にまるで力がなかったので、あたしはひづめに囲《かこ》まれた地面に手とひざを打ちつけた。そのいきおいに頭ががんがん痛《いた》んだ。あたしは目を上《あ》げられなかった。バルドラクと目を合わせるのがこわかった。

バルドラクも馬から下《お》りたにちがいない。次の瞬間《しゅんかん》首すじの、ちょうど鎖《くさり》があたったあたりをつかまれた。引きあげられて立たされ、メフィストのぴくりともしない横腹《よこばら》にもたせかけられた。ほおは鞍のふちに押《お》しつけられていた。

「わたしを見たら、全員を殺《ころ》す」バルドラクは、氷の息を耳のすぐそばに吐《は》きかけて言った。「ひとり残《のこ》らずだ。わかったか？」

あたしはうなずいた。

「ほんとうにわかっているのか？」

「はい。わかっています」あたしはささやいた。

「疑《うたが》われてもしかたがあるまい。どうやら最初《さいしょ》の約束《やくそく》を守る気をなくしたようだからな。わたしが本気でないと思っているのだろう」

おなかの底《そこ》から冷《つめ》たいものが広がった。「思ってます」あたしは必死《ひっし》で声をしぼった。「本気だと思ってます。わかってます！」

「だまれ」バルドラクは言った。それから声をはりあげた。「ラクランの子どもは？　そこにいるのか？」

「おります」メフィストの手綱《たづな》を持ったサンドールが答えた。

「よし。では殺《ころ》せ」

「だめ」あたしはさけんだ。「だめぇぇ！」

サンドールはメフィストの手綱を手近のドラゴン兵にあずけると、タビスの乗せられた馬に向かった。首をねじると、タビスの真っ青におりついた顔が、ちらりと見えた。使いでやってきたあのドラゴン兵が先まわりして、タビスを引きずりおろした。

「はなせよぉ！」タビスは悲鳴を上《あ》げて相手のむこうずねをけろうとしたが、使いの男はタビスのえり首をつかみ、藪《やぶ》のなかに引きずりこんだ。

あたしは声のかぎりにさけんでいた。バルドラクのおどしも、約束《やくそく》とやらも、頭から吹《ふ》き飛《と》んでいた。

「恥知《はじし》らず」あたしはバルドラクの目をとらえようと必死《ひっし》になりながら、わめいた。「恥知らずう、恥知……」

「だまるんだ。悪魔《あくま》の小娘《こむすめ》が！」バルドラクはうろたえて声をうらがえらせ、必死《ひっし》であたしの口をおさえようとした。あたしはさけびつづけた。それでもどうにもならなかった。声には力の片鱗《へんりん》もなく、とうとうバルドラクもそれに気づいた。だまらせようと手をつくすのをやめ、目を見られるよう、あたしを正面に向きあわせたのだ。

「おーやおや」楽しくてたまらないふうに、バルドラクは言った。「わたしの宝《たから》の鳥は、かぎ爪《づめ》をなくしてしまったらしいな」

あたしはしゃくりあげ、さめざめと泣《な》きつづけた。そしてなんにもならないとわかっていながらも、「恥知《はじし》らず、恥知らず」と小声《こごえ》でしつこくくりかえしていた。

藪《やぶ》のなかでタビスがさけぶのが聞こえた。おびえたかぼそい悲鳴のひとすじ。そしてなにも聞こえなくなった。

ドラゴン隊《たい》のあの使いがもどってきた。ナイフも手も血に赤黒くそまっていた。

「死体はどういたしましょう。ごらんになりますか？」使いはおうかがいを立てた。

「いらん」バルドラクはぞんざいに言った。「ほうっておけ。死肉《しにく》あさりに食《く》わせればいい」

ダビン

24 豚《ぶた》ケ谷

おれたちは山を下《お》り、豚ケ谷に向かった。ディナを助けようとしたときになぐられたので、まだ頭がわんわんうなっている。だけどそんなものは、全身がこわばりへんになるような、このぞっと身もよだつ感覚《かんかく》にくらべたら、なんでもなかった。あいつら、タビスを殺《ころ》しやがった。あいつら、そばかすの小さな男の子を藪《やぶ》に引きずりこんで、のどをかっ切ったんだ。

ディナの泣《な》き声が聞こえる。とぎれとぎれに「恥知《はじし》らず」のことばも。でもだれも気にもしない。

わからない。ディナはなぜあいつを止められなかったんだ。あいつはいったいどうしちまったんだ。

なあ、ディナ、なんでむざむざあの子を見殺しにした？　バルドラクは、恥あらわしの目を見

ても平然《へいぜん》としてるドラカンとはちがうんだぞ。それぐらい、あいつがディナの目をこわがるようすを見ればわかる。というか、さっきまではこわがっていた。いまはそうじゃないみたいだ。

山道はけわしくて足もとが悪い。おれの乗ってる馬がよろめいて、転びそうになった。背中《せなか》に人間ふたり、つまりおれとうしろのにせケンシーとを乗せて、まっすぐ歩くのはしんどいのだ。

にせケンシーもそう気づいたのだろう。鞍頭《くらがしら》の角《つの》からいましめを切りはなすと、言った。

「下《お》りろ。だが逃《に》げようなんて考えるなよ。そぶりでも見せたら、矢で串刺《くしざ》しだからな」

そのことばは疑《うたが》わなかった。おれはすべりおり、馬のまえをぎくしゃく歩いた。足がぐにゃぐにゃで、ほとんどいうことをきいてくれない。ケツ黒とローサもやはり歩かされているのが、見えた。でも列の先頭のバルドラクは、あいかわらずすぐまえにディナをすわらせている。それにあのでっかい鹿毛馬《かげうま》は、急な坂道もへっちゃららしかった。

谷はじくじくして岩だらけの、せまいところだった。道の両側《りょうがわ》に谷の斜面《しゃめん》がけわしくそびえ、泥《どろ》まじりの雨水が足のまわりに池をつくるので、まるで川でもわたっているようだ。すぐ目のまえには灰色《はいいろ》まだらのしり。そのうえすこしでも足をゆるめると、うしろからふみつぶされそうだ。こんなところで馬の足を止めさせるのは、たいへんだった。

ひゅうと空気を切る音、ついでどすっとにぶい音がした。とつぜん目のまえの乗り手が鞍の上でぐらりとかたむき、まえにたおれた。さけび声が上《あ》がる。でもまえの男じゃない。どっかよそからの声だ。さらにひゅうひゅううなる音。そしてつづくにぶい音。矢が雨あられと降《ふ》りそそぐ。人と馬は、あるいはたおれ、あるいは突進《とっしん》し、あるいは転びかけてもがき、あるいは起きあがり、逃《に》げようとした。あっというまにせまい谷は修羅場《しゅらば》と化《か》した。しかも谷底《たにぞこ》からでは、死の矢を降らせる襲撃者《しゅうげきしゃ》のすがたも見えない。

真うしろの馬がわけもわからずつっかかってくるのから飛《と》びのいて逃げ、谷の崖《がけ》をすこしよじのぼってみた。下のほうで、ローサとケツ黒がおなじことをしているのが見えた。おれたちは兵隊《へいたい》たちよりずっと運がよかった。けわしい斜面《しゃめん》に取りついて、横たわる体とあばれるひづめで目もあてられない谷底から逃げることができるからだ。でもディナは？　ディナはどこだ？

はじめはディナもバルドラクもすがたが見えなかった。たしか列の先頭にいたはずだ。ここからはまるで見えない。いったん崖を下《お》り、馬の死体を飛びこえて、あらためて崖をよじのぼり、大きな石の上に乗った。見えた！　バルドラクはとうに鞍《くら》から飛びおりて、殺戮《さつりく》の場をはなれ、さらに下へ逃げていく。馬をうしろに引き、ディナをまえに置《お》いて生きた盾《たて》にしている。

すばやく身をかがめ、負傷《ふしょう》したドラゴン兵《へい》から剣《けん》をもぎ取った。兵隊はおびえて目を見ひらいた。きっとおれがとどめを刺《さ》すと思ったんだろう。でもいまはもっと大事なことがある。おれは乗り手を失《うしな》ったあばれ馬のわきをすりぬけ、足がつづくかぎりバルドラクめざして走った。なんとか追いつけそうだ。ディナはおとなしく盾になってなどおらず、たえず身をよじり、けりつけ、つかみかかっては、できるかぎりバルドラクを進ませまいとしていた。

まぢかにせまり、実際《じっさい》もうすこしで馬のしっぽをつかめると思ったとき、バルドラクが気づいた。一瞬《いっしゅん》はっとしたようだった。が、すぐに馬を引きまわし、通れないようにふさがせた。ディナののどもとに腕《うで》をかけておれと向きあうと、あいたほうの手で剣《けん》をぬいた。そして言った。

「止まれ。そこを動くな。動くと娘《むすめ》ののどをかっ切るぞ」

おれは止まった。それからちょっと考えて、ゆっくりと一歩ふみだした。

「妹を殺《ころ》したら、盾《たて》がなくなるぞ。おれにはできなくても、弓手《ゆみしゅ》がおまえをやっつけてくれるさ」

まるでそのことばをうらづけるように、矢が一本おれの肩《かた》をかすめ、馬の鼻づらのすぐそばの、崖《がけ》に突《つ》き刺《さ》さった。

むこうも一瞬おれのことばを考慮《こうりょ》したようだった。でも首をふった。

「まるでわかっていないようだな。いいか。この娘が生きていようが死のうが、わたしはかまわない。だがおまえはかまう。思うに……」バルドラクは剣を持ちあげ、ディナの首にぴたりと刃《は》をあてた。「思うに、おまえはこの娘が殺されるのを見るくらいなら、自分から死ぬのではないか。そうではないか？　なんといってもおまえは兄なのだからな」

おれは答えなかった。なにを言えばいい？　やつの言うとおりかもしれないけど、正直《しょうじき》おれにはわからない。おれにわかっているのは、もしもやつがディナのかよわいのどに刃《は》を走らせたりしたら……やつを殺《ころ》してやる、ってことだけだ。そうとも。けどそうなったら、二度と家には帰れない。

バルドラクはにやりとした。「わたしの考えは通じたかな。その場を動くな。追ってこようとするな。妹はよろこばないぞ」

やつは舌《した》をちょっちょっと鳴らした。すると馬は動きはじめた。

馬につづこうとバルドラクがふりかえったとき、矢が一本、ひゅうと馬の背《せ》をこえ、やつの耳をかすった。耳たぶから血がしたたり、バルドラクは無意識《むいしき》に首を手でおさえ、ディナをはなした。とたんにディナは地面に身を投げだし、ごろごろ転がって馬の腹《はら》の下をぬけた。馬はおどろいて空《くう》をけり、大きくまえに飛《と》びだした。一度に盾《たて》になる馬も娘《むすめ》も失《うしな》ったバルドラクは、悪態《あくたい》をつき、身をふせると、まるでヘビのようにするするとディナを追いかけた。

もう考えているひまはない。おれはうばった剣《けん》をふりあげ、突《つ》きたてた。

剣は横腹の、腰《こし》のすぐ上に刺《さ》さった。でもそれではだめなことが、すぐにわかった。バルドラクは上着の下に鎖《くさり》かたびらをつけていて、おれの一撃《いちげき》などまったくこたえていない。ふりかえって反撃《はんげき》に転じることもなく、ただ手をのばして、ディナの足首をつかんだ。そしてぬかるみに引きたおした。

おれはもう一度刺《さ》した。今度は首をねらった。

ディナとおれの上に血しぶきが降《ふ》りそそいだ。バルドラクはごろごろと、湿《しめ》ったせきに似《に》た音を立てた。おれはやつの肩《かた》をつかんで、ディナから引きはなすと、あおむけにひっくりかえした。バルドラクはぬかるむ谷を見あげる形で、その場にたおれた。まだ死にきってはいないが、やつを殺《ころ》したんだとわかった。剣《けん》は首に半分食《く》いこんでいて、肉屋に殺されたブタみたいに血が流れていた。血ははじめはげしく吹《ふ》きだし、それからすこしずついきおいがなくなった。その目はおれを見あげていたが、しばらくすると、もうなにも見えていないのがわかった。

ヤギやシカを殺すのと大ちがいだ。

どんな動物を殺すのとも大ちがいだ。

これまで経験《けいけん》したことのある、どんなものとも大ちがいだった。

おれは自分が殺したばかりの人間のわきで、ぺたんとひざをついた。そして腹《はら》になにも残《のこ》らなくなるまで、吐《は》いた。

ディナ

25 無傷《むきず》で

戦《たたか》いは終わった。騒乱《そうらん》と悲鳴とあばれ馬だらけのいっときがすぎさった。谷はもう、しずかといってもいいぐらいだった。けが人がひとり、大声でうめいていた。両側《りょうがわ》から弓手《ゆみしゅ》たちが続々《ぞくぞく》とあらわれた。すこしでも抵抗《ていこう》があった場合を考えて、矢をつがえたままだ。でもドラゴン兵《へい》にせケンシー族も、いまはもう敵《てき》ではなかった。命のあるものは降参《こうさん》し、また多くは深く傷《きず》ついていて抵抗する力がなく、まして攻撃《こうげき》などとてもかなわなかった。

ダビンはバルドラクのとなりでひざをついていた。剣《けん》の先を地面に突《つ》きたて、剣の柄《つか》を、たおれないための唯一《ゆいいつ》のささえでもあるように、にぎりしめていた。

「ダビン……」

「見るな。いまだけは。たのむよ」

あたしは首をふった。「心配しなくていいよ。あたしの目をいつ見てもだいじょうぶ。なにも起こらないから」

ダビンは、鼻を鳴らすのとすすり泣《な》きのまじった、うそだろうというような音を立てた。

「ほんとなの」あたしは言った。「だから……だからね……ダビン、こいつを止められなかったの。むりだったんだ。もうあたしは恥《はじ》あらわしじゃないの」

そのことばにダビンはやっと顔を上《あ》げた。

「なにをばかなこと」ダビンは腹《はら》を立てて言った。「恥あらわしはかんたんにやめられるもんじゃないぞ」

でもほかに言いようがなかった。だからただ、ダビンを見ていた。するとダビンの表《ひょう》情《じょう》がすこしずつ変《か》わってきた。

「おまえ本気で……つまりだから……」

「あいつを止められなかったのよ！　力がきかなかったのよ！」だからやつらはタビスをひきずっていった。あたしのせいで、九才の男の子は殺《ころ》されて、あたしはそれを止められなかった。それどころかいまは、ほおを流れ落ちる涙《なみだ》を止めることさえできない。

「だっておまえのせいじゃないだろ」ダビンは言ったものの、その声にはまよいがまじっているように聞こえた。

斜面《しゃめん》からさけび声がした。「けがをしたのか？」

目を上《あ》げて、見た。弓手《ゆみしゅ》のなかにハグレがいるのを見ても、それほどおどろかなかった。でもさけんだのはハグレじゃなかった。隊長《たいちょう》だった。

一瞬《いっしゅん》、世界がぐるっと回った。あの人、ここでなにをしてるの？　隊長とさよならして、一年近くがたつ。いまは後家《ごけ》さんとソルアークにいるはずなのに……それから、ソルアークが陥落《かんらく》した話を、見張《みは》りたちがしていたのを思い出した。難攻不落《なんこうふらく》だと思われていた砦《とりで》を、ドラカンが乗っ取ったって。だから隊長がソルアークにいないのも、ふしぎじゃない。でもなぜここに？

「だいじょうぶ。ふたりともけがはない」ダビンがさけびかえした。

声はちょっぴりふるえていた。そしてあたしも思った。うん、ふたりともけがはしてない。とにかく外側《そとがわ》は。でもまったく〝無傷《むきず》〟ってわけでもない。あたしも、ダビンも。

ダビンがゆっくりと立ちあがったので、あたしもまねをした。

「隊長さんはここでなにしてるの？」あたしは聞いた。答えを期待したわけじゃない。だって知ってるわけ、ないじゃないの。ところがどうやらダビンのほうが事情通《じじょうつう》だったみたいだ。

「ドラカンと戦《たたか》う方法《ほうほう》がわかったんじゃないかな」ダビンは言った。「後家さんとふたりして、人を集めていたんだ。ハグレはきっとその仲間だったんだ」

あたしたちは隊長をめざして、谷を上《あ》がっていった。そこらじゅう死人でいっぱいみたいだけど、くたびれすぎててろくに目に入らなかった。サンドールが目に矢を射《い》られてたおれていたけど、ああ、あいつも死んだんだな、としか思わなかった。あとになったら、考えざるをえないかもしれない。でもいまは頭のどこにもそんな余裕《よゆう》がなかった。

バルドラクの部下の生き残《のこ》りはすくなかった。そのなかにモルランがいた。弓手《ゆみしゅ》がふたりでモルランをうしろ手にしばっていた。そしてそのむこうに——

あたしが急に足を止めたので、ダビンがうしろからぶつかった。

あの使いだ。タビスを殺《ころ》したやつだ。

そいつはしばられもせず、無傷《むきず》でいて、ハグレに話しかけていた。だれもそいつをどうかしようと思わないようだった。

あたしはなにも考えなかった。そいつに体あたりした。

ふいをつかれ、そいつはよろめいて、しりもちをついた。

「人殺し！」あたしはわめきながら、目をねらった。どうせ、とくに素手《すで》では、殺すことなんてできない。でもせめて目を見えなくしてやろう。そしたらすくなくとも敵討《かたきう》ちが——

だれかにうしろからつかまれ、引きはなされた。

「おちつけ、おちつくんだ」隊長《たいちょう》だった。「はなしてやれ。こいつは味方だ」

「なんのことよっ」あたしは夢中《むちゅう》でさけんだ。「タビスを殺したんだよっ」

「いや、ちがう。タビスの命を助けたんだ」隊長《たいちょう》は言った。「だって、見たもの――」

「助けたって――」わけがわからなかった。

「男の子が茂《しげ》みに引きずりこまれて、そのあと男が血まみれの手で出てきたのを見ただけだろう？」

「なぐって気絶《きぜつ》させなきゃならんかったんだ。説明《せつめい》してるひまはなかった。第一《だいいち》あの子が聞いてくれるとは思えなかったんでな。けど血はあの子のじゃないよ」使いの男は言うと、そでをまくって前腕《まえうで》の黒い切り傷《きず》を見せた。「なんとかしないといけなかったんだ。あんたらが豚《ぶた》ケ谷に入るまえに、バルドラクと鉢《はち》あわせするとは思っていなかったからな」

「ああ。まったくあぶない橋をわたったものだ」隊長がうめき声を上《あ》げた。「もっとこういう戦いかたを訓練《くんれん》しないとな」そしてあたしから手をはなした。「さてと。まだこいつの目ん玉をえぐりだしたいか？」

「ううん」あたしは力のぬけた声でいって、腰《こし》を落とした。

タビスは生きてるんだ。

やにわに息ができるようになった。これまでずっと、ひどく冷《つめ》たくてかたいものにからみつかれ、じりじりと首をしめられていたような感じだった。でもいまはそれが消えて、また息ができるようになったのだ。タビスは死んでいない。あたしはタビスが死んだ原因《げんいん》にならずにすんだんだ。

「あの子はどこ？」あたしはたずねた。いまのいまは、敵意《てきい》に満《み》ちたあのそばかす顔を見たくて見たくてたまらなかった。たとえいやそうな目を向けられ、裏切《うらぎ》り者と呼《よ》ばれたってかまわない。これでまた心を開いてもらうことができるかも。バルドラクとのあいだになにがあったか、説明《せつめい》できるかも。すくなくともためしてみることはできる。死人には説明しようたってむりなんだから。

隊長《たいちょう》が谷の入り口を指さした。「むかえに行くよう人をやったところだ。谷を上《のぼ》りきって西に向かうと、小川に出る。そこで野営《やえい》するつもりだ。ふたりとも先に行きなさい」

ここ何日かではじめてたき火を囲《かこ》み、あたたかい食べ物と飲み物を口にできた。そのまえに小川の冷《つめ》たい水に長いあいだつかり、じゅうぶんにきれいになったと納得《なっとく》できるまで、手と髪《かみ》と顔をごしごしこすった。でもブラウスだけは手に負《お》えなかった。片《かた》そでにバルドラクの血がぐっしょりしみこんでいたのだ。チョッキと胴着《どうぎ》だけでは寒くてたまらないとわかっていても、もう一度着なおすことはできなかった。

足音が聞こえたので、びくっとふりかえった。なんだ、ダビンだ。追われる獣《けもの》みたいにびくつかなくなるまで、かなり時間がかかりそうだと思った。

「ほら」兄さんが緑と白のケンシー族のマントをさしだしてくれた。「すそのほうにちょっと泥《どろ》がついてるけど、かまわないだろ」

あたしはためらった。でも一瞬《いっしゅん》だけだった。厚《あつ》い毛織《けお》りのりっぱなマントだもの。着るとすぐあたたかくなった。

「どうしてみんなケンシー族のマントを着てたのかしら」

「隊長《たいちょう》がいまモルランを尋問《じんもん》してるよ」ダビンは言った。「でもむこうはあまりしゃべりたくないみたいだな」

「お金を持ちだしてやればいい」あたしは皮肉《ひにく》を言った。「値段《ねだん》が折《お》りあえば、たいていのことはするやつだから」

「やつら、どこかと戦《たたか》ってたらしい」ダビンは言った。「三人が傷《きず》を負《お》ってる。いったい相手はだれだったと思う？」

「知ってるよ」タビスが言った。

ダビンもあたしも飛《と》びあがった。タビスは火のそばで横になっていたのだ。とても青ざめておとなしかったので、いるのをすっかりわすれていた。

「ふうん。だれだ？」なにげなさをよそおって、ダビンは聞いた。タビスときたら、いつつむじを曲げるかわからないからだ。

「スケイヤさ」タビスは言った。「そう言ってんのを、聞いたもの。みんなで笑《わら》いながら、スケイヤの連中《れんちゅう》にひと泡吹《あわふ》かせてやったって言ってたよ」

はじめあたしは、ケンシー族がおそわれたのでなくて、ほっとした。だってあっというまにやられたにちがいない。ごく近くで顔を合わせるまで、だれもかけらも疑《うたが》いを持たないだろうから。

でもダビンはほっとしているようではなかった。

「なあ、ケツ黒」ダビンはゆっくりと低い声で言った。「もしもケンシーのマントを着た一隊《いったい》がスケイヤに……なんだったっけ、『ひと泡吹かせたら』か？　そしたら次にスケイヤはどうする？」

「仕返しだな」ケツ黒がきっぱりと返事した。「けどやつらはケンシーじゃなかった。にせもんだった」

「スケイヤのほうは、そのことを知らない」ダビンが言った。いまでは声に恐怖《きょうふ》がしのびこんでいた。「スケイヤは攻撃《こうげき》をかける。どこにだ、ケツ黒？」

とつぜん、ケツ黒も恐怖に身をかたくした。それから言った。

「ケンシー郷《ごう》だ。やつら、ケンシー郷を襲撃《しゅうげき》する！」

ダビン
26 スカラ谷

おれは黒っぽい馬の首にまえのめりに取りついて、馬にもつばさがあればいいのにと思った。隊長《たいちょう》は、バルドラクとモルランの配下《はいか》が乗っていた馬からとりわけ強い九頭を選《えら》んだ。といってもどれもふつうの馬で、おとぎ話に出てくるような、足が八本あったり空を飛《と》んだりするような夢《ゆめ》の馬じゃなかった。いまのいま、おれたちには奇跡《きせき》が必要《ひつよう》なのに。

にせケンシー族がスケイヤを襲撃《しゅうげき》してから二日がたっていた。しかも豚《ぶた》ケ谷からケンシー郷《ごう》まで は、どうしたって三日はかかる。おれたちの唯一《ゆいいつ》のねがいは、アストール・スケイヤがただちに反撃《はんげき》に移《うつ》らないでいてくれることだった。うわさによるとアストールは、ただ狩猟《しゅりょう》に出るときも、細《こま》かいところまで計画を立てる人だということだ。ケンシー郷襲撃の計画には、五日以上《いじょう》かかるだろうか？

おれたちは総勢《そうぜい》九人だった。ほんとは反対《はんたい》だったんだ。おれひとりで行きたかった。でも隊長《たいちょう》は耳を貸《か》さなかった。

「危険《きけん》すぎる。おまえが襲撃《しゅうげき》されたらどうする。または馬がウサギ穴《あな》にふみこんでひっくりかえったら？　だめだ。早馬《はやうま》では行く。だが全員いっしょだ」

「全員」というのは、ディナ、ローサ、ケツ黒、おれ、隊長と部下三人、それにモルランだ。

「われわれにはこれぞという証拠《しょうこ》がいるんだ。うらづけのないことばだけでは、スケイヤ一族を信《しん》じさせられないだろう」隊長は言った。

そこでモルランは鞍頭《くらがしら》の角《つの》に両手をしばられ、馬の腹《はら》の下で足をつながれて、隊長の真うしろの馬に乗ることになった。馬がウサギ穴でつまずいたりしたら、モルランはまず無傷《むきず》では逃《に》げられない。だけどやつの体のぶじなんて、いまのおれにはどうだっていいことだ。

高地との境《さかい》にたどりつくまで、ほとんど一昼夜かかった。ありがたいことに満月《まんげつ》だったが、それでも隊長は真夜中をすこしすぎたところで、休憩《きゅうけい》を命じた。「そうしないと馬を死なせてしまう」と隊長は言った。

おれたちはずっと全速力《ぜんそくりょく》では進めなかった。それどころかふつうのかけ足もむりだった。上《のぼ》りの勾配《こうばい》がきつすぎ、しかも山道は岩だらけで足場も悪い。おまけに馬の体力も温存《おんぞん》しないといけない。おれはもどかしさを押《お》し殺《ころ》し、隊長に速度の設定《せってい》をまかせた。馬に——ついでにおれたちに、どこまでむりをさせられるか、隊長《たいちょう》のほうがずっとくわしいからだ。

「ときにはゆっくり急がないといかん」おれがつい口を出してしまったとき、隊長は言った。

「ただむちゃくちゃに速く走っても、半分も行かないうちに馬がたおれたら、なんにもならんだろうが」

そのとおりなのはわかってる。けど心の目には、何度も何度もおなじ場面が映《うつ》るのだ。むかしの家の黒い焼《や》けあと。死んだ家畜《かちく》。けがされた井戸《いど》。しかも今度は新しい家がそうなるのだ。さらにかわいた血だまりに横たわるのは家畜だけじゃない。母さん、メリ、マウディ、ニコだ。おれって、ニコの心配までしてるんだな。もしも殺し屋たちがやってきても、あいつはあのおちついた青い目で連中《れんちゅう》を見つめ、「剣《けん》は嫌《きら》いだ」なんて言う気だろうか。

二日めは最悪《さいあく》の上《のぼ》りをこえたので、ずっと距離《きょり》をかせげた。だけどその夜隊長が、明るくなるまでの時間を眠《ねむ》りにあてようと言いだした。おれはディナとケツ黒のあいだで横になり、くもった夜空をにらみつけながら、ケツ黒の寝言《ねごと》を聞いていた。もうブルーベリーパイの夢《ゆめ》は見てなかったらしい。やにわに「火を消せ！」とどなった。おれとおなじような夢を見てるんだとわかった。

「眠った？」ディナがささやいた。

「ううん」おれは言った。

「眠《ねむ》れない。くたびれきってるくせに、眠れないの」

「がんばったからうや」とはげました。

「わかってる。けどほかになにができる？」おれはつぶやいた。

そのうちほんとに寝《ね》てしまった。ディナも眠ったんだと思う。ひと晩《ばん》じゅう目を開けてるには、くたびれすぎてた。夜明けに気《き》の毒《どく》な馬たちにエサをやり、ブラシをかけて鞍《くら》を置《お》いた。そして新しい日の強行軍《きょうこうぐん》にそなえた。


午後早くに、はじめて音が耳にとどいた。一瞬《いっしゅん》、雷《かみなり》かと思った。でも風がきびしく雲はたれこめていたけど、稲妻《いなずま》は見えない。次にさけび声が聞こえた。人間の声とも思えなかったけど、すぐにその正体《しょうたい》がわかった。人と人が戦《たたか》っている音だ。

「急げ！」おれはわめいた。戦いの音が聞こえるほど近くに来たんなら、もう馬の体力をもたせる理由なんかなくなったからだ。だからみんなして馬をせかせた。まだケンシー郷《ごう》には馬で半日の距離《きょり》がある。だからいま聞こえてるのはスケイヤ族とケンシー族の声じゃないと、かすかな望《のぞ》みをかけていた。つかれきった馬の腹《はら》をけって最後《さいご》の尾根《おね》にたどりつき、スカラ谷を見おろしたとき、そのねがいは芯《しん》を切られたろうそくのようにはかなく消えた。

そこはふだんは牛と羊がはなされているだけの、広くて平らな谷間だった。いつもならゆったりとうねる川、緑と黄色の牧草《ぼくそう》、クローバーがすこしとヒースが点々と茂《しげ》る、平和な谷間だ。いまは人に馬、ときの声に騒乱《そうらん》、剣《けん》と剣の打ちあう音であふれかえっていた。まえには刃《は》のあたる音を好《す》きだと思ったものだ。はるかむかしのことみたいだ。

どれぐらいの人がいるのか、とても数えられなかった。それに数はどうでもいいことだ。やめてもらわないと。止めないと。すでに地面には人がたおれている。傷《きず》ついたもの、死んだもの、スケイヤとケンシーが半々ぐらいか。

馬の腹《はら》にあてたかかとに力をこめた。いやいやまえに数歩。それからようやく、くずおれそうにがくんとゆれて止まった。

「やめろ」おれは声をふりしぼってわめいた。「ケンシー！　スケイヤ！　やめろぉ！　話を聞いてくれぇ！」

嵐《あらし》に向かってさけぶようなものだ。だれひとり聞かない。はげしい戦闘《せんとう》の音にじゃまされて聞こえなかったのかもしれない。第一《だいいち》たがいに殺《ころ》しあうのに夢中《むちゅう》だ。

「しずまれぇ！」今度は隊長《たいちょう》だった。人ののどからこんなにすごいどなり声が出るのを、はじめて聞いた。けどこれほど強力なさけび声さえ、争乱《そうらん》をこえられなかった。手がつけられない。この世の人間がどうやっても、耳をかたむけさせられない。ふつうの人間の声ではぜったいに――

「**やめなさい**」

ふつうの人間の声ではなかった。

母さんの声だ。

恐怖《きょうふ》のさけびじゃない。どなってさえいない。まるで母さんがすぐ横に立ってるみたいだった。

谷間の男たちはこおりついた。打ちあい、はねまわり、殺《ころ》しかけ死にかけてる、その真っ最中《さいちゅう》に。だれかが魔法《まほう》のつえをひとふりしたみたいだった。馬さえみんな、足がとつぜん木に変《か》わったみたいに、動きを止めた。その瞬間《しゅんかん》聞こえるのは、谷間を吹《ふ》きわたり、草地を大きく波立たせ平らに寝《ね》かせていく、風の音ばかりだった。

母さんがドゥンアークにある武器蔵《ぶきぐら》まえ広場で、荒《あ》れる何千もの人々をしずまらせ、だまらせ、耳をかたむけさせた話を聞いている。たったいまおれ自身も、戦闘中《せんとうちゅう》の人々に向かって、やめさせようとわめいてた。こんなふうにみんなが身動きもせず口もきかないすがたを見られるなんて、こんなすばらしいことはないはずだ。

そのくせ実際目のまえで見るとぶきみだ。あまりに不自然《ふしぜん》だ。まるで妖術《ようじゅつ》だ。

人々が母さんをおそれる理由がおれにもわかった。

母さんを魔女と呼《よ》ぶ人間がいる理由もわかった。

でも……

おれは水から上《あ》がった犬みたいに、ぶるぶるっと身をふるわした。母さんはこれを、この静寂《せいじゃく》の一瞬《いっしゅん》を、おれに贈《おく》ってくれたんだ。これを使わずにどうする。静寂はほんのわずかしかつづかない。たとえ母さんだって、百人もいる男たちの武器《ぶき》と声を、一瞬以上《いじょう》しずめておくことはできない。

「スケイヤ！」おれはせいいっぱい声をはりあげて呼《よ》ばわった。「ケンシー！　あんたらどっちもだまされてるんだっ。見ろ！　この男はケンシーの部族色のマントをつけ、手をスケイヤの血でそめている。けどこいつはケンシーじゃないんだ。名前はモルラン。ドラゴン公《こう》にやとわれた男だ」

おれは自分の馬を二、三歩まえに出した。すぐとなりで隊長《たいちょう》もモルランの馬をまえにひきだし、だれもに見えるようにした。おれは戦場《せんじょう》を目でたどり、見なれたすがたがまだまっすぐに立っているのを見て、心の底《そこ》からほっとした。

「カラン！」おれは呼びかけた。「スケイヤ！　アストール・スケイヤ！　武器を置《お》いてくれ。おれが真実《しんじつ》をのべていることを、自分の目でたしかめてくれないか」

カランはすでにこちらに向かっていた。たくましい肩《かた》をしたすがたが、男たちを押《お》しわけてくる。また、黒と青を身につけたスケイヤ軍団《ぐんだん》の中心には、アストール・スケイヤがいた。鎖《くさり》かたびらのシャツがきらきらと光を反射《はんしゃ》して、川をさかのぼるサケを思わせる。

「休戦《きゅうせん》だ！」カランが、ほとんどが自分より小柄《こがら》な男たちの頭ごしに呼《よ》ばわった。「スケイヤ、ことが明らかになるまで、休戦をもとめる」

アストール・スケイヤはしぶしぶとうなずき、剣《けん》をさやにおさめた。そしてさけびかえした。

「休戦だ。だが警告《けいこく》しておくぞ、ケンシー。これもまたいつわりであれば、一年のうちにケンシーと呼ばれる部族もケンシーの土地も、この世から消えることになる」

筋肉《きんにく》が水になってしまったような気分だった。ただただ安心のあまり、馬から落っこちそうだった。

「母さんはどこ？」おれは言った。「話しあいの助けをしてもらわなくちゃ。母さんはそういうことが得意《とくい》なんだ」

「おふくろさんが？」隊長《たいちょう》がけげんそうな声を上《あ》げた。「ここに来てるのか？」

うしろをふりかえって見た。

妹が地面にすわりこんでいた。そうしないと転げ落ちるとでもいうように、頭をしっかりかかえている。

「痛《いた》いよぉ」ディナはうめいていた。「すっごく痛いの。もう二度としたくないからね。ぜったいにいやっ」

そこでようやく気がついた。スカラ谷の戦《たたか》いを止めたのは、母さんの声じゃなかったんだ。

ディナの声だったんだ。

その日暗くなるまで、母さんに会えなかった。次の日もめまぐるしくいろいろなことが起こって、まともな話ができる時間などなかった。羊小屋の草葺《くさぶ》き屋根に剣《けん》を押《お》しこもうとしていたちょうどそのとき、母さんがやってきておれを見つけた。おれが持っていたのは、負傷者《ふしょうしゃ》の手からもぎとったあの新しい剣だった。

「かくしておくつもり？」母さんはたずねた。

おれは肩《かた》をすくめた。「かくすつもりはないけど、ここがいちばんいいしまい場所に思えるんだ」

「人を殺《ころ》したって、聞いたわ」

「ああ。バルドラクを。母さんに矢を射《い》させたやつだ」

うしろで母さんが、緊張《きんちょう》して身をかたくしているのがわかった。それから母さんは聞いた。

「いまなら母さんを見られる？　それとも恥《は》じていてできない？」

おれはすぐにはふりかえらなかった。考えてみないといけなかったから。やつの立てた音を思いうかべた。光を失《うしな》っていった目のことも。

「ダビン？」

「うん」おれはふりかえった。母さんの目を受けとめた。そして言った。「恥《は》じてはいない。けどする必要《ひつよう》がなけりゃよかったと思う」

母さんはうなずいた。

「おかえりなさい」母さんはとっても用心ぶかく、おれの体に腕《うで》を回した。おれがうれしがるかどうか、自信《じしん》がないみたいに。

でもおれはうれしかった。

ディナ

27　シルキー

太陽がしずもうとしていた。暑《あつ》い一日で、ヤジュウは薪山《まきやま》わきののびすぎた草のなかで、舌《した》をピンクのリボンみたいにたらして寝《ね》そべっていた。庭の真ん中にイバイン・ラクランが立っていた。薬草師《やくそうし》デビのポニーよりずっと上等《じょうとう》な、灰色《はいいろ》ぶちの小柄《こがら》な山岳馬《さんがくば》を連《つ》れている。

「手紙だよ。ヘレナからだ」イバインは言った。

手紙を受けとり、ていねいに読んだ。ヘレナは母さんにではなく、あたしあてに書いていた。まず孫《まご》を取りもどしてもらったことで、あたしとうちの家族に感謝《かんしゃ》をのべていた。次にケンシーとスケイヤの部族どうしの争《あらそ》いが、最低限《さいていげん》の犠牲《ぎせい》でふせげてよかった、と書いていた。とても大人《おとな》っぽい手紙だった。ふつうあたしみたいな子どもに書くような手紙じゃない。しめくくりはこうなっていた。

――タビスが心からよろしくとのことです。

これは礼儀《れいぎ》としてのうそにきまってた。タビスが〝心から〟よろしく思うわけがないもの。

――シルキーを贈《おく》らせていただきます。いつまでも忠実《ちゅうじつ》に仕《つか》えてくれることでしょう。お母さまのお仕事についていかれる際《さい》にお入《い》り用《よう》だと思います。

「すばらしい贈りものですね」あたしはぎこちなく言いながら、両手をどこにどう置《お》けばいいか、とほうにくれた。「ヘレナ・ラクランさまに、ほんとうにありがとうございました、ってお伝《つた》えください」

「おう、そうするよ」イバインは言った。「すぐ熱《あつ》くなるあんちゃんは、どこだい？」

「ケツグ……いえあの、アリン・ケンシーと出かけてます。どこかは知らないんだけど」

「いいんだよ。どっちでもいいんさ。あいつと握手《あくしゅ》してもいいかと思ったんだが、あいつはいやがるかもしれんしな」

「どうか泊《と》まっていってください。暗くなるまでにはもどってきますから」とあたしは言った。

イバインは首をふった。「どうもご親切に。けどマウディ・ケンシーんちにやっかいになることになっててな。馬を小屋に入れとこうか？」

「自分でできます」あたしは言った。

「よっしゃ。じゃあシルキーをよろしくな。いい馬っこだよ。本物の貴婦人《きふじん》向けの馬だ」

あたしはにっこりし、もう一度お礼を言った。そして心にうかんだ質問《しつもん》はしなかった。シルキーは材木《ざいもく》の運びかたを知ってますか？　知らないのなら、教えてやらなくっちゃ。そういうことを教えておくと、命拾いできることもあるんですよ、って。

イバイン・ラクランは丘《おか》をこえ、マウディの農場に向かって消えていった。あたしはシルキーを馬小屋に入れ、ファルクにお目もじさせた。もちろんファルクは、やっと仲間ができたのでそれはそれはよろこんだ。そして小《こ》おどりし、いななき、地面をけった。きっとシルキーに、自分がどんなに男前の雄《おす》なのか、自慢《じまん》したんだと思う。シルキーはふんと鼻を鳴らして、相手のあきれたふるまいから一歩しりぞき、人間の女の子といっしょにいるほうがいいのよ、というふりをした。あたしの首すじにそうっと息を吐《は》きかけ、髪《かみ》の毛をちまちまとかんだ。濃《こ》い灰色《はいいろ》のシルクのようにやわらかな鼻づらをさわってみて、どうしてこの名前がついたかわかる気がした。

二頭ともに干《ほ》し草をやり、水を入れ替《か》えてから、家にもどった。

母さんは台所のテーブルで、豆のさやをむいていた。あたしは手紙を見せた。

「たいした気前《きまえ》のいいおくりものね」母さんは言った。「ラクラン一族はとてもすばらしい馬を育てるのよ」

あたしはうなずいた。母さんがあたしを見た。

「なぜうれしくないの？」母さんは聞いた。

「うれしいよ」

「ううん。心からうれしがっていないわ。どこがいけないの？」

しばらくのあいだあたしはすわったまま、空《から》のさやを細くちぎって、緑のすじにしていた。それからとつぜん、ことばが勝手にあふれでた。

「もらう資格《しかく》がないもの」

「またどうして？」

「ヘレナは……ヘレナは、あたしが母さんの仕事についていくときに入り用《いりよう》になるから、と書いてたの。でもどうかしら。あたし、そもそももう恥《はじ》あらわしになれると思えない」

がんばってはみたのだ。ローサも手伝《てつだ》ってくれた。ダビンもだ。でもどんなにいっしょうけんめいにがんばっても、恥あらわしの声はひとことも口から出なかった。スカラ谷でのあのことばが最後《さいご》だった。まえにはダビンの目をもう一度見てみたいとどんなにねがったことか。いまそのねがいはかなった。でも、想像《そうぞう》してたのとはまるきりちがった。

母さんが急に立ちあがった。あたしが眠《ねむ》る寝所《ねどこ》に歩いていき、枕《まくら》の下に手をさしいれた。

「だからもうこれを身につけていないの？」母さんの手には、恥あらわしのしるしがあった。

しょんぼりと、あたしはうなずいた。

「ほんとにごめんなさい、母さん。でももう母さんの弟子《でし》にはなれないと思う」

「いったいどうしてなの？」

「だって……わかってるくせに！　あたしにはもうできなくなったの。もうネズミ一匹恥《は》じいらせられない。あたし……あたし、恥《はじ》あらわしなんかじゃない。二度となれない」

「そう？」母さんはほほえんだ。でもその声にはきびしさがひそんでいた。「それならカランに聞いてみれば？　でなければアストール・スケイヤに。スカラ谷にいて、とつぜん闘志《とうし》をなくした男たちのだれにでも。大人《おとな》の恥あらわしでも、あれだけのことができるものはあまりいないよ」

「だってあれは……」偶然《ぐうぜん》だと言いかけて、そのことばはすこしちがうと思いなおした。「あれはなにも考えずにしたことだもん。それにあのあと頭がすごく痛《いた》んで、目のまえが真っ暗になったの。意識《いしき》してやってみても、なにも起こらないんだよ」

「いい子ちゃん」母さんは台所のベンチにあたしととなりあって腰《こし》を下《お》ろした。「そのうちもどってくるよ。遅《おそ》かれ早かれね。力そのものを失《うしな》ったわけじゃない。悪人に悪用させられたので、かくれてしまっただけ。むりに出すことはないの。いつかひとりでにもどってくるわ。おまえの心に準備《じゅんび》ができれば」

母さんはしるしを目のまえのテーブルに置《お》き、頭をなでてくれた。

「帰ってきてくれて、うれしいよ」母さんは言った。

「ほんとにまたつけてほしい？」あたしは聞いた。

「おまえの気持ちしだいよ」

「これを取られたとき……母さんの子どもでなくなったような気がしたの」

母さんは声を上《あ》げて笑《わら》った。「最近《さいきん》でいちばんばからしいことを言ったわね。メリは母さんの子どもじゃない？　ダビンは？　いつもいつも人を恥《は》じいらせられないだけで、母さんの子どもでなくなるなんて思うわけ？」

「ううん。思わない、と思う」あたしはおずおずと答えた。


その夜は枕《まくら》の下に手を入れ、恥《はじ》あらわしのしるしをにぎりしめて横になった。眠《ねむ》れなかった。ローサの、そしてメリの安《やす》らかな寝《ね》息《いき》が聞こえる。今度起こったことがらをひとつひとつ考えていった。タビスが生きていたのは、信《しん》じられないほど運がよかった。あたしが生きていたのも、きっと運がよかったんだ。ダビンも。ローサも。ここにこうして横になり、頭の上には屋根があり、部族どうしが平和であるのも、運がいいことだ。

低地地方ではドラカンが恥《はじ》あらわし狩《が》りをして、火あぶりの刑《けい》に処《しょ》したんだって。ダビンがそう話してくれた。

「あいつは恥知《はじし》らずをまわりにうつしてってるんだって、母さんは言ってる。疫病《えきびょう》みたいにさ」

ダビンはそう言っていた。

指がひんやり冷《つめ》たいスズの円盤《えんばん》をなで、エナメル焼《や》きのへりをなぞった。いまでは危険《きけん》な首かざりになってしまった。とくに、もはや自分の身を守れなくなったあたしのようなものには。それでもきっとあしたになったら、あたしはまたこれを、首にかけるだろう。

たぶんだけど。

訳者《やくしゃ》あとがき

恥《はじ》あらわし——人の目を見るだけで、相手の心のなかを映像《えいぞう》にして本人の目のまえに映《うつ》しだす、ふしぎな力を持つ人々です。彼《かれ》らはその力をもとめられ、罪《つみ》をおかした人間を裁《さば》く手伝《てつだ》いをしていました。

ディナは、恥あらわしである母親の力を強く受けついだ、十一才の少女です。力を持っていたがために、ディナは前作『秘密《ひみつ》が見える目の少女』で、ドゥンアーク領主《りょうしゅ》の後継者争《こうけいしゃあらそ》いの陰謀《いんぼう》に巻《ま》きこまれます。無実《むじつ》の罪を着せられた若《わか》さま、ニコを救《すく》いだしはしたものの、家族ともども生命の危険《きけん》にさらされ、家も焼《や》かれてしまいました。ディナの一家は住み慣《な》れた低地地方の村をはなれ、山深い高地にのがれます。そしてようやく心の平安を取りもどしかけたころ、またもや宿敵《しゅくてき》、領主ドラカンの魔《ま》の手がせまってくる、というのが、今作『ディナの秘密の首かざり』です。

以前《いぜん》は呪《のろ》わしく思っていた自分の力を、ディナはいまでは誇《ほこ》りに思いかけていました。ところが今度は、すばらしい力も使いようによってはあまりにも残酷《ざんこく》な武器《ぶき》になることを、身にしみて知るはめになります。ディナをさらったドラカンのいとこバルドラク（ドラキュラとそのモデル、ヴラド公《こう》を、合体させたような名前です）は、人質《ひとじち》を取ってディナをおどし、自分にさからう人々の恥《はじ》をむりやりに引きずりださせます。罪《つみ》もない人々の心をあばき、引き裂《さ》く残酷さに、ディナは心を痛《いた》め、深く傷《きず》ついていきます。やがて心の痛みがたえがたくなったとき、ディナの身におそろしいことが起こるのでした。

ところで第二作には主人公がもうひとりいます。前作では始めと終わりにすこしすがたを見せただけの、ディナのお兄さんダビンです。前作はディナのひとり語りでしたが、今回はダビンが交代で語り手をつとめ、さらわれたディナを救《すく》う勇者《ゆうしゃ》として活躍《かつやく》します。このダビンくん、気持ちがまっすぐで心やさしいいい青年なのですが、体育会系で頭もかなり筋肉質《きんにくしつ》、あちこち突《つ》っ走ってはボケをかまし、ディナの語りだけでは暗くなりがちなお話に、明るさをそえてくれます。そしてボケ役ダビンにはげしくつっこむのが、ドゥンアークはどぶ板横町《いたよこちょう》出身の、ちゃきちゃきの下町娘《むすめ》ローサです。ローサのたくましさと前向きな姿勢《しせい》には、ディナとダビンだけでなく、読者も力づけられることでしょう。

また今回だれより成長をとげるのもダビンです。物語の最初《さいしょ》では、彼《かれ》はただただ強くなりたいと武器をふりまわし、家族の気持ちをかまう余裕《よゆう》もない、単純《たんじゅん》な男の子でした。けれども妹がさらわれた一因《いちいん》が自分にあることをみとめ、必死《ひっし》になってさがすうちに、戦《たたか》うことはかならずしもかっこいいばかりでないことに気づいていきます。となりの部族と戦争《せんそう》になると聞いてはしゃぐ友だちのことばを聞き、ダビンは心のなかでつぶやきます。

「戦争《せんそう》って、人が死ぬんだぞ。戦争になると、家に帰ったら真っ黒な焼《や》けあとと殺《ころ》された家畜《かちく》しかないんだぞ」

そしておくびょう者とばかにしていたニコの、「剣《けん》は嫌《きら》いだ」ということばは一理あると考えはじめるのですが……皮肉《ひにく》なことに、このあとダビンは、どうしても剣をふるわなければならない立場に追いこまれることになります。その後の彼《かれ》のすがたは、どうか物語のなかでたしかめてください。


ところで、北欧《ほくおう》生まれのこの物語ですが、この二巻《かん》めの舞台《ぶたい》である高地地方は、なんだかスコットランドっぽい気がしてなりません。荒《あ》れた山がちの地形。羊の群《む》れ。それぞれ部族色のマントを身にまとう男たち。スコットランドを舞台にした映画《えいが》『ロブ・ロイ』や『ブレイブハート』の戦士たちも、各家伝統《でんとう》のタータンチェックのキルトを着ていました。前作の最後《さいご》のページではげしいダンス曲「熊《くま》と鮭《さけ》」のタイトルを目にしたときも、ケルト音楽のジグが頭にうかんだのですが、著者《ちょしゃ》ははじめから、ケルト人の土地スコットランドをモデルにして、高地地方をえがいているのかもしれません。豚《ぶた》ケ谷にひびいたのも、角笛《つのぶえ》でなく、バグパイプの音色《ねいろ》だったら、もっと雰囲気《ふんいき》にぴったりだったかも。

いつもつらい目にあってばかりのディナの物語には、まだつづきがあります。『ヘビのおくりもの』という意味の原題《げんだい》がつけられた第三巻では、生まれてから一度も会ったことがない父親がとつぜんあらわれ、またもやディナは連《つ》れ去られます。なんと幻術使《げんじゅつつか》いというこの父親。ディナが強い力を持っているのは、お母さんからの遺伝《いでん》だけではなかったようです。また、ダビンとニコが今度はコンビを組んで大活躍《だいかつやく》します。どんどん本の厚《あつ》みが増《ま》していくのだけは心配ですが、ご紹介《しょうかい》できる機会《きかい》があればうれしいと思っています。

二〇〇三年十一月

早川書房の児童書〈ハリネズミの本箱〉

ディナの秘密《ひみつ》の首《かざ》かざり

二〇〇三年十二月十日　初版印刷
二〇〇三年十二月十五日　初版発行

著者　リーネ・コーバベル
訳者　木村由利子《きむらゆりこ》
発行者　早川浩
発行所　株式会社早川書房
東京都千代田区神田多町二ノ二
電話　〇三-三二五二-三一一一（大代表）
振替　〇〇一六〇-三-四七七九九
http://www.hayakawa-online.co.jp
印刷所　株式会社精興社
製本所　大口製本印刷株式会社
乱丁・落丁本は小社制作部宛お送り下さい。
送料小社負担にてお取りかえいたします。

Printed and bound in Japan
ISBN4-15-250015-8　C8097

早川書房の児童書〈ハリネズミの本箱〉

秘密《ひみつ》が見える目の少女

リーネ・コーバベル
木村由利子訳
46判上製

ふしぎな目を持つ少女の冒険《ぼうけん》

あたしはディナ、10才。目を見るだけで相手の秘密がわかってしまう〝恥《はじ》あらわし〟という力を母《かあ》さんから受けついでいる。その母さんがおそろしい事《じ》件《けん》に巻《ま》きこまれたと知り、あたしは自分の力を武器《ぶき》に助けだす決意《けつい》をした！